W9-CMS-651

COLLECTION FOLIO

Boualem Sansal

Harraga

Gallimard

© *Éditions Gallimard*, 2005.

Né en 1949, Boualem Sansal vit à Boumerdès, près d'Alger. Il a fait des études d'ingénieur et un doctorat en économie. Il était haut fonctionnaire au ministère de l'Industrie algérien jusqu'en 2003. Il a été limogé en raison de ses écrits et de ses prises de position.

Son premier roman, *Le serment des barbares*, a reçu le prix du Premier Roman et le prix Tropiques 1999. *Harraga* est son quatrième roman.

À la mémoire de Daniel Bernard

Au lecteur

Cette histoire serait des plus belles si elle était seulement le fruit de l'imagination. Elle aurait tout l'air d'emprunter à la merveilleuse allégorie du grain de blé mis en terre, elle dirait l'amour, la mort et la résurrection. Et puis, il y a des fantômes sympathiques à chaque page et des gens si colorés qu'on voudrait les porter sur sa tête.

Mais elle est véridique, d'un bout à l'autre, les personnages, les noms, les dates, les lieux, et par ce fait, elle dit seulement la misère d'un monde qui n'a plus de foi, plus de valeurs, qui ne sait plus que s'enorgueillir de ses frasques et de ses profanations.

Le lecteur la lira comme il lui plaira, peut-être des deux manières puisque aussi bien les gens du livre ne savent jamais distinguer le réel de l'imaginaire.

Ce texte est l'histoire de Lamia. Poussée par la vie dans la plus profonde des solitudes, elle se meurt comme le grain de blé mis en terre et un jour d'été miraculeux éclôt en elle la chose la plus réelle et la plus imaginaire qui soit au monde : l'amour.

Le mieux est de l'écouter dire elle-même son histoire, ce qu'elle fait en quatre actes, correspondant aux quatre saisons, et bien sûr un épilogue qui entrebâille une fenêtre de l'avenir.

ACTE I

Bonjour, Oiseau!

Alors que ma vie se vidait
Que le sable coulait entre mes doigts
Que le silence avait engourdi mon âme
Pour longtemps
Un oiseau s'est posé sur mon épaule.
« Cui-cui, cui-cui...! »
M'a-t-il dit à l'oreille
En faisant la cabriole.
Je ne comprenais pas.
Mais dans la solitude
La parole est une fête
Alors j'ai jeté mon chapelet
Et j'ai dansé.

Un oiseau, c'est beau
Hélas, il a des ailes.
Comme elles lui servent pour se poser
Elles lui servent pour s'envoler.
C'est tout le drame avec les oiseaux.

Ma porte rend un bruit inquiétant. Elle ne fait pas toc toc mais bang bang. Elle est blindée, c'est une chose, mais quand même l'actualité fait penser à d'autres phénomènes.

J'ouvre en me tenant sous la protection du chambranle. Un réflexe. « Chkoun ? Qui va là ? » Ce n'est pas la patrouille, pas les sermonneurs, ni les défenseurs de la Vérité, ni la voisine de la rue Marengo, une vieille gorgone mafflue à point qui revient sans cesse aux nouvelles, armée de mille convictions éculées, ni rien d'aussi méchant. Ce n'est fort heureusement pas notre facteur, le brave Moussa, le galérien de Rampe Valée, un vieux cheval de guerre outrageusement bavard qui jour après jour, sauf les temps d'émeutes et de grèves, sème sur son passage alarmes et virus paperassiers, mais une jeune fille tout ce qu'il y a de rigolo. Elle a répondu : « C'est moi ! » Inconnue au bataillon. Menue, vêtue à la Star'Ac, avec les moyens du bord cependant. Erreur de calcul ou pure invention, le jabot est à lui seul un déguisement pour une famille de fofolles. Propre sur elle, n'était la cacophonie des couleurs. Sa coiffure emprunte à différentes coutumes tant anciennes que du dernier cri. Maquillée jusqu'aux cils. L'œil, noir, blanc et vif, barbote dans une mare de Rimmel entourée d'une bonne étendue de verdure. Il ne manque rien, un épi, un orgelet peut-être, pour jurer que la petite souillon vient d'une lointaine campagne. Son parfum n'a rien à envier au nuage de Tchernobyl. Un scandale ambulant qui aurait inexplicablement échappé au courroux d'Allah. Un fourre-tout tire-bouchonné complète ses seize, dix-sept ans en vadrouille. Il traîne à ses pieds comme la peau d'un serpent remis à neuf. Aux lèvres, pulpeuses à souhait, une moue rouge sang, entre agacement et questionnement. L'air de ne douter de rien derrière un sourire souverain. Et pour couronner l'affaire, enceinte de plusieurs mois, le nombril à l'air.

« Tata Lamia ? me dit-elle fermement du haut de son mètre cinquante.

— Euh... ça dépend.

— Je suis Chérifa !

— Bien... et alors ?

— C'est Sofiane qui m'envoie. J'arrive d'Oran.

— Quoi ??!!

— Il t'a pas appelée ?

— Euh... non.

— Tu me laisses entrer ?

— Euh... si tu veux.

— Merci.

— Non, c'est moi.

— C'est drôle chez toi.

— C'est toi qui le dis. »

C'est aussi de cette manière que les tourbillons entrent dans la maison. Rien, absolument rien, dans ma façon d'être ne laissait entrevoir qu'un jour j'ouvrirais ma porte et ma vie à de tels bouleversements. J'ai ouvert parce qu'il en va ainsi, on ouvre lorsque quelqu'un frappe à la porte. On pense aux casse-pieds, et Dieu sait si le quartier en compte de violents, et plus encore aux sermonneurs, aux violeurs, aux gendarmes, on se dit que ces gens n'ont pas d'heures, pas de principes, mais aussi, pour se tranquilliser et se laisser prendre au rêve, on s'abandonne, on croit au miracle, à la Providence qui sait récompenser les grandes attentes, à toutes les heureuses nouvelles qu'une vie obscure fait miroiter dans la tête.

Il y a de même le pressentiment et ses pulsions sous-jacentes, la force subtile des choses cachées, les appels d'un autre monde, l'envie soudaine de braver le grand mystère. Tout cela pousse plus vite que la peur ne retient.

À dire le vrai, j'ai ouvert machinalement. Je suis ainsi, une femme d'élan. Machinalement,

17

peut-être pas, l'espoir de revoir mon frère, de l'entendre un jour toquer à la porte, ne me quitte pas. Tous les bruits me le rappellent. La torture ne prendra jamais fin. Sofiane, je le sais, est parti pour ne jamais revenir.

La bonne éducation est un handicap. On a tout l'air d'un albatros tombé du ciel dans un panier de bachi-bouzouks. Une politesse entraînant l'autre, j'ai offert la limonade à l'importune, puis le souper, un œuf et une orange, et, tout ouïe, j'ai stoïquement enduré son bavardage. Pouvais-je lui refuser une couche pour la nuit? L'hospitalité ne s'arrête pas au pied du lit. Sans plus attendre d'ailleurs, l'effrontée avait enfilé sa nuisette pendant que je débarrassais la table. La suite venant de soi, je lui ai tendu un oreiller et une paire de draps, et l'ai gratifiée d'un *bonne nuit* musical qu'elle a pris pour une invitation à la fête. Elle a tant ri et parlé longuement, de tout, du coq, de l'âne, de fanfreluches, des chebs du raï, et de ce que Schéhérazade, l'incomparable insomniaque, n'a jamais vu ni entendu dans aucun conte. J'étais larguée dès l'entrée en matière.

En vérité, je regardais ailleurs en restant suspendue pour la forme aux lèvres de la pie. Sa voix de crécelle m'exaspérait. Je pensais à Louiza, ma tendre et douce Louiza. Dieu, comme elle me manque! Et que sont nos promesses devenues?

Il est trois heures et la nuit continue d'avancer. La vieille horloge qui garde solennellement le vestibule ne sonne plus depuis la perte de son premier maître mais je la comprends, elle grince par habitude, à intervalles réguliers. Par trois fois, elle a tenté de se manifester. Le papotage de la jouvencelle s'était dilué à n'être plus qu'un vague nuage au-dessus de nos têtes, puis il s'est volatilisé dans les limbes. Le silence, le vrai, le minéral, commençait à dire tout haut les maux de la maison, ça craquait de partout, de quoi rameuter les poltergeists. Nous étions dans ces heures qui ne sont pas vraiment les nôtres, où l'âme ne tient au corps que par le fil d'argent. L'inconnue s'est enfin endormie, faisant corps avec le canapé et les coussinets multicolores. Elle est tombée raide, les bras en croix, la bouche ouverte, les jambes aussi, après m'avoir soûlée de bêtises. Dans cette posture, on la dirait indécente si elle n'était pas que trop naturelle. À la voir aussi drôle couchée que debout, on devine qu'elle a un monde à elle, bien loin du nôtre, où ne manquent ni fées ni princes charmants, et que les autres, les figurants, les petits rôles, sorcières avides et méchantes gens, ne passent dans l'histoire que pour le plaisir d'être confondus par le bon peuple des rêveurs.

Je savais tout des longues nuits vouées au silence et au jeu sans fin de l'introspection, et voilà que soudain je ne reconnaissais plus mes repères, ni mes sensations, je ne savais que penser, que faire, j'avais perdu le rythme économe des solitaires de fond. Je me sentais fébrile, dérangée dans ma rythmique. Et impatiente. Je veux dire dévorée par la curiosité. Quel malaise ! L'intrusion du monde dans sa bulle, voilà bien le danger qui guette le misanthrope.

Bon, je vais bouquiner ou zapper à la télé, je trouverai bien une idée pour m'endormir. À cette heure, tout est bon pour lâcher la rampe. Demain, tantôt, au saut du lit, la donzelle aura à me préciser trois choses essentielles :

Primo : Qui est-elle ?

Secundo : D'où vient-elle ?

Tertio : Où va-t-elle ?

Je ne vois rien à ajouter, les choses se sont passées ainsi. Dire plus, le détail, ce qui va avec, les impressions, les arrière-pensées, les répétitions, les silences dubitatifs, n'apporte rien. Au contraire, il enlève à l'événement qui en soi est une surprise bouleversante : Sofiane s'est enfin manifesté et c'est par le truchement de cette drôle de fille qu'il a choisi de le faire.

Ce jour, un jour de platitude comme les autres, et de doutes lancinants, je ne pouvais pas deviner quels dérèglements m'attendaient avant peu. Et pis, je ne voyais pas comment me débarrasser de l'oiselle. Le voulais-je vraiment ? Tout n'est pas là, la présence de cette fille futile sera un coup de labé qui ébranlera mes défenses au plus profond de mon être. Je le sens, j'en ressentais l'inéluctabilité, une autre vie venait de se greffer sur la mienne, elle allait la dévorer de l'intérieur, la phagocyter, la détourner de sa route.

Jusqu'à quel point, mon Dieu, notre vie nous appartient-elle en propre ?

Longuement, j'ai observé l'inconnue. Elle dormait du sommeil des nymphes. Un beau brin de fille avec une frimousse d'enfant gâtée. Le coloris des coussins, la lumière tamisée, l'épaisseur du silence, le gargouillement familier des profondeurs, la finesse de la patine, ajoutaient à la magie. L'image du bonheur, le bonheur tranquille qui nous rend beaux et doux. Si les anges dorment, ils ont cet air-là, celui de Chérifa flottant dans ses rêves. Et si les diables sacrifient au sommeil, sans doute ont-ils le même air. Il n'y a pas de raison de penser que les bons et les mauvais ne tirent pas une égale jouissance de leurs penchants naturels.

Je ne sais pas comment cela se fit. À peine hors du lit, l'inconnue avait retourné la maison et semé ses affaires. Certains n'ont pas besoin de s'installer pour se croire chez eux. La salle de bains, ma salle de bains, était entièrement à reconstruire ! « C'est quoi, ce carnaval ? » criai-je à la fin. Jamais, au plus fort de la déprime, je n'avais infligé pareil massacre à ma vieille demeure. La péronnelle ne s'arrêtait que pour repartir, je voyais sa silhouette courir de-ci de-là, allumer des lampes, tourmenter la radio, feuilleter la télé, secouer mes chiffonniers, fureter dans les coins, puis reparaître avec la mine du touriste d'agence qui en bout de périple découvre qu'il a fait chou blanc sur toute la ligne. La chose s'imposa à moi quand elle me répondit « Quel carnaval ? » : j'étais une étrangère chez moi. Elle me regardait comme on reluque une marchande de légumes en dehors de la saison. À sa manière, j'ai déjeuné de biscuits, debout devant le frigo, et j'ai épousseté mon plastron sans me soucier des fourmis du jardin. Hier encore, elles étaient mon cauchemar, je n'arrivais à les tenir en respect, au seuil de la cuisine, qu'à force d'astreinte et de propreté... et de bon méthylparathion. Nos vieilles odeurs, qui ont leur histoire enracinée dans ma mémoire, ont capitulé devant le parfum radioactif de la petite souillon et l'odeur crispante d'une jeunesse qui se métamorphose dans le désordre. J'étais folle de rage, dégoûtée de ma passivité et, sauf erreur de ma part, ravie de sa présence. Je me sentais l'âme d'une grande sœur qui poursuit sa vilaine cadette de ses remontrances.

La nouveauté a son charme, mais aussi elle choque en ce qu'elle nous met en demeure de changer. J'étais effarée et, pour lors, intéressée. Nos croyances, nos habitudes, sont en fin de compte ce qu'elles ont toujours été, des pis-aller. C'est triste, une femme qui se découvre être une vieille fille. Chérifa me terrorisait avec ses dérèglements et me charmait par ses désordres.

Mais s'il y a un temps pour s'attendrir, il y en a quantité d'autres pour réagir.

« Écoute, ma jolie, c'est bien beau de se laisser aller, encore faut-il savoir où ! Qui es-tu, d'où viens-tu et où vas-tu ainsi ? Et d'abord dis-moi comment tu as connu mon idiot de frère et c'est quoi ce ventre rebondi ? Et ce ne sont pas tes airs de Lolita qui vont te sauver !

— Mais Tata, pourquoi tu t'énerves ?

— Je ne suis pas ta tata, ni ta bobonne !

— Comment je t'appelle ?

— Ah çà, par exemple ! Tu ne m'appelles pas, tu dis mademoiselle !

— T'es pas trop vieille pour ça ?

— Ah çà, par exemple ! »

Bon, je ne vais pas ressusciter un dialogue aussi débile, qui plus est ne fut pas à mon avantage.

Les choses sont simples avec les simplets, le tout est de ne rien compliquer. Ainsi clarifiée, la situation est d'un banal affligeant. Chérifa, une fille perdue parmi d'autres, a fait la connaissance de mon idiot de frère à Oran, lui aussi en perdition. Dans la galère, ils ont échangé des théories, des baisers sûrement et ce qui s'ensuit de catastrophes. La donzelle n'a pas froid aux yeux mais conserve une certaine pudeur, elle ne dit rien de son petit ventre. Il serait le fruit de quoi, du Saint-Esprit ? Bon, seul compte le résultat. À vue de nez, il a cinq mois d'âge. Méfiance, problèmes en vue, cette fille est du genre « les emmerdes, ça m'connaît » que je n'en serais pas étonnée. Son polichinelle, elle ira le déposer ailleurs, promis, juré !

Connaissant les discours de Sofiane, et imaginant assez les chansonnettes des petites dindes en liberté, les adieux ont dû se dérouler ainsi :

« *Chérifa, mon destin n'est pas de m'arrêter à Oran mais de poursuivre ma route. Je veux trouver la liberté et la joie de vivre. Ceux qui nous ont précédés le jurent par Allah, c'est là-bas, en Occident, que ça se joue.*

— *Mon but à moi, c'est Alger, la capitale, on y vit comme des reines. Les copines du douar en rêvent à se mordre les doigts. J'vais bientôt accoucher, faut que j'me tire. Regarde mon bide... ça se voit, hein ? Au douar, on me coupera le cou si je rentre avec un bébé sous le bras.*

— *Va chez ma sœur, Lamia. Elle a une grande maison, tu auras une chambre pour toi et un berceau pour le bébé. Elle est toubib, tu ne manqueras pas de médicaments. Elle est vieille, grincheuse comme un cactus, mais c'est bon pour le petit, il filera droit. Moi, je monte à Tanger guetter le bateau.* »

Ainsi se parlent les enfants de la perdition.

Mais comment soi-même, vaincu par l'âge et la sagesse, leur parler lorsque, de plus, la vie nous a appris depuis longtemps à nous taire et à faire semblant de continuer de croire ?

Faute de pouvoir lui parler, je l'ai torturée. Mes questions fusaient si vite qu'elle resta paralysée, elle n'en comprenait pas le sens, ni l'impérieuse nécessité. Alors que j'attendais la vérité, toute la vérité, rien que la vérité, elle s'est mise à chialer en hoquetant pis que phoque aphone. Son Rimmel gouttait misérablement sur le jabot. Puis, crac, elle s'est levée d'un bond et elle est sortie en claquant la porte. Le bang a longuement résonné dans les murs. Lorsqu'il a fini de péricliter, j'avais le cœur brisé et je me suis mise à pleurer comme une fontaine.

Elle est revenue à minuit, au douzième coup. Ou un peu après. C'est la limite que je m'étais fixée pour me pendre. J'étais coupable. Passé ce cap, il n'y a plus que des cadavres et leurs assassins qui se baladent en ville. Je l'avais laissée sortir seule, la nuit, dans un quartier où même les bandits ont peur de leurs amis. J'ai ouvert d'un geste, prête à mourir sauvagement assassinée. Ouf! C'était elle, avec son fourre-tout et son air souverain. Elle s'est dirigée vers le salon, sa chambre, sans me voir. Je me suis retenue de l'estourbir, là, dans le vestibule. La prochaine fois, je la tuerai en toute tranquillité d'esprit, on a droit au respect chez soi. En refermant la porte, j'ai cru apercevoir dans l'ombre mouvante des peupliers qui gardent le quartier une ombre d'homme se défiler dans l'obscurité.

Une angoisse de plus. Elle est de taille.

Le jour, la nuit
Dedans, dehors
La chose immonde
Elle guette
Dard au poing.

Contre la foi
Contre la loi
La chose immonde
Elle frappe
Le croc brûlant.

Haro, la femme
Haro, l'enfant
La chose immonde
Elle court
La queue en l'air.

Tapi
Heureux
L'homme attend
Sa bête chérie
LA PEUR

Je ne sais pas si je regrette ma bonne vieille solitude, mes longues soirées oisives, mes week-ends d'abeille en grève, mes abandons lascifs, mes absences imbriquées l'une dans l'autre, mes manies de célibataire endurcie, peu gratifiantes mais parfaitement au point, mes frayeurs dans le noir, excitantes à souhait, et mes rébellions crânes contre les fantômes qui partageaient avec moi les mystères du temps passé et le bruissement des murs chargés d'histoires oubliées. Je ressens le manque sans doute, pas le regret. Non, pas le regret, une sorte de souvenance émue. J'aimais cette errance dans la solitude, ce doux retranchement en soi, dans ma vieille demeure deux fois centenaire qui a vu passer du monde et encore du monde, prenant au passage des rides, des habitudes têtues et des odeurs spécifiques, des gens d'avant nous, des janissaires, des fumeurs de narguilé morts de leurs complots ou d'une maladie sournoise, un Turc de la haute, un officier de la garde royale qui a bâti cette maison pour ses retraites du week-end, puis un vicomte du siècle dernier, un Français bon teint, moitié militaire moitié naturaliste, qui a fini par s'enraciner dans la médina en épousant l'islam et une de ses filles, puis un Juif dont l'ancêtre serait venu en Berbérie avant les tout premiers bouleversements, puis ce fut le défilé des pieds-noirs, arrivés en tribus miséreuses de Navarre et de Galilée, aujourd'hui exilés au pôle Nord, puis mes parents descendus de la Haute Kabylie au lendemain de l'indépendance, et aussi des amis, des alliés, hébergés un temps, et quelques inconnus furtifs qui sont venus en ces années de plomb où l'honneur volait bas, avec leurs secrets et qui sont repartis avec avant que nous ayons eu le temps de les percer. Que n'avions-nous pas fait pour être des conciliabules ! La maison est grande, nous étions petits, peu aguerris, beaucoup de choses nous ont échappé.

J'aimais mes incursions dans l'opacité de ses silences et toutes ces questions qui viennent à l'esprit quand va le temps sans nous, sur lesquelles je brodais à l'infini, à mon gré, selon mon humeur. Je partais loin, je ne revenais pas de sitôt. La réalité est une escale dans le voyage, une suite de corvées, des gestes récurrents, des histoires assommantes, autant la faire courte. J'aimais cependant m'empêtrer dans mes petits problèmes domestiques, aussi désuets que la maison, en faisant montre d'une détermination froide et parfois d'une minutie incroyablement retorse. Une vie simple est quelque part très compliquée. Il y a l'impondérable et tout ce qui remue à l'arrière-plan. Les murs s'effritent, les pots s'ébrèchent, les fers s'éteignent en cours de repassage, les tuyaux pissent tant et plus, tout grince ou râle à l'envi, et souvent l'obscurité s'abat sur moi en pleine lumière. Souvent, oui de plus en plus souvent me semble-t-il, c'est un pan entier qui s'écroule. De quoi, je ne sais, les effondrements se passent quelquefois dans la tête. J'étais entourée de vieilleries, elles rendaient l'âme plus vite que je ne les retapais. C'est le prendre bien ou le prendre mal, et se régler là-dessus, voilà tout. Tout ce qui se visse se dévisse, me disais-je en fin de compte en y allant du marteau. Je m'en suis fait une religion un certain temps, une forme d'ascèse postindustrielle faite de haussements d'épaules, de soupirs transcendants ou de rage folle, une sorte de TOC avec son rituel libératoire. Mais va, j'en tirais du tonus dans les bras et de plus ça distrayait mes oreilles du charabia révolutionnaire qui était le lait et le miel des troupes. C'était le temps du bric-à-brac et des mouvements de foules, ça discourait contre vents et marées et ça travaillait la semaine comme ça se repose le jour du Seigneur. Il n'est pas un appareil que je n'aie pas réussi à démanteler avant de le remplacer par un nouveau, compliqué, qui d'emblée me narguait du haut de sa technologie. Pas un n'a été fabriqué dans nos murs, ils arrivent tous par conteneur, à l'improviste, franco de port, et vont sur-le-champ à la bonne adresse où ils mûrissent à l'abri des curieux. L'exploit n'est pas tant de les faire fonctionner, appuyer sur un bouton suffit, mais de déchiffrer la notice. C'est angoissant, ce flot d'imprimés qui dégorge du carton, on se voit incessamment mourir bête et inutile. Trouver sa langue dans le fatras est un casse-tête, alors je prenais ce qui venait sous la main, pour voir, le chinois, le coréen, l'hindou, le russe, le turc, le grec. J'y regardais à deux fois. C'est d'un compliqué! On ne peut pas croire que des gens parlent ces langues et se comprennent. J'évitais les versions françaises, elles sont le fait de polyglottes qui ont appris la langue de Molière dans un livre de fast-food. Ça m'énerve, je suis trop tentée de les rewriter pour les lire point par point. Je saute l'arabe, il me rappelle la méchante paperasse avec laquelle notre fabuleuse administration nous malmène du 1ᵉʳ janvier au 31 décembre de l'année civile. Bien que le bredouillant assez bien, je fuyais l'anglais, il me fout le trac, je me sens pauvre, inculte et nerveuse. C'est la langue des gens qui voyagent, or moi je ne voyage pas. Mais qui, comme moi, ose avouer mettre en marche ses machines avant d'en lire le mode d'emploi? Cette phase dura peu, j'avais peu d'appareils, et puis, tout devant arriver à son heure, il fallait que je le découvrisse par moi-même : la technique est une affaire sérieuse, un dada d'homme, la femme n'a pas de religion à invoquer pour y mettre le nez. J'ai vite su où frapper. Tonton Hocine, le voisin de l'impasse des Alouettes, un ami de papa, un retraité de je ne sais quelle guerre, l'administration sans doute, accourait avec sa boîte à malices au premier SOS et à ses airs de savant catastrophé je voyais aussitôt dans quelle galère fantastique l'innocente que je suis s'était fourvoyée. Il ne savait pas résister à ma comédie, le cher homme. Une vraie usine à gaz, une fois allumé, il partait bille en tête sur les fuites. Je me laissais fasciner de le voir suer sang et eau, chalumeau à la main, tentant héroïquement de vaincre le trou. Hormis le jardinet redevenu savane pelée, la maison ne souffrait plus que de l'arthrite et contre cela, un vieux ne peut rien. Entre l'ouvrant et le dormant des portes et fenêtres, le vent sifflait à mort sur les nerfs mais ne passait pas. Pour le remercier, rien de mieux que de lui lisser le poil près d'un café corsé. Il carburait au tord-boyaux pour vieillard, je le savais, maintes fois j'ai vu son haleine s'enflammer dans sa broussaille, mais comment une femme pourrait-elle en acheter et comment lui en offrir sans le choquer et perdre son estime ? Et puis j'avais mes scrupules, la goutte habitait ses articulations de vieux podagre, c'était bien assez qu'il usât ses dernières forces pour mon bien. Je m'en tenais au goudron que j'essorais jusqu'à en tirer de l'alcool pur. Je l'écoutais béate à en être bête, menton sur la main, repenser sa guerre contre les bureaux, revivre ses prises de bec avec un certain caporal des services nommé Abou Hitler et, sur la fin, quand l'essentiel reste à dire, me prévenir contre les Arabes que le pouvoir rend particulièrement cruels. Les anciens ont leurs refrains, pas moyen de les arrêter. Il était mignon tout plein. C'était un Kabyle à peine dégrossi, sa moustache lui chatouillait encore les oreilles, son bedon le tirait de l'avant et vers le bas, et ses yeux chassieux et les toupillons de crin humide qui pendouillaient de son gros nez verruqueux lui donnaient l'allure d'un vieux morse capable de roupiller six mois d'affilée. Il parlait comme il savait, en tamazight de ses lointaines et abruptes montagnes du Djurdjura, alors certainement les mots dépassaient-ils chez lui la pure et triste réalité. Ces vieux roublards ont des énonciations trop radicales, il n'y a rien à discuter. Je ne pensais pas différemment mais je n'avais pas l'âge de me dévoiler sans conséquences, j'acquiesçais sans plus de démonstration. C'est intéressant sauf que horriblement coûteux, il me prenait des après-midi entiers, le brave homme, c'était cher payer la main-d'œuvre en retraite. Un jour, il est mort et je l'ai beaucoup pleuré.

J'aimais enfourcher des rêves extravagants, me glisser dans des vies parallèles surgies comme ça du ronronnement de la nuit, de la moiteur de mon lit, et me voir partir là où finissent les choses, là où commence la vraie vie. Au plus fort de l'illusion, j'en sortais d'un bond, tel un pauvre diable tombé dans un bénitier, la poitrine pleine de cris de détresse. Dans notre hâte de bien rêver, nous, les morts-vivants, avons tendance à oublier qu'un aperçu de la vie peut nous être fatal. Je me sermonne après coup, telles prétentions sont déplacées, mais je me dis aussi que rêver seulement de ce que l'on connaît revient à noircir ses jours. C'est haletante et dégoulinante de sueur que j'écoutais l'écho mourir au bas de l'escalier et disparaître dans la cave comme un cadavre subrepticement escamoté ou aller s'éteindre là-haut, dans les combles, parmi des vieilleries jamais exhumées. Me replier dans le silence après cela, l'oreille frémissante, transformait la confusion improvisée en un drame savamment orchestré. Parfois, lorsque soudain le silence se charge de bruits insolites, j'y croyais au point de fuir la maison en mules. C'est dans l'ombre revêche des peupliers qui dominent le quartier que je reprenais mes esprits. J'étais seule, perdue dans la jungle, avec l'obscurité pour seul guide. Le but était que mes émois et la réalité allassent un peu de pair, alors il m'arrivait d'en rajouter. J'ai des façons assez viriles de m'exciter, elles ne me réussissent pas toutes. Une héroïne en mules, peignoir et bandana, c'est d'un nul ! Je me faisais penser à miss

Marple prenant des risques insensés pour son arthrite à courir les ragots du village. La douleur a d'autres chemins, des raccourcis inventés de toutes pièces, je les découvre à l'occasion, elle me saute dessus sans raison et m'arrache des cris incompréhensibles. Ou c'est la peur, une peur sourde qui me tourmente comme l'anxiété s'acharne sur un malade imaginaire. Alors, piégée dans mes hallucinations, je me rencognais dans des torpeurs animales, tout palpitait en moi, et il m'est arrivé de sentir briller dans mes yeux l'acceptation rassurante de la mort. Ma vie est jalonnée de longues prostrations sur la terrasse, au fin fond du jardinet, dans la salle de bains où je m'étrillais comme une chienne pour réprimer les halètements de mon âme. En bout de course, vaincue par l'absurde, tout s'achevait au fond du lit, au bout de la nuit, mes pleurs, mes rêves, mes révoltes. Le silence était mon refuge et l'errance ma quête. Ainsi était ma vie, riche et pauvre. Un peu théâtrale, aussi. Je ne lui demandais rien, elle ne me donnait rien, la symbiose était étrange et cela suffisait. Les jours s'en allaient cahin-caha, je m'enfonçais dans l'abandon, tout était bien. Que le vide est rassurant lorsque le cours est bien tracé !

Et pourtant, elle me faisait peur, cette solitude. Jalouse, vindicative, elle me voulait tout à elle, ses murs ne cessaient de se rapprocher en fronçant du sourcil. Me laissera-t-elle une fenêtre ouverte? Je me sentais m'éteindre à mesure que brûlait en moi l'énergie vitale. Or, je voulais vivre, vivre comme une forcenée, danser comme une hérétique, m'enivrer de cris, me soûler de bonheur, embrasser tous les malheurs et toutes les chimères du monde dans le même élan.

J'étais folle et je ne le savais pas. De bonnes âmes me le disaient, à leur manière, le regard en retrait, un pauvre sourire en offrande sur les lèvres. Je ripostais par un éclat de rire qui ouvrait grande la voie à la vraie médisance. Elle me revenait sous d'autres formes, portées par d'autres bouches, plus autorisées, des grands-tantes qui accouraient toutes chaudes à la remontrance, chargées de victuailles et de sentences, des cousines de passage qui ont le cœur tellement tranquille que j'en venais à craindre pour leur santé, et même de parfaites inconnues qui s'invitaient gaiement au nom d'une attribution tribale aussi lointaine qu'invérifiable, toutes royalement dotées en maris, en fruits légitimes du ventre et fortes du droit acquis de dire le bien et le mal. Il y avait de l'anathème sous les mots et des mises en garde dans le regard. Nous étions en terre d'islam, pas dans une colonie de vacances. Je le prenais mal, le grief appelle le Jugement dernier. Fou ne veut pas dire malsain, vivre seule n'est pas un crime, n'est pas un luxe pour débauchée! Allah aurait-il peur d'une pauvre femme esseulée?

Mon travail m'absorbe huit, dix, douze heures par jour. Je ne compte pas, je fonctionne à l'urgence, prenant sur moi au pied levé tandis que d'autres, des confrères, des mecs bardés de titres ronflants lézardent au soleil ou paradent dans les couloirs. Des fois, j'ai l'impression d'être la bonne du service, c'est humiliant. Je viens le matin, je rentre le soir et vice versa, le tout en coup de vent. Je boutonne et je déboutonne ma blouse en courant. Mais bon, mon boulot n'est pas de rester debout à rêvasser. La pédiatrie est avant tout un esclavage, le premier d'entre les plus terribles. Les enfants sont de grands bandits, s'ils ne pleurent pas de douleur, ils le font par malice. Et l'hôpital Parnet n'est pas la plus reluisante des paroisses d'Alger. Je passe une moitié de temps à enguirlander des mioches et l'autre à guerroyer avec les cancres de l'administration. Ça use. À trente-cinq ans et des poussières, j'ai mes rides de cinquante. On m'appelle « la Vieille » en y mettant un semblant d'affection pour faire passer la pilule. Je le prends mal aussi. Pour un toubib, tels signes de déclin sont cause de ruine et pour une femme encore jeune et belle, une mise au rebut.

La solitude me console de tout. De mon célibat, de mes rides prématurées, de mes errements, de la violence ambiante, des foutaises algériennes, du nombrilisme national, du machisme dégénéré qui norme la société. Mais pas de l'absence de mon petit frère, et de cela je souffre comme au premier jour. Qu'est-il devenu, mon Dieu? Voilà un an qu'il est parti. Je n'ai pas osé m'en remettre à la police. Elle m'en aurait voulu de la déranger, elle nous aurait collé une histoire de derrière les fagots et mis à l'index. Il a dix-huit ans, c'est assez, on le soupçonnera, on voudra le retrouver pour le torturer. Je cherche par moi-même et je fais attention de ne pas donner l'éveil. Et puis, mon idiot de frère est parti de son propre chef. Officiellement, il est là où ça lui plaît. La démocratie a du bon aux yeux de la police. Pour tout avouer, plus elle se donne de droits moins elle se connaît de devoirs.

Barbe-Bleue a sa part dans mes rêveries et mes paniques. Je ne sais pas s'il existe vraiment. C'est une ombre qui se dessine à contre-jour derrière les persiennes de la maison d'en face, une vieille bicoque lézardée jusqu'à l'os, restée vide depuis le départ plutôt mystérieux de son propriétaire, un Français, un original ai-je cru entendre, quelque part sur la fin des années soixante. La piste est difficile à relever. En ce temps, je n'avais pas l'âge de remarquer les voisins, tout au plus ai-je enregistré dans un coin de ma juvénile mémoire l'image d'une ombre d'homme qui allait et qui venait pas plus bêtement que n'importe quelle ombre d'homme.

Celle qui m'interpelle aujourd'hui est peut-être celle de mon enfance qui cherche à remonter à la surface. Comment savoir, du sang a coulé sous les ponts et des océans d'amertume dans les cœurs. Le quartier a changé de peuple plusieurs fois depuis ce temps, c'est à ne pas se retrouver soi-même. Les mutations ont été menées au canon, les plus rapides ont changé d'air, les traînards ont pris sur la tête. Pas d'accalmie, pas de pitié. L'exode rural, qui fut le grand succès de l'époque, a fait d'Alger une misère sans fin, on entre, on sort, puis on disparaît dans un bidonville ou un autre. Ses tentacules ne se comptent pas, ils s'enroulent et se déroulent d'un horizon à l'autre. Où qu'on aille, est la même terrible étreinte. Dans une ville malade, une rumeur et c'est tous les bruits qui se mettent à courir. On en attrape un, en voilà dix qui sortent de l'ombre réclamer leur part de vérité. On a dit la maison hantée. Les bambins en avaient les cheveux dressés, les mémés glaglataient en trottinant à toutes jambes, les pauvres n'avaient jamais couru que pour fuir. La rue fit faillite dans l'effroi, les commerçants sont allés voler ailleurs et les clients les ont suivis. Hantée, hantée, mon œil, c'était une façon de dire, les gens pensaient plutôt à une embrouille arrangée sur le dos du Français, une histoire de dépossession, ils ne voulaient être témoins de rien et surtout pas d'un crime, même bien maquillé. S'il y a arrangement, il y a menace à la clé, quelque chose d'inhérent, et qui parle de menace pense tout bas au gouvernement. Pour ma part, j'y ai cru et j'ai assez cauchemardé. Puis, le doute s'est insinué. Un fantôme, c'est sympa, ça joue à faire peur, c'est tout. Celui-ci tenait une autre démarche, il guettait au fixe plutôt que de voltiger en ululant. L'ombre avait donc un vrai support, un habit de chair et de sang et une tête lourde d'idées obsolètes sinon dangereuses. Ça ouvre le champ des hypothèses. Un tueur à l'affût, un Landru enturbanné, un fugitif acculé donc imprévisible, un terroriste qui promet de mettre le feu au quartier dans le dernier acte? Dans mes périodes frileuses, je l'imaginais ainsi. Dans les bons moments, je me lâchais la bride, je le voyais en amoureux bourrelé de remords, en Quasimodo agonisant dans un lit de poussière, en mystique fasciné par son nombril, en Elephant Man au grand cœur, en vieux bourru abandonné de sa famille, en savant ébouriffé penché sur d'ahurissantes recherches. Quitte-t-il sa fenêtre? Jamais, si je suis à la maison. À quoi occupe-t-il ses heures en mon absence? Je me posais la question. Le plus couramment, je jetais un œil distrait dans sa direction et m'en retournais d'un pas léger.

Je l'ai baptisé Barbe-Bleue. Un souvenir d'enfance, l'âge des belles lectures, mais aussi une donnée sociale cruelle et bête des temps modernes, les barbus occupent le pays et ses banlieues, ici et là-bas, par-delà les mers et les religions, ne laissant à la vie sauvage qu'une paille pour respirer.

Mon barbu à moi n'a rien de méchant, j'ai fini par m'en convaincre, il est seulement mystérieux. Si Barbe-Bleue est barbu, c'est simplement qu'il ne se rase pas. Je ne peux pas croire qu'un fantôme ou un personnage de conte joue de ses décorations pileuses comme un vulgaire fanatique bouffé par la haine. Il doit s'aimer ainsi et qui aime souffre. D'un autre côté, Barbe-Bleue égorgeait ses femmes, ça donne à réfléchir. Mais bon, rien ne dit que Barbe-Bleue est barbu, je l'ai imaginé ainsi, nommé ainsi, parce que la barbe est ce qui symbolise de nos jours le mal qui guette, le mal qui ronge, le mal qui tue. En tout cas, Barbe-Bleue fait partie de ma vie, poilu-barbu ou pas. Je partage ma solitude avec lui et peut-être partage-t-il la sienne avec moi. Pas moyen d'y échapper, nous sommes pris dans la même nasse, nous respirons le même air vicié, une étroite ruelle nous sépare et deux persiennes, la mienne et la sienne, disloquées par la vieillesse. Je ne pouvais quand même pas aller frapper à sa porte et lui demander de déménager. Et si c'était un vrai fantôme !

Il y eut des temps heureux, la famille affichait complet. Papa, maman, mon grand frère Yacine, et le petit Sofiane qui poussait comme

41

un beau diable, et en plus des chiots plein la cour et des chatons plein les pattes et, même, allais-je les oublier, nos chouchous, parce que leur vie fut courte, un merveilleux couple d'inséparables logés dans une cage artistique accrochée au milieu du salon comme un lustre de palais. Les plantes pullulaient, verdoyantes et fraîches, joliment suspendues dans des macramés tressés maison. Dans le jardin, invisible et silencieuse, une tortue menait sa vie à petit train, mâchouillant tout sur son passage. Parfois, on l'écrasait sans y penser mais ça ne prêtait pas à conséquence, ces tendres bestioles sont si bien abritées qu'elles n'ont pas eu besoin d'apprendre à hurler. Et il y avait moi, Lamia, fille de mon état, plutôt mignonne et vive, née à mi-chemin entre les deux garçons. Les amies de maman allaient et venaient comme bon leur semblait, elles prenaient, discutaient, et s'oubliaient en chemin. Le jour des réclamations, je les mettrais en faillite, je devrais y penser plus souvent. Grâce à elles, aucun secret ne nous échappait, elles savaient déterrer les cadavres comme pas une, nous ne pouvions nous passer de leur flair. Les violations des voisines enchantaient nos après-midi. Se laisser terrasser par la sieste était le pire qui pouvait advenir, alors nous restions en alerte coûte que coûte. Je ne le ressentais pas ainsi, comme un drame éternel, mais je comprenais bien que nous, les fillettes, avions à faire notre apprentissage des choses de la vie qui nous guettaient à l'avenir. La maison étant un gruyère, les courants d'air du quartier s'y donnaient rendez-vous. À chaque tournant, il y avait une fille ou un garçon qui demandait après l'un ou l'autre. Il n'y avait pas de raison de tant s'affoler mais le mouvement est contagieux. Les portes claquaient, le badaboum courait le long des murs et se jetait dans l'hystérie collective. La musique roulait à plein tube, yéyé et compagnie, c'était la mode. Johnny, Eddy, les Chats sauvages, les Alger's, étaient nos idoles. Nous étions jeunes, nous manquions de hauteur. Bref, nous faisions plus de vacarme qu'une caserne libérée. Papa avait pratiqué le maquis dans une vie antérieure et portait le titre envié d'ancien moudjahid qui lui ouvrait droit à pension. Il la recevait de loin en loin, après moult démarches, comme un cadeau du ciel. Le nationalisme, c'est quelque chose. On guérit plus vite du choléra. Papa avait cependant le bon goût de garder ses maladies pour lui, jamais il ne nous a imposé ses affections. « Un pays libéré par les siens, quoi de plus normal ! » maugréait-il en écoutant la télé crier au miracle chaque soir devant tous les morts et les accidentés de l'histoire. L'obole ne suffisant pas pour nourrir les canaris, il s'enrôla dans une manufacture d'État où se fabriquait... quoi déjà... je ne sais plus. Papa nous fatiguait les oreilles avec ce qui ne tournait pas rond dans sa boutique, cela fit que s'installa en nous la certi-

43

tude qu'elle produisait des clopinettes rouillées ou seulement des rebuts et des mémorandums pour la corbeille du chef de l'État, désigné ainsi comme le contremaître du pays. L'expression les « bon sauf », que j'entendais « bonsof », en pensant à quelque arbre miraculeux qui aurait germé au milieu de l'usine, émaillait ses lamentations, leur conférant une portée considérable, mais je n'ai jamais eu le cœur de creuser la question, à la maison tout allait pour le mieux. Tout cela, les allées et venues, les hurlements, les cataractes dans les escaliers, les confidences, les plaintes, les fâcheries par-dessus les tranchées, formait des journées animées et des soirées lénifiantes. Le repos après la guerre, il n'y a rien de mieux. Les chatons en ronronnaient de béatitude. Ils avaient une façon de se pelotonner qui forçait l'admiration, on eût dit qu'ils étaient parés pour ignorer jusqu'à l'éboulement du ciel. Ils nous poussaient dans l'hypnose autant que nous les enfoncions dans le coma, nos ronflements et leurs ronronnements entraient en résonance et en un rien de temps la maison s'effondrait dans le coton. Il ne manquait à mon bonheur qu'une sœurette pour dire merci à Dieu sans restriction. « Tu peux le remercier à fond, avoir des frangines est pire que d'avoir des boutons au visage », me disait Louiza, une copine de cœur et d'école, riche en taches de rousseur, que le regret de ne pas avoir de petit dernier à surveiller rongeait au propre et au figuré. Avec son air ahuri et ses dents en herse de gendarme, on pouvait la croire dérangée, au contraire, elle était tout ce qu'il y a de doux, et trognon comme chou avec ça. Ses grains de son étaient à croquer. Pour cela, nous l'appelions Carotte, et, c'était plus fort que nous, nous ajoutions aussitôt, les mains en porte-voix : « Viens que j'te croque ! » Le missile agissait sur elle en trois temps : elle se renfrognait, riait jaune, puis, crac, éclatait en sanglots. Nous la couvrions de baisers pour endiguer les eaux et éviter de voir rappliquer la cavalerie. À elle seule, sa maman était l'armée mexicaine. Cela dit, j'avais mes brocards, étant moi-même une collection de... mais laissons, c'est de l'histoire ancienne. « Je rêve d'un petit frère », disait-elle en gémissant. « Et moi, d'une petite sœur », répondais-je en soupirant. Nous nous tenions par la main à l'aller comme au retour. Je crois me souvenir que nous nous étions juré sur nos têtes de ne jamais nous séparer. Nous n'aurions pas mieux fait la paire si nous avions été homozygotes et seules au monde. Sa famille se déclinait entièrement au féminin, hormis le père, une autre gloire du maquis, un invalide tout ce qu'il y a de vrai, qui, ne sachant à quel saint se vouer, ne se mêlait de rien. À part se lisser les moustaches, on ne lui connaissait pas d'autres tics. C'était sa manière de rêver de son cher douar, car après tout, un paysan, c'est ça, des idées fixes : la terre, les labours, la grêle, les voleurs de bétail, les renards, le percepteur. Le café maure du ravin où s'amassaient les déracinés du quartier était son vrai foyer, c'est là qu'on venait lui annoncer l'heure de dormir. Il était un croyant de l'ancienne époque, d'avant le tremblement, quand les musulmanes se vouaient corps et âme aux travaux des champs, une famille pareille, citadine et en voie de laïcisation, était un gâchis en plus d'être l'antichambre de l'enfer.

On croit que les fillettes parlent sans répit de leurs copains, or elles n'ont de pensées que pour le frère qu'elles voudraient avoir ou celui dont elles souhaitent la transformation immédiate en crapaud. C'était notre cas. Nous avions nos amoureux, nous en parlions mais juste pour dire qu'ils étaient bêtes et sans intérêt. Elles pensent aussi à la sœur qui leur manque cruellement ou celle qu'elles voudraient séance tenante voir rôtir en enfer mais n'en parlent qu'incidemment. C'était notre cas, nous évitions le sujet, Louiza n'admettait pas qu'on épargnât les chipies et j'enrageais à l'idée qu'on puisse jeter son adorable sœurette dans la poêle à frire.

À seize ans, la belle Louiza a été donnée en épousailles à un clochard d'une lointaine banlieue maintes fois sinistrée qui lui a fait une ribambelle de filles et pas un garçon. La génétique, c'est ou tout l'un ou tout l'autre. Pauvre chère Louiza, elle aura toujours eu le contraire de ce qu'elle souhaitait. C'était la benjamine, personne ne l'écoutait. La noce fut un enterrement de lépreux. Sous des habits de clochard des villes inoffensif et superflu se dissimulait un fanatique hyperdangereux, il ne voulait ni liesse ni fantaisie. La bave aux lèvres, il nous a bombardés de versets tirés chauds du Coran et de promesses funestes puisées dans le manuel du parfait terroriste. Le contexte appelant la lâcheté, les hommes prirent des airs de fiersà-bras et se mirent à déclamer les sourates comme des kamikazes. Depuis, je suis traumatisée, je me pose la question : l'islam fabrique-t-il des croyants, des lavettes ou seulement des terroristes ? La réponse n'est pas simple, les trois peuvent être d'excellents comédiens. Et d'ailleurs, il est avéré que l'islam d'aujourd'hui est une mise en scène et d'abord un sacré levier pour les pilleurs de tombes. Les filles ont ravalé leurs folies, jeté bas le harnachement de la danse du scalp, et se sont sagement regardées la soirée durant, peureusement blotties derrière les mémés. Pleurer nous aurait fait du bien mais les béotiens étaient partis pour nous interdire de respirer. Au loin, alors que la nuit enveloppait la cité de son noir linceul, nous entendions s'élever des rumeurs amères et des silences de honte. Je n'ai plus revu ma bonne et douce Louiza. Dans quelle morgue vit-elle ? Ce que j'apprends d'elle par ouï-dire a des échos d'outre-tombe.

Le temps s'est enfui et je me suis retrouvée seule. J'ai accumulé les chagrins en poursuivant ma route cahin-caha. La fac, la misère des œuvres universitaires, la petitesse des condisciples, les tromperies en série, les enlisements, les piétinements au pied du mur, et la galère pour dénicher un job, un petit poste, et encore le tri entre les recommandations intéressées et celles qui ne mènent nulle part. Tout cela prend du temps, des années, et laisse des bleus. Et enfin la chance, un sourire tombé du ciel, je suis passée à Parnet au moment où le pédiatre en titre jetait sa blouse au pied du directeur, cousin du ministre et neveu du Pacha. Il exultait, il tenait en main le visa l'autorisant à venir se réfugier au Canada, le tirage au sort l'avait désigné du doigt à sept mille kilomètres d'ici. Sa chance était la mienne. Le jour même, j'enfilais ma blouse. Le directeur avait cru bon de prouver sa virilité et il le fit à chaud, avant que les témoins du divorce ne se missent à murmurer. «Va au diable, pédé, le premier qui me tombe sous la main te remplacera!» cracha-t-il en se remontant les billes. J'étais là, j'ai tout entendu. J'ai signé pour le meilleur et pour le pire. Côté émoluments, ce n'est pas la ruine, je mange à ma faim, j'ai appris l'art d'accommoder les restes, pudding pie et ratatouille. Le jour même, j'ai tout compris de l'économie arabo-islamique : au boulot comme au foyer les hommes causent, les femmes bossent, et il n'y a de repos dominical pour personne. Mes collègues mariées, mères d'enfants et brus de belles-mères, ont des journées de quarante-huit heures et encore douze en arrérages qui compteront double à l'arrivée des petits-enfants, je n'ai pas à me plaindre, mon temps m'appartient. Le soleil d'Allah brille d'un côté, pas de l'autre. Comment inverser son orbite est une question dangereuse, je ne me la pose plus.

Les décès se sont succédé avec leurs cortèges de rassemblements, les veillées funèbres, le va-et-vient des commissionnaires, les connaissances qui tournent autour du pot, les OPA sur la maison, les demandes en mariage avec un double décamètre en main, et toujours, bien visible, l'imam qui pontifie dans ses babouches. Au quarantième jour, j'ai tiré un trait et j'ai fermé portes et fenêtres. Le vide m'est tombé dessus comme une pierre tombale sur un mort mais c'était mon vide, je pouvais l'occuper comme je l'entendais. Ce jour béni, je me suis donné au moins ce droit, celui de mourir à ma manière. Je m'étais dit qu'un condamné libre dans sa tête est plus vrai qu'un geôlier prisonnier de ses clés et qu'enfin il était bon et urgent qu'un mur séparât la liberté de la réclusion. Ce faisant, j'entrais de plain-pied dans la pire des engeances en terre d'islam, celle des femmes libres et indépendantes. Dans cet état, il est préférable de se dépêcher de vieillir, d'où mes petites rides. Sous la bannière verte, la vieillesse n'est pas un naufrage pour la femme mais un sauvetage.

J'ai eu tous les deuils d'une vie en quelques mois. La mort s'est acharnée sur notre famille, décidée à nous effacer jusqu'au dernier. Elle m'a ignorée pendant que je la suppliais à genoux. Je suis la dernière des Mohicanes, je me demande qui portera le deuil pour moi. Après le père, mort du cœur, s'en est allée la mère, emportée par le chagrin, disparus à trois mois d'intervalle, peu après le décès de Yacine, tué dans sa voiture, l'amour de sa vie. Une R5 bleu pervenche avec radio et antivol, une occasion en or importée de Marseille par Ali Ferraille, le maquilleur du quartier. Payée avec les fonds familiaux, lui rappelait-on chaque dimanche matin lorsque, lustré comme une savonnette, il s'apprêtait à filer à l'anglaise. Il faisait tombeur des années trente, prêt à tomber dans le premier filet. Nous feignions de surveiller la marmite pendant qu'il rasait les murs, comprenant bien qu'il avait à draguer pour se trouver femme. Il était temps, il allait sur la trentaine, il commençait à se voûter, à tousser pour un oui pour un non, à ronfler dans ses pantoufles. Il s'était engagé dans l'administration, il avait pris le pli. Nous avons attiré à la maison les plus belles plantes du quartier, lancé des appels à la ronde et regardé comme des gardiennes de harem. Nous cherchions des vierges, pas de la fausse monnaie. Les marieuses ont tôt fait de rappliquer et notre pauvre maman s'est retrouvée très affairée à courir les cimetières et les veillées funèbres, hauts lieux des arrangements matrimoniaux, et les marabouts où se nouent et se dénouent les affaires impensables. Je me farcissais le reste, les lycées, les écoles de couture, les mariages, les hammams, les arrêts de bus. J'ai ramené des paquets de filles à la maison, des belles et des intelligentes, des attachées à la tradition et des folles en sursis, des blondes, des brunes, des éclectiques, que des jeunettes, toutes libres comme on ne peut l'être, mais l'idiot faisait son dégoûté, il tournait le dos au défilé, il voulait pêcher sa sirène tout seul dans la rue comme un grand. Le pauvre se croyait de taille à vaincre les embûches des marieuses. Il la promenait tranquillement, sa voiturette, dans la direction du Club des Pins, sur la route des ministres, lorsqu'un bolide ivre est venu se jeter sur elle, nous a-t-on appris plus pour insinuer que pour expliquer. « Tu te l'épouses quand, ta caisse ? » lui lancions-nous, écœurés de le voir astiquer sa chose du matin au soir et la surveiller à la jumelle le reste du temps, il ne supportait pas qu'un oiseau se posât sur son aile. Il le prenait mal. C'était notre façon de le mettre en garde, sa dévotion avait quelque chose de bestial et nous savions son penchant pour la frime. Le deuil eut un goût d'amère culpabilité, nos plaisanteries nous revenaient à l'esprit. Je n'arrive pas à me défaire de l'idée que nous lui avons porté la scoumoune. Parler de caisse lorsqu'on se prévient de la bagnole, c'est positivement sonner la mort. Pardon, Yacine, pardon, mon grand. Et pour finir, Sofiane. À sa première cigarette, il s'est mis en tête d'émigrer coûte que coûte, le plus loin possible. « Mieux vaut mourir ailleurs que vivre ici ! » hurlait-il alors que je m'évertuais à le raisonner. « Si on ne peut pas vivre chez soi, pourquoi aller mourir chez le voisin ? » disais-je sur le même ton. C'était mon argument, le seul que j'avais sous la main. Je voulais dire que mourir n'est pas le plus difficile, le problème est d'apprendre à vivre, le lieu est une question accessoire. Mais il ne pensait qu'à ça, ne s'occupait de rien, trouver des filières, arranger des papiers, étudier les ficelles des anciens du grand saut, auréolés de leurs multiples échecs. À peine parlait-il, mangeait-il, et ne rentrait que pour ruminer sa rage. Puis toc, le déclic s'est produit. Un matin, à la pointe du jour, il est parti. Par la route de l'ouest, la plus dangereuse, Oran, la frontière, le Maroc, l'Espagne, puis de là, la France, l'Angleterre, ailleurs, tel est le programme. Je l'ai su tard le soir par un de ses compatriotes, un autre candidat au suicide que j'ai déniché dans une réunion secrète et incantatoire après avoir follement retourné le quartier. Ils étaient plusieurs, tout un contingent, déjà ivres de lamentations, à

52

rêver à haute voix, se persuadant l'un l'autre que le monde les attendait avec des fleurs et que leur exode porterait un coup fatal à la carrière du despote. Bref, ils avaient la fièvre. Ils m'ont entourée comme une grande sœur ennoblie par un royal chagrin et révélé que Sofiane avait pris la voie des *harragas*, les brûleurs de routes. Je connaissais l'expression, c'est la mieux sue du pays, mais c'était la première fois que je l'entendais dans la bouche d'un vrai fou, ça donne froid dans le dos. Ils la disaient avec panache, brûler la route était un miracle qu'eux seuls savaient accomplir. Sur moi retombait l'honneur et sur eux le défi de battre la poussière derrière lui tant qu'elle était chaude. Que dire à pareils crétins, je les ai regardés comme on regarde des prophètes perdus et j'ai secoué mes sandales. Je les aurais bien dénoncés à la police si celle-ci n'était pas la cause de leur démence, toujours à les interpeller, à les palper, à leur cracher au visage, à les manipuler. Sur le chemin des harragas, on ne revient pas, une dégringolade en entraîne une autre, plus dure, plus triste, jusqu'au plongeon final. On le voit, ce sont les télés du satellite qui ramènent au pays les images de leurs corps échoués sur les rochers, ballottés par les flots, frigorifiés, asphyxiés, écrasés, dans un train d'avion, une cale de bateau ou le caisson d'un camion plombé. Comme si nous n'en savions pas assez, les harragas ont inventé pour nous de nouvelles façons de mourir. Et ceux qui réussissent la traversée perdent leur âme dans le pire royaume qui soit, la clandestinité. Quelle vie est la vie souterraine ?

Et quelle est cette vie que je mène quasi ensevelie dans ma vieille demeure ?

Un mois entier, j'ai tourné en rond et versé toutes les larmes de mon corps. Je ne levais pas la tête : Maman, mon petit frère est perdu ! Papa, mon petit frère est perdu ! Le sentiment d'avoir failli à leurs yeux me minait. Je dormais dans sa chambre pour donner le change.

Et un soir, il a téléphoné. D'Oran. Là-bas, dans ce bled où rien ne ressemble à Alger, ni la langue, ni la religion, ni le goût du pain !

« Où ça, à Oran ?

— Chez un ami.

— Tu te moques de moi ? Tes amis sont ici, chez eux, à la maison ou en conclave pour élire le nouveau pape.

— T'inquiète pas.

— Assez plaisanté, rentre !

— Plus tard.

— Quand ?

— Ché pas.

— Donne-moi ton adresse, je t'envoie un peu d'argent.

— J'ai pas d'adresse.

— Ton ami est un clodo, c'est ça ?

— ...

— Allô... Allô... ... Allôôôô!... »

Le sale gosse avait attrapé l'accent oranais, il disait *ouah* pour *ouih* et il claquait la langue! Pour le reste, il était lui-même, impulsif, entêté, bête à mourir... et gentil comme un ange quand il veut. Il n'a plus rappelé. Ai-je dit un mot de trop? Peut-être mais qu'importe, ils sont tous pareils, bêtes, susceptibles et querelleurs. La question me taraude, encore et encore. Il est dur d'être la sœur d'un homme resté enfant. Combien de mecs savent-ils cela?

La maison m'a paru du coup horrifiante. Le vide s'était accru vertigineusement et le silence s'est alourdi. Je n'avais pas de réponses, je n'avais plus de questions. Je n'avais pas à réfléchir, seulement à me tourmenter. Rien ne comptait plus, la routine des jours pouvait venir et tout emporter. Mourir n'est pas une fatalité douloureuse mais une hypothèse salvatrice. Oui, j'avoue, j'ai eu ma période suicide. La décision était prise, il restait à donner réponse au quand et au comment. Je n'ai pas su, la préméditation m'avait obscurci les idées. Puis, j'ai réagi. Je suis comme ça, je désespère pour rebondir.

Et Chérifa est arrivée. Une invasion, je dirais. Que vais-je faire d'elle, celle-là? Elle me tape sur les nerfs, je ne supporte pas ses escapades. Ni ses caprices. Ni ses désordres. Ni sa présence. Et je n'aime pas du tout sa voix de bébé criard. J'ai besoin de paix, de silence, et que tout soit clair dans ma vie. J'ai besoin à chaque instant de pouvoir me dire sans me déjuger : ceci est ma liberté, cela est ma volonté.

Jusqu'à quel point, mon Dieu, notre vie nous appartient-elle en propre?

La première escapade intervint très vite, le lendemain. Nous finissions de prendre le petit déjeuner. Pour me faire pardonner la séance de torture de la veille, j'avais sorti ma réserve de loukoums de l'Aïd et les napperons de maman. Nous portions nos mules, des robes de chambre et dans nos yeux flottait un bon reste de sommeil. C'était beau, gentillet, familial, j'en suis encore émue. Elle a avalé un sucre et elle est montée se harnacher. Que m'a-t-elle dit, qu'ai-je répondu, je ne sais pas. Ce fut bref. Et méchant de ma part. Pour dire franchement les choses, je l'ai fichue dehors. Je l'ai aussitôt regretté.

« Tata Lamia, je sors faire un tour, m'annonce-t-elle du haut de ses semelles éléphantesques.

— Tu vas où ça te chante, l'essentiel est que je ne te revoie pas.

— Tu me donnes un peu d'argent?

— Et quoi encore? T'as dormi, t'as mangé,

t'as rigolé... bon, voilà cent dinars... inutile de
me remercier.

— C'est tout... cent balles ! Je fais quoi avec ?

— C'est bien assez pour appeler tes parents...
Tu m'écoutes ?... Bon, qu'est-ce que je disais ?...
J'te connais pas, tu comprends... j'ai ma vie...
c'est pas parce que mon idiot de frère t'a refilé
mon adresse que je dois m'occuper de toi...
Bon, voilà cent balles de plus... il ne reste rien
pour moi... la paye, tu ne le sais pas, c'est une
fois par mois...

— ... »

Pendant que je m'expliquais comme une
demeurée, elle a empoché les billets, saisi son
baluchon, jeté un loukoum dans sa bouche et
elle est sortie en haussant les épaules. Pour le
salut et le merci, je repasserai.

Bon débarras !

Le retour au vide fut brutal. Je ne m'y attendais pas, je me voyais revenir tranquillement à
mon nirvana. Je le ressentis douloureusement,
c'était un vide résultant d'une séparation. Après,
il y a l'absence qui s'installe, qui mine. J'en ai
souffert, voilà que ça recommence. Et merde,
cette folle n'est rien pour moi ! Hier encore, je la
regardais comme un extraterrestre qui s'est
matérialisé dans mon jardin sans se gêner le
moins du monde. Je me demandais si son jabot
foisonnant avait à voir avec les habitants de
Mars ou de Jupiter. Qu'elle vienne d'Oran, une
bourgade d'Algérie, orientée par mon imbécile

de frère, ne change rien à l'affaire. Ce que je sais d'elle, sans domicile fixe et enceinte d'un ou de plusieurs inconnu(s), n'est pas pour me la rendre aimable. Chacun son douar et les vaches seront belles. J'ai erré comme une folle dans la maison, ma fidèle amie, pressée de retrouver mes esprits. Je ne voyais rien, le vide l'avait engloutie et déjà il se répandait dans le quartier. Tout n'était que silence et mort de l'âme. Barbe-Bleue, son ombre, est à sa place. Dort-il jamais, celui-là? Le mystère, c'est bien mais pas à tout bout de champ. Statue hiératique, il m'observe de haut. Puis, l'ombre s'est éloignée. Quoi... ai-je bien vu? Était-ce cela? Il y avait de la réprobation dans sa façon de me tourner le dos. Et puis, zut, de quoi je me mêle!

À l'hôpital, j'ai regardé les collègues comme si chacun en avait après le monde entier. Je suis revenue pour vérifier. Hé non, ils portaient les stigmates habituels, pas plus! Dieu qu'ils sont rébarbatifs, et fagotés comme des épouvantails! Je n'aime pas du tout leur façon de se rengorger en poussant l'air devant eux. Je les entendais se bourrer le mou: « Hum, hum, nous sommes les amis du sultan, écartez-vous de notre chemin! » Ils vont, ils viennent, avec ce même j'm'en-foutisme qui a ruiné le pays et qui, mondialisation étant, transfère ses retombées sous d'autres cieux. Ils parlent en criant pareillement, aggravant en cela la surdité de chacun. S'ils chantent, sifflotent, râlent ou pleurent, se chamaillent ou se congratulent, sabotent ou font du zèle, ils y mettent l'entrain d'alors, sans rien ajouter de nouveau ou de différent. On trouvera mille et un méfaits dans leur bilan mais ça ne compte pas, des coups lamentables et communs, des histoires de menu fretin. Je trouve quand même qu'ils sourient un peu trop. Y a-t-il une raison, une seule, pour se réjouir dans la déchéance? Existe-t-il un argument, un seul, si minime soit-il, qui expliquerait enfin le ridicule de se pavaner au boulot quand on s'acquitte de celui-ci à moitié et mal? Je me demande quel vrai crime ils ont commis pour avoir cet air si bêtement innocent.

C'est drôle, la honte, elle me met le regard en boucle, je me perds. J'ai honte que les gens n'aient pas honte de leurs tares comme j'ai honte des miennes. Elles sont si visibles sur leur figure qu'on oublie qu'ils ont un nez sur la tête. Je devrais voir un psy et lui expliquer ça.

Je sens que la journée sera longue. Je vais visiter les gamins, la comédie ils connaissent, elle n'est pas synonyme d'hypocrisie chez eux.

Ça remue chaud dans ma tête, je sue, mais plus grave, j'ai l'atroce impression que quelque chose gigote dans mon ventre. Serais-je enceinte? D'où? De quoi? Le Saint-Esprit, un extraterrestre? Je me fais un cinéma noir, je sens que je vais tuer quelqu'un.

J'ai les nerfs en pelote.

Où est-elle passée, l'émigrée? Elle ne sait pas où elle met les pieds. Alger l'emportera dans sa folie. Cette ruine est sans pitié, c'est haro sur les filles et encore haro, et chaque jour, la clameur monte d'un cran. Le premier tacot l'emportera dans sa tanière. Ces vieux clous ont une façon de marauder qui soulève le cœur. C'est : « Tu montes ou je t'écrase ! » C'est une enfant, une étrangère, une touriste, elle ne se doute pas, elle se lie facilement. Que sait-on à Oran des pièges d'Alger? Là-bas, on chante sa misère, raï que j'te raï, ici on la joue à quitte ou double. Et sa démarche, et sa coiffure, et son sourire de nymphe incorrigible, et son parfum, et cette cravate impossible, sont-ce là des signes de bonne composition islamique? Bon sang, on ne joue pas à la starlette quand la religion est en éruption !

J'ai passé la journée à faire semblant de travailler. Je me torturais l'esprit, j'envisageais le pire, c'est le plus probable. J'espère n'avoir empoisonné aucun gosse, ils sont si distraits, ils avalent ce qu'on leur donne. J'étais hors de moi, je courais par la pensée dans Alger, imaginant les endroits où je me serais dirigée si je portais les guêtres surcompensées de Chérifa. Inutile de songer aux lieux qui ont façonné notre jeunesse, c'est de l'histoire oubliée. Que reste-t-il d'attractif? Le quartier de la grande poste avec ses foules en délire et ses salons de thé calfeutrés est un bon piège à filles. Autre attraction, le Mémorial du martyr avec ses boutiques bien léchées et ses jardins suspendus, la jeunesse dorée y fait son safari, traînant dans son sillage petits envieux et traîne-savates des faubourgs. Dans cette affaire, c'est le cortège qui est dangereux en première instance, pas la mariée. Il y a le fameux Club des Pins, abrité dans l'ancienne hacienda de Lucien Borgeaud, le plus grand colon de tous les temps, où les barons du régime logent dans une promiscuité infernale entre quatre miradors. Il s'en raconte assez pour alerter toutes les polices du monde mais pour les petites évaporées c'est la ferme des célébrités, elles s'y jettent les yeux fermés. Le malheur les guette et que voient-elles : des sorties, des fêtes, des surprises. Les grands hôtels sont pris par les pros, placées par l'Organisation, mais avec son air souverain Chérifa peut bien passer pour une vestale hors pair. Les vieux messieurs à l'affût dans leurs chauffeuses donneraient gros pour seulement lui mordre le lobe de l'oreille. Ils ont une façon de sourire aux minettes et aux éphèbes qui endormirait un crotale. Le genre Lolita les fait hennir, ces porcs. Je les hais !

« Hé, Lamia ! Hé, attends ! »

Je connais cette voix. C'est le Mourad, un collègue, le farfelu du service. Il s'occupe des cancéreux, ça l'a un peu détruit. C'est le seul qui ne songe pas à émigrer. Ce n'est pas qu'il manque de compétence ou de courage, il n'a plus de force. Je l'aime bien. Un temps, il m'a draguée puis il a fait son deuil. Le pauvre a un boulet au foie et plutôt costaud, il biberonne à la pompe, un vrai camion. Mais c'est un raffiné, il a le verre philosophique, il ne tuerait pas une mouche. Pauvre homme, aucune femme ne veut de lui alors que déjà il se rapproche de l'éclatement du foie. Les premiers temps, j'ai cru qu'il buvait tant pour parfaire son image de mec blasé, il ne s'empêchait pas de décourager les jeunots et de s'esclaffer au nez des lécheurs. Il a évolué, il en est à saper l'autorité en encourageant les ambitieux à se défoncer. Il est venu à moi en louvoyant après que le directeur m'eut embauchée sur un coup de tête et mise aussitôt à l'ouvrage. Après m'avoir scannée de bas en haut et repéré mon nombril, il a dit : « Écoute, petite, tu es mignonne mais je te le dirai une autre fois, pour l'heure il faut que tu saches où tu mets les pieds. C'est le maquis, cette paroisse, c'est piégé de haut en bas. Si tu as besoin de conseils, viens me trouver discrètement. Médite déjà celui-là : pas de zèle, pas de lézard. »

Et il est parti, les mains dans les poches. Un rigolo. Les hommes sont sordides, ils voient du lézard dès lors qu'une femme est disposée à bien faire.

Je me suis ouverte à lui, Chérifa, ses caprices,

ses fugues, mon désarroi, ma honte. Il a vite compris. Il y a les faits vus dans leur enchaînement logique mais il y a aussi les sentiments et ce qui gît, refoulé dans les profondeurs de l'âme. En clair, je craignais le pire. Il s'est longuement tiraillé la lèvre avant de conclure :

« Tu l'aimes, cette petite ! Pourquoi tu l'as chassée, alors ? Enfin bon, une femme, c'est jamais clair ou alors il y a anguille sous roche. Ce n'est pas là qu'il faut chercher, le mémorial, les palaces, le Club des Pins, c'est pour les grosses pointures, le feu vert de l'Organisation est requis. La poste, je ne dis pas, les accords se discutent avec la pègre et le pourcentage n'est pas terrible. Non, la fille est enceinte, elle raisonne en fonction de ça. Le poisson cherche l'eau, pas l'égout. Vois plutôt dans les gares ou du côté des cités universitaires de filles. Dans le premier cas, elle va émigrer dans une autre ville et là, à mon avis, tu peux commencer le deuil, l'Algérie profonde c'est la fin du monde. Dans le deuxième cas, n'est-ce pas, elle cherche de l'aide, elle pense que les filles sont solidaires sur ce coup... enfin, tu comprends, elle cherche une piaule et de la tendresse féminine.

— Les gares, je peux, y en a pas mille et pas même cinq, mais les cités je vois pas. Combien y en a-t-il ? Je ne vais pas frapper à toutes les portes et demander : Chérifa est chez vous ?

— Non, tu passes le message à une fille et tu attends. Tu auras la réponse vingt-quatre heures plus tard en attrapant n'importe quelle étudiante. Elles vivent en vase clos, c'est un réseau. Tu as connu ça, souviens-t'en, mais de notre temps la ségrégation était de nature révolutionnaire, vous pouviez tenir vos meetings et produire vos motions. À présent, terminé, nous sommes de vrais fous, on ne badine pas avec la religion. Fais gaffe à pas les inquiéter, les pauvrettes, elles dissimulent toutes quelque chose, une idée, un rêve, un béguin, une petite manière, voire un projet de suicide...

— Le plus simple est d'attendre. Elle reviendra, je suis sûre, elle n'a pas où aller.

— C'est toi qui vois mais tu sais où mène l'espoir par ici. »

J'ai entendu ça. Je ne connais pas d'Algérien qui ne parle pas d'espoir cent fois par jour en étant assis. Non, je n'en connais pas. Je me demande ce que veut dire ce mot.

Je suis passée à la gare d'Hussein-Dey avant de rentrer à la maison. Commence par là, me suis-je dit, elle est sur ton chemin. Il y avait foule. Toute la foule du monde. Les banlieusards, des abonnés qui vont en divisions entières, musette à l'épaule, tête baissée, silencieux, gris-noir, pauvrement arrangés. Les vieilles usines de l'ère socialiste les avalent le matin, les régurgitent le soir après huit heures de broyage inutile. On dirait qu'ils sortent du goulag et qu'ils attendent la sirène pour y retourner.

C'est bête, la guerre économique se déroule ailleurs et elle est menée par les ordinateurs et les satellites dans le plus grand silence. Ils feraient mieux de rentrer chez eux consoler leur famille, on ne peut pas échapper à la fois à la misère et au FMI. Une maman ne retrouverait pas ses petits dans cette histoire. Et Chérifa n'est pas plus haute qu'une puce en talons, comment la verrai-je ? Pendant que j'évaluais le temps nécessaire à la fouille des lieux, l'omnibus est arrivé, surgissant semble-t-il de la nuit des temps. Un boucan d'enfer ébranlait la terre et la moitié du ciel d'Alger avait disparu dans la fumée. Comment la foule a-t-elle pu l'investir aussi vite, les voitures étaient bondées jusqu'aux marche-pieds ? Mystère et cacahuète vide. Tout cela, le calme plat, la patience, les mains dans les poches, la musette au pied, c'était du cinéma, de la diversion. Les pauvres, les syndiqués de la misère, ont une façon de se feinter qui dépasse l'entendement. Ils giclent en masse en une fraction de seconde et réussissent à se faufiler par douzaines là où une main gantée ne passe qu'à plat. Le temps de reprendre mon souffle, je me suis retrouvée seule sur le quai avec la cruelle sensation d'avoir loupé le dernier train de l'année. Tranquille, un grognard en casquette et jambe de bois est venu sur moi pour me dire : « Pas de problème, madame, il y a celui de dix-huit heures trente-sept, mais il faut foncer, c'est l'heure de pointe. » C'était le chef de gare, je pouvais le croire. Merci. Je suis partie en courant. Si Chérifa est dans une gare, je ne la reverrai pas, elle ira d'une foule à l'autre.

Où en est la situation du côté des étudiants ? C'est en cars qu'on les balade entre facs et cités. Combien sont-ils à sinuer dans les rues d'Alger ? Je ne sais pas, tout pousse comme des champignons dans cette ville sclérosée. Ils sont partout, pleins à craquer. Je me suis posé la question : que déplacent-ils en réalité ? Les garçons portent la barbe, les filles le tchador, ils ne parlent pas, elles ne bronchent pas, et les machinistes manœuvrent comme s'ils obéissaient à des consignes secrètes. Rien de très scolaire là-dedans. De mon temps, nos bus ne passaient pas inaperçus, des bidules russes rouillés jusqu'à la jante et fumeux comme un cigare mouillé, on chantait *Kassamen, L'Internationale, Le Déserteur*, on crachait sur les bourgeois ou leurs valets et on poussait les automobilistes à la mort en leur montrant le bout du sein, ou nous faisions mine de noter leur matricule en leur promettant du geste de le communiquer au KGB. Autres temps, autres mœurs.

Pénible, le retour. Je traînais les pieds, l'âme au bord des lèvres. Le quartier m'a paru rébarbatif et sale, ce qui est son état naturel, et la maison, ma maison, m'a accueillie froidement. J'avais besoin de ça. J'aimais pourtant ces heures grises, cet entre-deux, un peu soleil, un peu lune, la journée finie, la soirée en devenir. Le soulagement arrive, l'espoir renaît, on frétille devant sa porte, quelquefois les clés se mélangent tant l'envie de passer la frontière est pressante. On a fini avec ce monde, on est dans son trou, on tombe la veste. Quelque part, au fond de soi, l'horloge interne ou l'ange gardien actionne un formidable aiguillage et nous voilà partis pour rêver comme des enfants. Dans le dénuement, le bonheur, ce n'est rien d'autre que cela. On se laisse aller, on œuvre à son rythme, le ménage, les petits trucs à recoller, on tournicote en triant ses hésitations, prendre un bain si l'eau est arrivée, téléphoner si la ligne est rétablie, s'installer devant la télé si l'électricité est revenue, s'allonger, bouquiner, lancer la popote, arroser les plantes, remettre de la poudre pour les fourmis, tricoter. Certains soirs, se prendre la tête entre les mains, coudes sur les genoux, est le seul geste qui vient à l'esprit. La vie est absente, inutile de s'agiter.

Que disait-il, le Mourad... la tendresse féminine? Il m'en dira tant! Et que suis-je, un ours, une pierre, une machine? Que sait-il de moi? Que sait-il des femmes? Bah, c'est un homme, ça ne sait pas. Peut-être pense-t-il qu'il existe une tendresse masculine. Quel sentimental!

Ai-je bien vu... là... accroché à la patère du vestibule ? Oui, un pull rose panthère avec des fleurs de chiffon bleu sommairement cousues sur le plastron ! S'il n'est pas à moi, et de cela je suis sûre, il appartient à Chérifa. Mmff... mmff ! Il irradie son parfum au plutonium. En un tour, j'ai récolté un string dans la baignoire, un collier de verre sur le potager, un mouchoir sous le téléphone, un poudrier à côté du téléviseur, un crayon dans le vase, une paire de chaussons accrochée au clou du couloir, un bonnet afro suspendu à la poignée du cabinet. Cette fille est une semeuse, elle aurait du mal à passer inaperçue dans un film policier. Où est-elle à cette heure ? Si elle ne revient pas récupérer son bien, c'est qu'elle est perdue. Non, la coquette voudra sauver son trésor, c'est tout ce qu'elle possède.

Plus avant, j'ai découvert un réticule glissé sous le coussin du canapé. Un truc ridicule, un accessoire de mariage, argenté, extra-plat, dans lequel on ne peut pas enfoncer ses clés sans laisser les doigts. J'ai pensé au singe du laboratoire qui plonge la main dans une carafe au long col évasé, s'empare de la friandise en question et qui, tout étonné, constate qu'il n'arrive pas à dégager son poing ; je ne sais pas ce qui est le plus triste dans cet exercice : diminuer le singe ou se croire plus malin que lui. Je n'ai pas osé l'ouvrir mais je l'ai ouvert quand même, j'ai des droits chez moi. Inventaire : une queue de crayon, un pinceau, une épingle, une pièce de monnaie, encore une épingle, une photo en pied. Tiens, regardez-moi ça... un homme ! Trente-cinq ans ? Visage banal... disons conforme, il répond trait pour trait à la nouvelle biologie des Algériens de première classe : joufflu, pansu, fessu, muni d'un ornement pileux autour de la bouche qui se veut, selon le cas, une ostentation religieuse modérée, un accessoire de séduction ou la preuve d'une intelligence électronique, et sapé comme pour aller au cocktail de la mafia. Pff, que tout cela est ringard, dès qu'ils ont un sou en poche, ils partent dans tous les sens ! Un port de tête emprunté et une crispation au fond des yeux. Je connais ça, sur mes photos j'ai toujours l'air d'avoir été piégée par un blaireau borgne. Un peu jeune pour être son grand-père, trop vieux pour être son petit frère ou un copain d'école mais bon les dysfonctionnements sont partout. Le champ des hypothèses ne s'arrête pas là : un oncle, un cousin, le mari d'une voisine. Ou encore un trafiquant, un cabaretier, ceux-là sont tous de la nouvelle biométrie et les Chérifa sont leurs proies préférées. Ou encore un... en cherchant, je me disais : je connais ce lascar, j'ai vu cette bobine ! Un homme public ? Oui c'est ça, quoi d'autre, un sportif, un politicien, un capitaine d'industrie, un artiste proche du ministère, un gus du gotha, quoi !

Quel lien entre l'homme de la photo et le

70

ventre rebondi de Chérifa ? Je ne pouvais pas ne pas me poser la question. Voilà, c'est fait.

J'avais compté juste, trois jours que je n'ai pas vu la gorgone de la rue Marengo, et là, toc, elle arrive, l'air ennuyé. Elle n'a pas tourné autour du pot comme à l'habitude.

« Ah, ma fille, cette jeunesse, on ne peut pas compter sur elle ! Sitôt arrivée, sitôt envolée. C'est que ça aime vous laisser dans le souci, alors qu'à notre âge, on aspire à quoi, avoir quelqu'un qui te soulage les bras, c'est tout, mais autant demander de l'eau à la mairie. Dis-moi, je la connais pas, cette petite, comment est-elle habillée ! C'est quoi son nom, où est son mari, pourquoi est-elle sortie hier soir pour revenir à minuit passé, où est-elle allée, et pourquoi est-elle repartie de si bon matin et en colère ?

— Ah, Tante Zohra, quel hasard, je m'apprêtais à venir chez toi m'enquérir de ta santé, ton silence m'inquiétait ! »

Je connais la musique avec elle, lui en balancer des paquets et la laisser accommoder.

« Tu parles de Chérifa ? N'est-elle pas mignonne ? C'est la petite dernière d'un cousin émigré à Oran au lendemain de la guerre 39-45. Les Américains étaient dans le coin, ils nous bombardaient croyant que nous cachions des terroristes allemands. Puis quand ils ont compris que nous nous cachions nous-mêmes, ils sont revenus nous arroser de barres de chocolat.

Les enfants se sont collés à eux, beaucoup ont été pris comme mascottes et depuis personne ne sait ce qu'ils sont devenus. En Kabylie, nous n'avions rien à manger, sinon de la farine de gland, des olives vertes et du fromage de chèvre. Ah oui, j'oubliais, notre fruit préféré, à nous les Kabyles des montagnes, les figues fraîches cueillies à l'arbre. Il n'y a rien à labourer si haut dans les pierres. Sentant venir son heure, il a demandé à sa petite de visiter la famille pour lui. Nous sommes peu de chose, Allah en est informé par nos lamentations. Tu le sais mieux que moi, notre tribu est éparpillée, le malheur nous a chassés d'une ville à l'autre quand ce n'est pas hors du monde. Voilà, la pauvre petite, elle va, elle vient, et ça ne va pas finir, les cousins sont partout, tous des émigrés clandestins chargés de misère et de nostalgie. Comme elle est somnambule, elle n'a pas d'heures. Qu'est-ce que tu veux, Tante Zohra, c'est la vie !

— Et Sofiane, comment va-t-il ? Il est à Oran, il a rencontré le cousin et échangé les nouvelles quand même ! »

Comment elle a dit ça ! La mégère est rusée, elle me sortait les pièges à loups.

« Hé non, ma pauvre, tu connais Sofiane aussi bien que moi, une tête en l'air ! Souviens-toi comme il faisait semblant de ne pas te voir lorsqu'il te croisait devant la porte. »

J'ai arraché une semaine de bonheur. La gorgone n'a pas cru un mot de mon invention mais pour cancaner, elle n'a besoin que de sa langue et de salive.

Je n'ai pas fermé l'œil de la nuit. J'ai fait le ménage de fond en comble, peut-être deux fois, je ne me souvenais pas où j'avais commencé les manœuvres. Sur la lancée, j'ai lavé du linge en souffrance, puis j'ai erré. L'atmosphère avait quelque chose de *Shining* de Stanley Kubrick avant que le mystère n'explose à l'écran. C'est bête que des choses pareilles m'aient si long-temps échappé. J'ai découvert un couloir sous la soupente arrière du deuxième et au bout de ce morceau de tunnel impromptu, une pièce. Je dirais un cagibi. L'huis a grincé comme s'il avait deux mille ans d'âge. Chambre d'esclave, cachette secrète pour les coups durs ? Une idée du Turc, sûr, ces gens n'avaient pas que la tête sous le tarbouche. Je m'attendais à voir un sque-lette ou un nuage me feinter et se faufiler entre mes jambes mais rien, le réduit sentait le moisi. Pas un fifrelin, pas un parchemin et pas un indice pour avancer. Un jour, je glisserai un plan couvert de dessins ténébreux, il aidera mon suc-cesseur à vivre sur l'idée qu'il va vivre riche et sans soucis. Avec une pincée de poudre d'or, les performances seront meilleures. Ces grandes baraques évoluent avec le temps, on ne finit pas de les explorer.

Mes genoux m'ont subitement lâchée. J'avais tiré sur la corde. Je me suis allongée et j'ai bouquiné. Puis, je me suis préparé une infusion que j'ai sirotée dans la cuisine en regardant les cafards festoyer dans la pagaille. Il y a longtemps que j'ai cessé de les combattre ceux-là, l'avenir leur appartient. J'ai lu dans une vieille revue scientifique que plus on les tourmente plus ils forcissent, alors je laisse courir, espérant que l'oisiveté et la ripaille en viendront à bout. Puis tristement, j'ai fait des réussites en écoutant la radio tartiner sur pas grand-chose, les maux de tête du village, avec des auditeurs lointains, voire inexistants, convaincus que leurs épanchements nocturnes soutiennent une grande cause. Au menu : Civisme et ordures ménagères. En force et à l'unanimité, ils ont balayé le monde entier de leurs récriminations, pas un ne s'est arrêté devant sa porte. Pauvres cloches, va, malade à ce point, on se couche, on ne fait pas l'intéressant! Quand on arrange soi-même son lit, on n'insulte pas la bonne.

Puis, j'ai pleuré, pleuré, pleuré.

Je me demande dans quel temps je vis. Tout s'est effondré si vite. Y eut-il un avant, ai-je vécu, ai-je jamais rien eu hormis des parents chéris, morts avant l'heure, et un jeune frère, un vrai débile, qui a disparu de lui-même ou qui est en voie de l'être. Et Yacine, mon grand, resté sur la route, n'ayant rien connu de mieux que sa trottinette. Dans le vide, on se perd. Quel siècle fait-il dehors? Le bruit et la poussière qui me parviennent par vagues brutales ne me disent rien qui vaille. Il y a maldonne, l'islam le plus ténébreux et le modernisme le plus toc se disputent les rengaines et les initiatives. C'est à hue et à dia, j'en ai les oreilles malades. Le temps, patrimoine mondial de l'humanité, subit ici les injures d'un passéisme virulent et les outrages d'un futurisme d'horreur, il n'a plus de force, plus d'allant, plus de lumière. Faut-il aimer le néant pour s'infliger pareille distorsion! Tel qui dit ceci pense aussi le contraire et se jette ainsi dans la mêlée, clopin-clopant, les œillères en

75

colère. Pourquoi le bandeau sur les yeux? Je ne sais pas, le temps est à ces mutants ce que les lunettes de soleil sont à l'aveugle, il dit leur incapacité à voir et partant leur inaptitude à faire. Par leur faute ou la faute à Voltaire, ma vie s'est réduite à rien, pas grand-chose, une succession de sauts et de soubresauts entre lever et coucher, puis s'est arrêtée comme l'horloge du vestibule s'est tue à la disparition des siens. Mon temps à moi tient du bricolage, du rafistolage. Il prend un peu de mon enfance, heureuse mais inachevée, un peu de ce que je lis, beaucoup de ce que je vois à la télé, un peu de ce que je rêve, assez de ce que la fureur clame aux quatre vents, et me fournit une ligne de conduite au jour le jour. Je me suis arrangé un mode de vie qui ne tient ni de l'argent ni de l'encens, pas de religion, pas de bazar, pas d'atermoiements. Ou alors les choses se sont imposées d'elles-mêmes comme lorsqu'on végète sur une île déserte ou qu'on rouille dans un embouteillage. On fait avec ce qu'on a sous la main. Pour le dire honnêtement, je n'ai jamais su d'où naissent les désirs ni comment se fabriquent les refus, je sais seulement que je me contrefiche des boniments des marchands de vérités. Comme Pénélope, je suis sourde aux avances et bien accrochée à mon ouvrage. La solitude est mon bouclier.

Il faut bien se défendre dans la vie, quitte à laisser des plumes.

La maison, ma maison, ne m'a pas laissé le choix. Certains matins, de ces matins glauques qui prolongent atrocement la nuit, je me fais l'impression d'être sa prisonnière, cependant consentante, n'ayant nul endroit où me réfugier. Elle a deux siècles bien sonnés, je dois constamment la surveiller mais je le vois, je le sens, un jour, elle me tombera sur la tête. Elle date de la régence ottomane, les chambres sont minuscules, les fenêtres lilliputiennes, les portes basses, et les escaliers, de vrais casse-gueule, ont été taillés par des artistes ayant probablement une jambe plus courte que l'autre et l'esprit certainement très étroit. S'il faut une explication elle résiderait là, dans la famille nous avons tous un mollet plus gros que l'autre, le dos courbé, la démarche en canard et le geste court. La génétique n'y est pour rien, la maison nous a faits ainsi. La perpendiculaire était une énigme à cette époque, nulle part l'angle droit n'épouse l'équerre, de fait ils ne se sont jamais rencontrés sous la truelle du maçon. L'œil en prend un coup. Le nez aussi, l'odeur de moisi fait partie des murs. Parfois, je me prends pour une fourmi tâtonnant dans le labyrinthe et parfois pour Alice au pays des Merveilles.

Elle a été édifiée par un officier de la cour, un effendi, un certain Moustafa Al Malik. Son nom et ses armoiries sont inscrits à main gauche du fronton sur un marbre tarabiscoté râpé par les ans. Raison pour quoi, les gens du quartier disent *la maison Moustafa* en parlant de nous. C'est gênant, l'homme a laissé derrière lui une épouvantable réputation de pédophile, bien qu'en ce temps, en ces lieux, tel crime avait sa place dans les bonnes mœurs.

La demeure tire son charme de ses mosaïques naïves, de ses trous de gruyère arrangés en niches avenantes où reposent de vénérables cuivres et de ce que ses couloirs étriqués et ses escaliers abrupts serpentent à leur guise. Le mystère est omniprésent, à chaque tournant on bute sur un fantôme en djellaba, un djinn barbichu occupé à polir sa lampe, une vamp grassouillette enchaînée à une vieille mal fichue, un poussah ruminant complot contre le pacha. En vérité, il n'y a rien mais quand même on s'attend à tout.

J'ai baigné dans cette atmosphère, alors forcément ma perception du temps s'en ressent. Elle serait autre si ma vie durant j'avais mariné dans une HLM super-bondée plantée sur un plateau bourbeux balayé par les vents d'usines au centre d'une banlieue sinistrée. J'ai le cadre pour rêver tout le temps que je veux, il manque seulement la finance. Mon salaire me donne plus d'insomnies que de beaux loisirs.

Le Turc mort, la maison entama une nouvelle carrière. Malice du destin, position stratégique de la bâtisse au point haut de ce qui plus tard sera appelé Rampe Valée — du nom de ce maréchal de France, gouverneur d'Algérie, dont certains de ses contemporains disaient qu'il avait une main de fer dans un gant de velours et d'autres qu'il avait une main de velours dans un gant de fer — peut-être, toujours est-il qu'un officier français succéda à l'officier turc, un certain colonel Louis-Joseph de La Buissière, vicomte de son état. Son nom et ses armoiries sont inscrits à main droite du fronton sur un marbre enguirlandé limé par les ans. Nous ne savons rien de sa vie militaire. Je suppose qu'il a suffisamment guerroyé pour s'adjuger tel grade, sauf s'il le tenait de droit de son lignage. La chute de Charles X entraîna la sienne, il était un légitimiste, un romantique, il a refusé que la cocarde tricolore remplaçât la cocarde blanche au mât de son régiment. Il démissionna avant que d'être démis par des républicains arrivistes et se perdit dans la foule des sans-grade au cœur d'Alger. Il fut aussi un naturaliste émérite, on trouve son nom dans les honorables catalogues qui tapissent le grenier. Il a sillonné le bled dans ses profondeurs, à pied, en calèche, sous le soleil, un crayon à la main, notant et croquant tout ce que le désert voulait bien offrir à sa curiosité. Il a rempli quelques volumes avec une minutie extraordinaire. C'est drôle comme une plante à chèvre, rabougrie et amère, devient géniale sous la plume d'un savant. Les petites gens ne respectant rien, ses études finirent dans le grenier où elles ont nourri des générations de souris avides de savoir. Enfin bref, le monde est ce qu'il est, composé de savants et d'ignorants, ce que l'un construit, l'autre le détruit. Un peu sur le tard, torturé par on ne sait quelle fièvre, il embrassa l'islam, épousa une de ses filles, une certaine Mériem, puînée d'un brave apothicaire de la Casbah, et prit le nom de Youssef qui n'est autre que la graphie arabe de Joseph, fils préféré de Jacob et de Rachel. On lui reconnaît d'avoir été un vrai fidèle et on le cite en exemple chaque fois qu'il est séant de rappeler combien l'islam est supérieur aux autres religions. Soit dit en passant, la conversion de chrétiens célèbres apporte de l'eau au moulin et c'est tout bénef, d'où l'énorme publicité faite aux grands noms du monde chrétien venus opportunément à l'islam. Pourquoi, je ne sais, ces champions vont à l'islam comme on passe à l'ennemi. Il y a du « na ! » dans leurs neurones. Au contraire, le musulman qui se convertit au christianisme ne l'avouera pas sous la torture, ne le dira pas à son confesseur, il continuera de se montrer à la mosquée, plus fervent et plus entreprenant qu'un taliban. Qu'importe, on croit ce qu'on veut, l'essentiel est de ne pas courir trucider les gens. Il est proclamé dans le Livre : *Je vous ai envoyé le Coran et Mahomet pour clore le cycle des révélations et des prophètes*. Il est donc permis de s'actualiser et de se bonifier et c'est ce que fit le vicomte le plus tranquillement du monde. Le bon Youssef est mort en odeur de sainteté à plus de quatre-vingt-dix ans, dans son lit, entouré de ses proches et alliés, mais il s'en trouva à Paris qui jugèrent sa fin étrange. Si loin de la civilisation, on eût voulu qu'il trépassât de mort violente, de ces façons de passer l'arme à gauche que la décence refuse, à tout le moins de quelque fièvre suffisamment expéditive pour être vue comme exotique. Peut-être cela fut-il après tout, bien qu'en ce temps, en ces lieux, on succombait plus volontiers de vieillesse, de famine, d'un coup de soleil ou de sabot, et cela est vrai aussi, d'une épidémie de malaria, une invasion de saute-relles, une dague entre les omoplates. L'héritage avait de quoi faire réfléchir, tout désintéressé qu'il fût, le vicomte avait du bien tant en Berbé-rie qu'en Sologne, son pays natal. Il y eut une collation notariale et des va-et-vient entre Alger et Paris. Tout pleins de flair, les tabellions trou-vèrent rapidement dans les lois ce que celles-ci réservaient aux riches et ce qui pouvait être laissé aux pauvres, et tout rentra dans l'ordre, la vieille Mériem fut expulsée avec ses souvenirs et les de La Buissière de France conservèrent intact le patrimoine.

La maison fut immédiatement cédée à un certain Daoud Ben Chekroun, un Juif de Bab-Azzoun qui avait fait des transactions immobi-lières express entre Turcs fuyants et Français arrivants son gagne-pain et qui allait finir sa vie riche comme Crésus. Du moins le dit-on, sur un daguerréotype que nous avons de lui, le montrant accroupi, adossé à une masure, à la main une queue de taureau érigée en chasse-mouches, il est aussi hirsute et dépenaillé que n'importe quel vieux singe. Mais bon, on peut être riche et sournois. On ne doit pas écarter l'hypothèse qu'il a embobiné son photographe, lequel l'a immortalisé dans la misère en toute bonne foi. Les anciens du village qui avaient élu quartier général dans un café maure au fond du ravin n'ont rien trouvé de mieux que *le palais du Français, la forteresse du Converti, le repaire du Juif, le nid du corbeau, la tanière du renard,* pour désigner la citadelle du Turc. Les formules sont restées et nous ont causé du tort. S'appliquant à nous, des croyants de naissance, dans un pays libre, indépendant et supertatillon dans son quant-à-soi arabo-islamique, que veut dire converti sinon apostat, Français sinon harki, et que peut bien signifier juif sinon voleur ? Notre façon de vivre, comme des forains infatigables, a alimenté les langues.

Nous devons au sieur Louis-Joseph l'ajout d'une belle cheminée dans le salon d'hôte, l'ouverture d'un couloir donnant sur le jardin, la transformation du hammam en salle de bains et du four à pain en cuisine moderne. Il régla astucieusement le problème de l'eau par le forage d'un puits dans le jardin et des raccordements mystérieux. Chaleureux et miséricordieux qu'il était, il installa une fontaine publique sur la rue, ce qui entraîna dans un premier temps la ruine du marchand ambulant local de cette précieuse denrée et de suite après l'éclatement d'une guerre infernale entre les uns et les autres, ceux qui votaient pour la fontaine et la gratuité et ceux qui affirmaient que son eau était empoisonnée en produisant autant de témoins gémissants que la médina comptait de vauriens. Sur sa lancée, il équipa le vestibule d'une magnifique horloge dont le lourd balancier doré a été ultérieurement remplacé par une boule de plomb par des mains criminelles. Depuis, lestée de cette manière, elle grince comme sous la torture. Devenu Youssef, il décora son bureau-oratoire de belles faïences émaillées de versets coraniques calligraphiés par de grands poètes et coupa le salon du bas en deux, un versant pour les hommes, l'autre pour les femmes, en dressant un adorable mouchara-bieh sur la ligne médiane. À l'étage, le gynécée, clos sur les quatre côtés, a été équipé de ces commodités modernes qui faisaient le bonheur des femmes enclavées, genre poêle à charbon et vasque à eau. Il suréleva le mur de clôture et le hérissa de tessons, ce qui renforce l'effet prison dont je souffre à présent que la guerre occupe la ville, que j'ai blindé portes et fenêtres et que je ne sors plus. Il installa enfin une sympathique mar-gelle à ablutions dans la salle d'eau.

Ben Chekroun ayant conclu l'affaire, la mai-son tomba plus tard entre les mains d'un immigrant fraîchement débarqué de sa lointaine Transylvanie. On ne savait trop ce que cela voulait dire, on a cru comprendre qu'il était roumain le matin, hongrois le soir et passeur de nuit en période trouble. C'est sur la dernière marche de la passerelle du bateau à vapeur que le coquin et l'étranger se rencontrèrent par le plus grand des hasards. Je veux bien croire comme il a été rapporté que l'affaire fut réglée sur-le-champ au mieux des intérêts de chacun. C'est une formule de notaire, de la poudre de perlimpinpin, je suis plutôt encline à penser que deux sourds de naissance n'auraient pas fait plus de bruit pour s'entendre. Ben Chekroun n'était pas le premier venu et l'homme qui nous arrivait n'était pas n'importe qui. Il a laissé le souvenir d'un phénomène sorti droit du cinématographe. Mais est-il possible de naître dans les Carpates et de rester humain ? Le phénomène ne croyait qu'au surnaturel. Les vampires étaient ses amis, il en parlait comme d'une vérité d'éternité. À son arrivée, il portait un nom à coucher dehors, Tartem... quelque chose et un prénom à se nouer la langue, crzhyk... je ne sais quoi. On en avait plein la bouche de seulement lui dire bonjour. Il servait là-bas, dans les montagnes enneigées de la haute Transylvanie, un vague voïvode de la race des Phanariotes dont la littérature de ces régions dit le plus grand mal. Bref, il a appris à duper à bonne école. J'en conclus que les négociations furent grandioses et qu'elles ont provoqué l'attroupement du siècle. Une virée à la mairie et voilà notre Tartempion prêt à mourir pour la patrie de Rousseau. Les lazzis dont l'abreuvaient les immigrants de la première vague cessèrent aussitôt. Du jour au lendemain, il s'est fait les pieds noirs comme chacun. À cette époque, l'intégration ne prenait que le temps de se déchausser et de se mettre la tête sous un béret. Après, on laissait aller et courir en se disant que ça arrivera bien quelque part. « Moi, y en a Frantchousky ! » criait-il, comme d'autres, sur le port, au pied des corvettes en partance pour les îles, chantaient « Bwana, bwana, y a bon Banania ! ». Je suppose que cela fut dit, c'était dans l'air du temps, l'exotisme de l'époque c'était ça, plus l'éclairage au gaz. Il s'appellerait désormais François Carpatus. Très alertement, il se fit une réputation de grand dépanneur, ce qui facilita son commerce de droguerie, quincaillerie, graineterie, épicerie, mercerie, armurerie, parfumerie, etc. Un capharnaüm comme on savait les faire jadis. La peur du vampire, inconnue jusque-là sous nos latitudes, s'est mystérieusement diffusée dans la médina et tout devint bon pour s'en débarrasser, de l'ail en tresse au pic de bois bénit. C'est à lui que nous devons la transformation de la réserve à grains en boutique, opération dont profitèrent les successeurs, sauf le docteur Montaldo qui nous précéda dans la maison et nous-mêmes qui n'avions pas le droit de nous lancer dans le commerce (Papa rêvait tant de posséder une épicerie fine où rien ne manquerait), le gouvernement algérien de l'époque ayant choisi le modèle soviétique pour nourrir sa population affamée.

Sur la fin de sa vie, au début du siècle, le sieur Carpatus fut pris d'une crise mystique, une sorte de delirium tremens amené par l'overdose d'ail. Après moult traitements foireux, il émigra en Amérique et là on perd sa trace. Les vampires américains ne l'ont sans doute pas reconnu.

Difficile de savoir ce qu'il en a été, les détours et les détentes, le secret des affaires a joué à plein, la maison fut rachetée par... qui?... un certain Daoud Ben Chekroun! Carpatus n'avait plus sa tête, il aurait bradé son bien sans voir mais c'est aussi une technique de faire le fou pour améliorer son commerce.

Il s'est raconté à peu près n'importe quoi sur les ci-devant Moustafa, Louis-Joseph-Youssef, Ben Chekroun, Carpatus. Un Turc biscornu, un Gaulois tombé dans la marmite de l'islam, un Juif passe-partout, un abominable homme des Carpates, un docteur Schweitzer mort à la tâche, quoi de mieux pour inspirer les conteurs ambulants? Nous approuvions des deux mains, ces balivernes étaient notre délice et de plus donnaient de la valeur à la maison. Djinns, vampires, trésors cachés, visites de prophètes, phénomènes paranormaux, histoires juives ne nous ont jamais manqué pour passer des soirées agréables. On pouvait nous envier.

Ces histoires me courent dans la tête, se mélangent, se nourrissent les unes des autres, se répondent dans leur langue, vêtues de leurs coutumes. Je vais d'un siècle à l'autre, un pied ici, la tête dans un lointain continent. De là me vient cet air d'être de partout et de nulle part, étrangère dans le pays et pourtant enracinée dans ses murs. Rien n'est plus relatif que l'origine des choses.

Fantasmer a toujours été le passe-temps, à Rampe Valée. Tel qui se nourrit de refrains point ne voit courir le temps, je le dirais comme ça.

Tout le long de la deuxième moitié du siècle, la maison passa de main en main. Triste période. Des anonymes, des ronds-de-cuir, des nouveaux venus, des familles nombreuses. Tous ont connu Daoud Ben Chekroun à travers ses rejetons, Jacob, Sadoc, Élie, et ses petits-neveux Éphraïm et Mardochée, mais sous des prénoms musulmans. Le suspicieux penserait à une ruse posthume du vieux grigou mais point, le subterfuge fut commandé par les événements. Ce laps de temps de triste mémoire connut de nombreuses vagues de ce qu'on appelait alors avec une bravache joyeuse sous la langue : les youpinades. La chose vit le jour sous l'impulsion des ligues socialistes antijuives, en conséquence du décret Crémieux, de l'affaire Dreyfus et des aventures de Cagayous, le héros de Musette. C'est de l'histoire, c'est compliqué et lamentable. Les nouveaux venus, disais-je, restaient peu, le temps de ficeler un dossier et de le déposer pieusement à la mairie. On venait de découvrir l'habitat idéal pour le lapin des villes : l'HLM. La prospérité ayant atteint la colonie, Alger et ses banlieues se couvrirent de barres et de tours. On y courait joyeusement, transportant ses meubles en camionnettes, en charrettes, à dos d'âne, les enfants ouvrant la marche en chantant à tue-tête la romance de l'année et les mémés la fermant en marmottant avec ferveur. Aussitôt les escaliers gravis et le campement dressé, le linge et les couleurs étaient hissés dans les balcons. La guerre entre voisins pouvait commencer. Au moment où je couche mes malheurs par écrit, elle a pris des allures d'extermination, exacerbée en sous-main par ceux-là qui le jour font profession de gouverneurs et le soir de marchands de biens. Au bas des cages d'escaliers, les enfants achèvent les blessés puis courent à la récompense chez l'imam. Ces allées et venues, par nature intempestives, furent préjudiciables à la demeure. Les transformations opérées étaient des défigurations. Par cette voie, le faux bois, le formica, le linoléum, le plastique et le skaï envahirent la vénérable demeure, chassant brutalement tommettes et stucs, mosaïques et cuivres, et jusqu'à l'odeur têtue du vieux cuir. Une vraie pitié.

Le quartier prit un coup. Il devint sinueux. Des choses ont poussé ici, là, à l'endroit, à l'envers, de guingois, des galetas pouilleux et des demeures exotiques, puis des ruelles en lacis, des culs-de-sac tombés du ciel, des escaliers bizarres, des décharges, des égouts à bouillasse, des caniveaux bien gras, des étables, des gargotes, une église, une synagogue, sept mosquées, un vague temple qui a disparu dans la foule, trois cimetières, des échoppes minuscules et sombres, des maisons de joie, des dégorgeoirs, des forges, et plus tard, deux trois écoles en raphia et tôle ondulée érigées sur les aires de jeux des enfants, ainsi qu'un bureau des doléances qui fut incendié le jour et à l'heure de son inauguration par monsieur le maire et son cortège de marchands de biens. Une favela était née dans la douleur pour les siècles des siècles. Quand même, longtemps j'ai trouvé du dernier romantisme d'habiter pareil écheveau où le mystère le dispute continuellement à la misère dans un enfer de bruit, de poussière et de gadoue. C'était une époque, j'avais adhéré à certaine utopie, je découvrais Gandhi, Mère Teresa, d'autres, Rimbaud et compagnie, j'avais la nostalgie de Calcutta, Mogadiscio, les ghettos de Pretoria, les favelas de Bahia. Le malheur des mondes lointains me donnait de ces frissons ! À présent que la coupe est pleine, je ne rêve que de palais, de carrosses, de mondanités et de belles intrigues intenses et éphémères.

En face de notre maison toute bien tarabiscotée s'éleva une maisonnette d'une grande sobriété, un pâté de sable surmonté d'une casquette, l'œuvre d'un homme dont on ne sut jamais rien qui le concernât vraiment. On a dit qu'il était traminot mais on a dit aussi qu'il était ouvrier à la régie des tabacs et allumettes, employé du gaz, représentant de commerce chez Orangina, réviseur aux Contributions, ensacheur chez Lafarges ou encore prof de ceci, de cela et bien d'autres choses. Trop d'infos tue l'info. Bref, chacun le voyait avec sa lorgnette. La guerre passa sans qu'on le vît, sinon de loin en loin. Après l'indépendance, l'oiseau disparut ou se fit rare, ce qui attira de nouveau l'attention sur lui. On a affirmé que l'homme, un survivant, était un activiste de l'OAS, que ses murs avaient abrité des réunions macabres mais il a été dit aussi que la maisonnette servait de planque au grand chef du FLN lors de la bataille d'Alger. Puis on oublia, on était revenu de ses histoires d'Indiens et de cow-boys. La vie n'était pas rose, le navire Algérie était gouverné par des manchots doublés de bandits de grands chemins, c'était panique à bord. Avec le temps, les souvenirs s'estompent, mais ils reviennent et ainsi le fil se remet naturellement sur le métier. On se retrouva à raconter ceci et cela, des étrangetés encore, et surtout que la bicoque avait été abandonnée par son insaisissable propriétaire parce que habitée. Je veux dire hantée. Elle avait en effet piètre allure, les toiles d'araignées, les plantes grimpantes, les herbes sauvages, la poussière prise dans le guano l'avaient encoconnée comme une momie, ne laissant de visible qu'une paire de persiennes, celle qui regarde ma fenêtre. C'est d'un lugubre ! Un fantôme, c'était la bonne explication, elle fut adoptée et depuis nous disons *la maison du fantôme*. C'est cet oiseau que j'ai baptisé Barbe-Bleue. Les voisins lui ont donné d'autres noms, chacun puisant dans ses frayeurs intimes : Bouloulou, Barbapoux, Azraïl, Frankenstein, Dracula, Fantômas.

Le passage du bon docteur Montaldo ne laissa pas de traces sauf dans la tête des vieux. Ils disent *la maison du pauvre* comme si Dieu y avait séjourné et au passage m'en veulent de ne pas avoir perpétué la tradition. Chaque fois que je peux, je les pistonne à l'hôpital, une façon de leur mettre un peu d'arnica sur la mémoire et de regagner leur estime. Le brave toubib était trop pris à soigner les miséreux. Les aménagements, le confort, le luxe n'étaient pas dans ses vues. Il nous a laissé un robinet et un évier dans la pièce qui lui tenait lieu de cabinet de travail, ainsi que ses outils et ses manuels. Ces derniers me furent très utiles dans mes études. C'est frappant comme en un demi-siècle la connaissance médicale de l'être humain a changé sans réellement changer. Il y a un je-ne-sais-quoi dans les livres des deux époques qui le suggère mais je suis trop nulle pour le voir. Je dirais le contexte mais ça avance à quoi ? Le Mourad parle de gouvernance, il n'a que ce mot à la bouche, je me demande ce qu'il signifie. La médecine est pour moi un gagne-pain, je le dis franchement, je n'y vois ni hymne ni poésie. Comment diable pratiquer une vraie médecine, sincère, aimable, profitable, quand tout fout le camp, les gens, les valeurs, les villes, les hôpitaux ! Le résultat est là, le bon docteur est mort dans la pauvreté et l'épuisement, et beaucoup de ses patients ont fini riches et puissants. Certains nous ont mené la vie dure et leurs successeurs, militaires et religieux, ne font pas moins.

Son souvenir donne à ma relation au temps une dimension humaniste bien que je désapprouve le fait de soigner les bandits aussi efficacement que les honnêtes gens. En choisissant la pédiatrie, j'ai opté pour les innocents, avec eux pas de problème de conscience, gentils ou pas, même traitement et, hop, au dodo !

Et ce fut notre tour, un jour du mois de septembre de l'an du Seigneur mil neuf cent soixante-deux. C'était un dimanche, le soleil était au zénith. Nous entrâmes dans la maison comme dans un temple, courbés et émerveillés.

Du moins est-ce ainsi que j'imagine la scène, c'est plus tard que je suis venue au monde. Nous arrivions de Kabylie, la montagne, la dèche, le froid, nous étions troglodytes sur les bords, entêtés jusqu'à la moelle et toujours en rébellion ouverte contre le caïd et le capitaine, et nous voilà dans une demeure du tonnerre de Dieu, perchée sur les hauteurs de la capitale, immense, complexe, mystérieuse, olympienne. Vieillotte aussi, avec des rides profondes et l'air de ne plus savoir défier le temps. Comment papa l'a-t-il obtenue, je ne sais pas, il avait ses secrets et il est parti avec. J'y suis née en mil neuf cent soixante-six, un jour d'octobre, dix ans après Yacine. La guerre avait séparé mes parents sept longues années durant et il leur a fallu trois longues années pour réapprendre à vivre en tourtereaux. Papa avait à oublier les dures lois du maquis et maman à se souvenir de ce qu'elle avait fini par oublier. Nous étions les premiers aborigènes à posséder cette incroyable demeure. Nous avions l'impression qu'elle nous attendait depuis toujours alors que nous ne savions où nous diriger. Sortis de nos trous de montagne, nous regardions le ciel comme s'il était sans fin. Elle avait vu du monde et pas mal voyagé. Elle nous a beaucoup appris sur nous-mêmes et sur ses anciens occupants. Des anec-dotes à peine croyables, des échos de vies brouil-lés par les mirages, et aussi de vraies histoires pleines de sel et de suspense. C'est le plus léger qui surnage bien sûr mais le fond est là, immense et méconnu, qui émet tel un pulsar. Comment aurions-nous su l'existence des vampires si le mystérieux Carpatus était resté dans sa Transylvanie natale? Les djinns qui peuplaient nos vieilles mémoires perdirent de leur superbe mais gagnèrent en sympathie, ils se nourrissent de la même misère que nous, pas de sang chaud pris à la carotide d'autrui. Aurais-je choisi la médecine si les manuels du docteur Montaldo ne m'avaient pas surprise dans ma jeunesse? Où aurions-nous ramassé tous ces contes, adages et blagues du bout du monde qui ont égayé nos soirées? Et puis, il y a ce qui vient au jour le jour, on le découvre au fur et à mesure, la vie, le monde, les coutumes des uns et des autres, leur histoire et la nôtre entremêlées, et toutes ces questions qui encombrent la cervelle du matin au soir, le pourquoi de ceci, le comment de cela, d'où il découle des hantises, des silences blessants, des migraines en série. Une vieille demeure, c'est ça, des histoires en strates plus ou moins épaisses et des esprits malins qui vagabondent dans ses veines. On la vit de cette manière, dans l'exaltation, l'effort et le doute.

Tout, dans cette auberge, dit le mystère des origines.

La maison, ma maison, m'a aussi appris le chagrin, la peur et la solitude.

Ainsi est notre histoire. La maison en est le centre et le temps son fil d'Ariane qu'il faut dérouler sans casser. Je suis la dernière à l'occuper. Après moi, elle s'effondrera et tout sera dit.

À force d'y penser et de maudire l'inconscience de Sofiane, il m'est venu une sorte de révélation : hier comme aujourd'hui et sans doute en sera-t-il ainsi jusqu'à la fin des temps, on quitte davantage ce pays qu'on n'y arrive. Il n'y a pas de logique à cela, engendrer du vide n'est pas dans la nature de la terre, chasser ses enfants n'est pas le rêve d'une mère et personne n'a le droit de déraciner un homme du lieu où il est né. C'est une malédiction qui se perpétue de siècle en siècle, depuis le temps des Romains qui avait fait de nous des circoncellions hagards, des brûleurs de fermes, jusqu'à nos jours où faute de pouvoir tous brûler la route nous vivons inlassablement près de nos valises. Le pays est vaste, il pouvait accueillir du monde et du monde, au besoin nous aurions pris sur les voisins, ils n'ont pas tant besoin d'espace, mais non, à un moment ou à un autre la malédiction revient et le vide s'accroît violemment. Nous sommes tous, de tout temps, des harragas, des brûleurs de routes, c'est le sens de notre histoire.

Mon tour de partir serait-il arrivé ?

Alger ne finit pas de surprendre. Spécialiste du mauvais coup, elle sait cependant aimer son péquin et ne manque jamais, quand celui-ci est au fond de l'abîme, de lui tendre une petite perche. Elle était précisément dans une de ses journées prometteuses dont elle a le secret. La canicule s'est subitement retirée, le vent du sud vient maintenant par le nord, il chante dans les frondaisons. L'air disait sa petite Méditerranée de toujours, ses parfums suaves, ses charmes épicés, ses fièvres musquées, ses rêves ensoleillés. Et voilà que soudain les Algérois, qui sont les pires citadins du siècle, se mettent à céder à la paix sans rechigner. Ils s'en étonnent, se regardent avec horreur, mais poussent pour voir jusqu'où peut aller la tromperie. Puis une chose entraînant l'autre, la confiance montre du nez, l'aménité arrive et tout à coup chacun se prend à croire qu'après tout la vie c'est ça aussi. Alors, la joie explose et la gentille pagaille des gens insouciants déferle sur la ville comme oued en crue.

Piquées au cœur, les femmes se sentent revenir à la vie, elles vont jusqu'à relever la tête et lancer un œil par-dessus la voilette. C'est un bonheur parfait de les voir prendre part à la vie, cette lumière étrange et fascinante qu'elles ont si généreusement dispensée dans l'obscurité et la douleur. Dieu lui-même en est ému, on le voit dans le regard des enfants, il luit de bonnes résolutions. La poussée est telle que les oripeaux islamiques perdent la face, ils frôlent le défroquement public. Comme quoi, Dieu merci, il ne faut pas désespérer de son impiété naturelle, un jour les islamistes creuseront eux-mêmes leur tombe et ils riront de leurs vieilles bosses remplies de venin. Mais là, comme ça, pris dans la bonne humeur, encerclés de tous côtés, ils sont mal, ils refluent comme des fous et courent dans les caves rêver de ces splendides et innombrables crimes contre l'humanité qui restent à accomplir. Une sympathique idée de saturnales traverse les rues, grimpe les étages, saute d'une tête à l'autre. L'instant est crucial, le diable peut subitement entrer en scène, la queue par-dessus les cornes, et tout fiche par terre. Quand Alger est belle, elle l'est soudainement. Elle prend son monde à contre-pied. Coup de foudre garanti. On la croit à l'agonie ou morte dans la saleté, enterrée dans la poussière, et hop, elle jaillit dans la lumière, foudroie, enjôle, détrousse, viole, enchante. Passé le cafouillage prénuptial, la ville se civilise à pas de géant, on s'attend à de magnifiques trouvailles. On aimerait profiter de l'aubaine, obtenir un arrêt sur image, se faire un peu d'optimisme, tirer des plans, mais on la connaît, va, Alger est une traîtresse de théâtre, l'innocente dans ses gros sabots est son jeu favori. Le sachant, nous haussons les épaules chaque fois qu'elle prend la pose. Tout juste souhaitons-nous voir les touristes débarquer en masse, en ces instants magiques, pour les émerveiller, les débarrasser de leurs préjugés sur nous, nos histoires abracadabrantes, nos guerres dégueulasses, nos complots contre la raison, nos crimes contre le cœur, nos pratiques moyenâgeuses, notre climat déchirant, notre géographie retorse. Oui voilà, Alger est une catin, elle se donne pour mieux prendre. Un mois d'amertume pour cinq minutes de plaisir est son tarif.

Une paillasse à portée de main est plus reposante qu'un lit à baldaquin vu au cinéma. Maman avait sa formule, elle nous la servait au dîner avec la sempiternelle soupe de pois cassés : *Si tu ne la manges pas, tu le regretteras dans une heure.* Je me dis des choses pareilles pour supporter la misère mais je n'en fais pas un fonds de commerce comme certains qui courent la main tendue, d'un parti au suivant, d'une banque à l'autre, et qui se laissent aller à débiter des discours. Nos pauvres comme nos riches sont d'un culot inconcevable, toujours à foncer, à dribbler, à échafauder des mystères, à grignoter du terrain. Personne au monde ne sait mieux qu'eux détourner l'attention et piquer des places. Mais enfin, la richesse c'est quoi lorsqu'on ne connaît pas la valeur des choses ? Et c'est quoi la misère lorsqu'on méprise le savoir ? Qui se veut adepte du malheur s'assume ! Il est temps que les miséreux sachent ce qu'ils veulent à la fin, rester dans la mouise ou en sortir, et que nos riches apprennent à se tenir. Ça me rend folle, ces manières-là !

Tout ça pour dire qu'Alger n'est pas de tout repos.

Je rentrais donc à petits pas, pas mal éreintée mais heureuse de m'éloigner de l'hôpital, regardant à droite, à gauche, en me disant combien la vie serait belle si nous cessions de lui mentir. J'ai accompli les détours d'usage afin d'éviter les bonnes femmes qui guettent devant leur porte le passage des messagères. Aussi loin que remontent mes souvenirs, elles étaient là, dans la même attente, le même délire inutile et incertain. Elles ne savent plus le motif à présent que le temps les a abandonnées, le rite est resté, inscrit dans le quotidien, auquel chacune apporte sa manière : des larmoiements, des invocations, des fredons gémissants, des éructations misérables à l'endroit des messieurs qui font les étonnés et carrément des obscénités pour ceux-là qui se montrent tout fiers de connaître leur chemin. Je fais mine de songer à ce que je dois acheter avant de rentrer, le lait, le pain, l'eau, une botte de légumes, des bougies, du sel, du méthylparathion, ainsi je peux chiquer l'oublieuse qui se prend elle-même en défaut et opérer des volte-face innocentes. Ça marche si on sait aussi se montrer sourde aux appels dans le dos. Je suis fatiguée d'avoir à constamment fournir des nouvelles du monde à des femmes maintenues à l'écart du monde. C'est vrai, elles sont le nœud du problème, je comprends qu'elles aient besoin de savoir si on va les pendre ou les noyer, mais enfin, quoi, il y a le journal officiel !

Parfois, je suis chienne, je reconnais.

Dans la rue, devant ma porte, se dressait un obstacle, un truc sinistre, une sorte de bus échappé d'un casse, disons une grosse ferraille destinée au transport des morts. Je n'en ai jamais croisé dans le quartier, les bagnoles se raclent les flancs pour passer. Et la Casbah n'est pas loin, là-bas elles se laminent dans ses chas. En ses venelles, quand un péquin passe, l'autre, venant en face, doit rebrousser chemin ou abandonner sa famille. Une hésitation dictée par la peur et, hop, j'ai foncé et j'ai refermé derrière moi à double tour. J'ai eu le temps de voir une ombre dans le bus héler et gesticuler à grands bras.

L'habitude rend sourd et aveugle. Je n'ai jamais vu de bus en ville et je ne les ai jamais entendus klaxonner. Il y en a tant, ils font du boucan, c'est la corrida, les sabots crissent dans le sable, ils s'agglutinent aux arrêts, le mufle fumant, s'époumonent pis que bœufs en rut, s'encornent durement pour s'arracher le pèlerin, crachent leur sanie puis décarrent dans une trombe de poussière. Qui voit quoi et entend quoi dans une feria de village ? Et en voilà un devant ma porte, bien visible dans son caparaçon mité, qui beugle à tout-va. Puis, bang bang, on frappe à la porte. J'ouvre bien sûr, la peur mise de côté, et que vois-je, plus Lolita que jamais... Chérifa ! Et toujours, à ses pieds, son fourre-tout magique.

Mon cœur a bondi au ciel.

Mon regard aussi. Derrière sa persienne, l'ombre de Barbe-Bleue balançait d'un côté, de l'autre, comme le ferait un bossu heureux. *Mais oui, mon Barbe-Bleue : Sœur Anne a bien vu, Chérifa nous est revenue !* ai-je pensé, émue de le savoir ému.

Et voilà le conducteur du bus qui arrive à son tour, le sourire entre les dents, l'air d'avoir accompli la BA du siècle. L'ai-je invité celui-là ?

Les règles de l'hospitalité sont ce qu'elles sont mais on gagnerait à les revoir. La question des préalables, par exemple, n'est pas posée, ni d'ailleurs celles des conséquences. Avant que d'être accueillant, ne convient-il pas de savoir s'il faut l'être, sous quelles conditions, et si, après coup, on peut supporter la rage de l'avoir été ? On serait moins souvent envahi, dévasté, humilié, et déshonoré pour avoir pris les mesures d'expulsion qui s'imposent.

En l'occurrence, l'homme, le conducteur de bus, qui a pour prénom *235*, le matricule de son engin, est un être fruste mais délicieux. J'en garderai un bon souvenir.

Ainsi donc, les choses se passèrent de cette manière et non comme le Mourad me l'avait donné à croire. Décidément, il n'entend rien aux filles. Point de gares, point de cités universitaires.

Quand j'émerge d'une crise, je l'ai mauvaise. Je me suis jetée sur Chérifa avec l'idée de la déchiqueter sur place.

« T'aurais pu donner signe de vie... je me faisais un sang noir ! lui lançai-je à la figure.

— Mais Tata, tu m'as dit de plus revenir !

— J'ai dit, j'ai dit, tu n'étais pas obligée de me croire !

— Hé bien voilà, je t'ai pas crue... je suis là !

— Pour autant, ce n'est pas une raison ! »

L'homme du bus regardait tous phares allumés. Le jour où les hommes sauront écouter les femmes sans avoir l'air débile n'est pas dans le calendrier.

« Bien, à vous mon cher *235*, si vous me disiez ce que vous fabriquiez sur la route de Chérifa et que vous a-t-elle fait ? »

L'homme n'était pas de la race des conteurs. Il semblait vouloir dire que le mektoub est seul responsable de nos actes. Je vais aller loin avec ça. Un conteur qui ne laisse pas de marge de manœuvre à ses héros n'a pas sa place au souk. On vient au conte parce que précisément on en a assez du mektoub, on veut voir des gens agir, décider, ruser, se planter, se dépatouiller comme un chat, gagner la partie, ridiculiser le sultan, et non de pauvres diables comme nous tout attendre du ciel et ne rien voir venir.

« Qu'est-ce que tu veux, ma sœur, la petite est montée dans le bus de bon matin. Le moteur était encore glacé, il toussait à mort, je n'arrivais pas à passer les vitesses. J'ai beau le répéter au chef : l'huile d'importation est meilleure que la nôtre mais va comprendre, il préfère couler nos moteurs. Tu te rends compte, des Magirus-Deutz d'origine qui ne comprennent que l'allemand !

— Pourquoi ne pas les mettre à l'arabe ?

— Tu peux pas, c'est une affaire de garantie ! Oui, je te disais, je fais la ligne numéro 12, Chevalley, la Poste par Rampe Valée. Ça descend et ça grimpe dur, tu connais. Bon, elle prend son billet et s'assied derrière moi. J'ai bien vu dans le rétroviseur qui c'était, va, une malheureuse. Son mektoub...

— Le mektoub !... Et à part ça ?

— Toute la journée, elle fait le trajet Chevalley, la Poste, la Poste, Chevalley, assise à la même place. Tu penses bien, elle a fini par s'endormir...

— Je sens que ça va m'arriver mais j'aimerais savoir le mot de la fin... Où en étions-nous?

— Mais Tata, qu'est-ce que t'as? Il raconte tout bien, j'te jure, ça s'est passé comme ça!

— J'te crois, je crois à tout, le temps n'est pas au refus, je le sais... Vous disiez, mon bon monsieur?

— À vingt heures, j'ai fini mon service, alors je dis à la petite: terminus, tout le monde descend!

— Elle est descendue?

— Non, elle voulait passer la nuit dans le bus. J'ai jamais entendu une chose pareille! Impossible, que je lui dis, le règlement te l'interdit. Je l'emmène au dépôt et là tu peux pas entrer.

— Ça se corse.

— Pas du tout, nous sommes des musulmans, l'hospitalité, on connaît! Je lui dis: si tu n'as pas où dormir, viens à la maison, ça fera plaisir à la mère d'avoir de la compagnie. La pauvre, elle...

— Bon, vous voilà à la maison!

— La mère s'est occupée d'elle comme si c'était sa fille. Je suis fils unique, tu comprends... je suis un homme... elle a besoin de parler chiffons, cuisine, ménage, raconter les soucis...

— Comme je la comprends! Et après?

— Trois jours après, c'est-à-dire... oui, ce matin, la petite me dit: je viens avec toi.

— Voyez-vous ça!... Et alors?

— Elle est venue. Et là, tout à l'heure, alors que je vérifiais mon bus avant de rentrer au dépôt, des fois que quelqu'un aurait oublié ses papiers ou sa gamelle sous le siège, elle me dit : je vais chez Tata Lamia.

— C'est moi !

— Alors voilà, je te l'amène... Bon, je file, le dépôt ferme à vingt heures trente tapantes.

— Pas avant de boire la limonade, mon cher 235. L'hospitalité, je connais aussi, ça ne marche pas à sens unique, et le dépôt ne va pas s'envoler sans ses bus.

— L'heure c'est l'heure.

— En Suisse seulement, cher ami, en Suisse. Chez nous, c'est : tant qu'y a de la vie, y a de la marge. Nous dirons au dépôt que le bus est tombé en panne, ce qui doit lui arriver six fois par semaine et s'il y en a pour six, il y en aura pour sept. »

Ce faisant, le brave conducteur m'a tout appris de son existence. Elle se résume à ceci : embauché à seize ans par la régie autonome des transports urbains du Grand-Alger, la RATUGA, où, à force de persévérance dans le cambouis, il a gravi les échelons, laveur, graisseur, receveur et à présent conducteur, le tout en moins de vingt ans. Et la suite ? Contrôleur, si Dieu veut. Pourquoi ne voudrait-il pas, n'est-ce pas ce qu'il réclame depuis toujours, verbaliser les resquilleurs et les sophistes ? Oui, mais, les chefs ne l'entendent pas de cette oreille, ils ont leurs amis. Nous étions partis pour philosopher, j'ai tiré le frein. Y a-t-il une vie après le travail ? À dire le vrai, il n'a jamais eu le temps de lambiner, il se consacre à sa bonne mère et son rêve est de l'envoyer en pèlerinage à La Mecque. Marié ? Non, le mektoub ne l'a pas permis. C'est qu'il est difficile, le bougre, il la veut parfaite pour lui et pour sa vieille maman. Il est sous influence, c'est clair, il n'y a que les drogués du feuilleton égyptien pour parler ainsi. Du sport, peut-être ? La pétanque avec les collègues à la pause déjeuner, puis... Hé, attendez un peu, vous tirez franc ou en rase-paillette, j'ai lu quelque part que ça faisait toute la différence ? Euh... ça dépend. Bon, quoi d'autre ? La pêche durant le congé. Ensuite ? Euh... le domino avec les copains du quartier, euh... la mosquée le vendredi. Il y a aussi la télé, je parie ? Oui, tous les soirs.

Sacré 235, sa vie est aussi trépidante que la mienne, il ne manque que l'essentiel et ces petits superflus qui donnent des ratés au cœur. C'est avec tristesse que je l'ai regardé partir avec son dragon à treize roues et quatre yeux.

La régie autonome des transports urbains du Grand-Alger a bien de la chance d'avoir un machiniste pareil. Sa brave femme de mère aussi, des garçons de cette trempe ne courent pas les rues. Elle gagnerait toutefois à lui lâcher la corde, le pauvre a besoin de se défoncer un peu.

Chérifa m'a laissée en rogne, elle me retrouve en rogne. La petite merdeuse en prend à son aise avec moi, elle boude, elle additionne les escapades, elle rentre quand ça lui chante, me ramène des bus à la maison. À l'hôtel, on est tenu à plus de sérieux, on annonce son arrivée, on avertit de son départ, on laisse son taxi à la porte, on est poli avec le personnel, on range ses affaires, on tire la chasse et on ferme le robinet quand l'eau se retire.

En famille, il faut des règles et un minimum de droiture. Elle doit tout me dire, si elle est recherchée, si elle fuit un danger, si... Les hypothèses ne manquent pas.

« Écoute, ma jolie, je veux bien te garder puisque mon idiot de frère l'a savamment imaginé mais tu dois le savoir, chez moi ce n'est pas un hôtel, ce n'est pas une crèche où on vient déposer ses petits ennuis, ce n'est pas une caserne non plus mais il faut de la discipline si tu sais ce que c'est, et des permissions de sortie !

— Mais Tata, j'vais pas rester enfermée !

— Tu sors avec moi seulement... c'est clair ?

— Mmm.

— Tu as compris ?

— Mmmmm !

— Voici le programme. Demain je t'emmène faire une visite médicale, on doit savoir ce que tu as dans le ventre. Puis on va se débarrasser de ce jabot d'enfer et te constituer une garde-robe

107

digne d'une future maman. On pensera aussi au bébé, fille ou garçon, il a besoin d'un berceau et d'une layette.

— Et un biberon, un bonnet, des couches, un hochet, des...

— On fera une liste. Tertio, et c'est le plus difficile pour toi, il te faut une vie saine : de la soupe, de l'exercice, du repos. Et du sérieux ! »

Nous avons dîné en arrangeant la liste du bébé. Elle s'allongeait à mesure que nous traînions à table. Nous avons discuté des couleurs. Entre le rose et le bleu, il faut choisir. Le blanc fera l'affaire. Il n'est pas né, celui-là, qu'il coûte cher et pose des problèmes. Mais bon, comme on connaît ses saints on les honore, j'ai ouvert les cordons de ma bourse et de mon cœur, je ne vais pas reculer. L'enfant est le plus vieux et le plus coûteux bonheur du monde, on ne peut pas oublier cela.

Nous étions bien dans une de ces journées prometteuses dont Alger a le secret.

Quel merveilleux moment, je me voyais devenir gâteuse !

Soudain, je reçus un éclair de douleur. Association d'idées, rappel à l'ordre, appel à la prudence ? J'étais submergée par le souvenir de Louiza, ma sœur de lait, ma petite Carotte adorée. Dans quelle morgue vit-elle ?

Nous avions l'âge de nos poupées
Nous rêvions de splendeur

L'éternité nous tenait dans la main
Et la magie emplissait le monde.

Sans le voir
Sans le savoir
Nous sommes mortes
Emmurées.

Ainsi est la Loi
Allah soit loué
Et périssent en enfer
Les défenseurs de la Vérité !

J'ai griffonné cela sur mon carnet de spleen, un jour que la solitude avait un goût de poison.

La soirée nous a vues mourir de rire. J'ai forcé sur les blagues et les loukoums, pensant que c'était le bon moyen de lui soutirer ses petits secrets, à la petite fugueuse. À minuit, elle riait aux larmes, pliée en deux, n'ayant plus la force de s'essuyer le museau. Moustafa, Louis-Joseph-Youssef, Carpatus, Daoud Ben Chekroun se sont surpassés. Je les voyais se marrer dans leur tombe. Je suis passée par le Mourad, c'est un rigolo, il en a pris pour son grade, ses histoires de gares prolétariennes et de cités universitaires en réseau me sont restées sur le cœur. Pour finir en beauté, j'ai appelé Barbe-Bleue à la barre et je lui ai prêté quelques joyeux crimes de mon cru.

Il restait à la pousser à la confidence. Un jeu d'enfant. La technique est de commencer par « Moi, je », pour l'amorçage, et de lui passer le témoin : « Et toi, tu as fait quoi avec qui ? » Il faut quand même savoir créer au bon moment une atmosphère d'abandon et réveiller en l'autre le goût de parler vrai, l'art est là.

Étant une dame rangée, je n'avais rien à montrer, sinon une cicatrice et un gros bleu vite oublié. J'ai esquivé, je n'allais pas m'inventer des poux dans la tête pour l'aguicher, après tout ce n'est pas moi qui suis enceinte et en rupture d'amarre. J'ai raconté mes amours secrètes quand j'avais huit ans et que déjà papa montait la garde au pied de l'école. La fille unique est la hantise des papas.

J'avais vu juste, l'homme de la photo était bien le maître d'œuvre de ce petit ventre rebondi. Un temps, j'avais craint et espéré que ce fût cet idiot de Sofiane. Si avoir un bébé sur les bras est dans mon horoscope autant qu'il soit de mon sang, m'étais-je dit. Mais bon, Sofiane est sur une autre planète, nos vues ne sont pas les siennes.

L'homme a pour prénom Hachemi et pour âge trente-huit ans. Sur la photo, il en porte dix de moins. C'est cette différence toute tactique qui a ébloui la petite imbécile. Il est beau, me dit-elle en se contorsionnant, et intelligent, et gentil, et fort... J'ai arrêté le chapelet, ce n'était pas le bon Dieu mais un pauvre type tout ce

110

qu'il y a de pauvre. On en ramasse treize à la douzaine, les yeux fermés, dans la première ruelle.

« Où et comment l'as-tu connu ?

— À Oran. Je me baladais sur la Corniche avec mes nouvelles copines, Lila et Biba...

— Voyez-vous ça, Lila et Biba ! Et après ?

— Il est venu nous dire : Venez, je vous offre des glaces !

— Et vous l'avez suivi.

— Oui. Après, il m'a promenée dans sa voiture.

— Arrête, je devine la suite. Il t'a parlé de sa collection de timbres ou de scalps !

— Quoi ?

— Passons. Que faisais-tu à Oran, ce n'est pas ton douar après tout ?

— Je l'ai fui, c'était l'enfer. Les parents me cassaient les pieds, ils veulent que je reste à la maison, que je porte le hidjab, que je me terre. Les émirs rôdaient dans les parages, ils égorgeaient les filles. L'imam a dit qu'elles le méritaient, c'est un imbécile ! Ils veulent qu'on soit des musulmanes tout le temps, c'est pas une vie !

— On a connu ça, calme-toi !

— Oran, c'est formidable, on s'amusait toute la journée.

— Je n'ai pas eu cette chance, Alger n'est pas Oran, le gouvernement ne tolère pas les débordements de joie, faut que tu le saches. Donc, te

111

voilà entichée et bientôt enceinte. Que fait-il, ton merveilleux et courageux Hachemi?

— Il est rentré à Alger. C'est quelqu'un, un chef ou quelque chose comme ça. Il a promis de revenir.

— Arrête, je devine la suite : il a oublié!

— Non, il venait deux, trois fois par mois, il m'apportait des cadeaux, des vêtements, des bijoux...

— Ceux que tu portes, là?

— Oui.

— Je comprends.

— Quoi?

— Passons. Il t'offrait quoi d'autre?

— De l'argent, il m'emmenait au café, au restaurant.

— Tu m'en diras tant, il t'entretenait!

— Je te l'ai dit, il est très gentil.

— Mais voilà, un matin, il est tombé dans l'amnésie.

— Dans quoi?

— De nouvelles affaires.

— Oui, c'est ça. Biba est venue me montrer sa photo dans le journal, il a été nommé vizir ou quelque chose comme ça. Je sais pas lire, elle m'a dit mais j'me souviens pas.

— J'y suis, je me disais que sa bobine ne m'était pas inconnue! Hé bien voilà, je l'ai vu scier du bois à la télé devant un parterre de perroquets!

— Quoi? C'est pas un menuisier!

— Je suis d'accord avec toi. Il sait pour le bébé?

— Je lui ai dit.

— C'est là qu'il a définitivement oublié.

— Il avait promis...

— Pauvre idiote, un vizir n'aime pas qu'on sache qu'il a des poux dans la tête.

— Pourquoi tu dis ça, il est très propre!

— Mais d'où tu sors, ces gens sont des fous dangereux!

— Quand je lui ai dit, il était pas vizir.

— Avant l'amnésie, c'est bon, le bébé est parti avec l'eau du bain.

— Quoi?

— Passons. Entre venir à Alger l'épingler dans son ministère, ce qui est très dangereux comme je viens de te le dire, te suicider ou retourner au douar te faire égorger par ton père, l'imam ou l'émir, tu as choisi quoi?

— Partir au Maroc, en Espagne.

— Et c'est comme ça que tu as connu mon idiot de frère, vous alliez guetter le bateau ensemble. Et *viva España*!

— Et où je peux accoucher? J'ai personne pour signer pour moi.

— Signer quoi?

— Tout... les papiers... l'argent.

— Et tu penses qu'en Europe, on ne signe pas!

— Sofiane m'a dit que c'était dangereux de brûler la route dans mon état. Sur la frontière,

113

ils tirent sur les gens puis ils les jettent dans le ravin. Il m'a demandé de venir chez toi.

— Tu es là, on fera avec.

— ... »

Il est trois heures et la nuit continue d'avancer. Par trois fois l'horloge a tenté de se manifester mais dans ces eaux-là même les fantômes ont du mal à se faire entendre. Ce ne sont pas des plages pour personnes sensées. Je ne le suis pas ces derniers temps, tout va trop vite autour de moi.

Chérifa est tombée raide, les bras en croix, la bouche ouverte, les jambes aussi, soûlée de rires, gavée de loukoums. Je le sais, c'est sa façon de lâcher la rampe. Je la trouve moins indécente à présent que j'ai percé son secret.

Secret, secret... c'est d'un banal! Un mec tombe une gamine, se la met à son goût, en fait son en-cas pour ses sorties professionnelles puis la jette par-dessus bord avec un polichinelle dans le panier. Des histoires des siècles passés qui reviennent encore et encore.

J'ai connu ça, le polichinelle en moins, je ne vais pas lui jeter la pierre. J'avais le même âge qu'elle, je rentrais en fac, je portais mes nattes du lycée. Comme elle j'ai été levée en un clin d'œil, comme elle je me suis promenée en carrosse, comme elle j'ai attendu dans mon coin l'appel du prince et comme elle, j'ai été larguée après usage. J'avais mes études pour m'occuper l'esprit, elle n'a que sa légèreté pour aller de l'avant. Plus tard, alors que débutaient les séances d'endoctrinement, j'ai su que le tombeur était le ponte du Parti chargé de la surveillance de l'université. C'était son terrain de chasse, son bien à lui, le recteur lui léchait les bottes, les profs lui baisaient la main, les étudiants qui avaient déjà un pied dans la patrouille lui organisaient des haies d'honneur. Il avait de la gueule, il savait leur parler, ils se jetaient du haut de la tour lorsqu'il claquait des doigts. J'étais fière tant les copines étaient impressionnées. On se voyait des lendemains radieux, on se promettait de se faire la courte échelle et de tout réussir ensemble. À la rentrée suivante, le maître à penser puisa dans la nouvelle fournée. C'était le rituel, il exerçait son droit de cuissage. C'était le tour des blondes. L'élue l'était, d'un beau blond d'été, et apparemment aussi futée que je le fus l'année des rousses.

C'est tout bête, raconté vingt ans après, mais à chaud, c'est la fin du monde. À dix-sept ans, à peine sortie du giron, on ne s'amourache pas à moitié, on meurt pour de bon.

Ce n'est pas tant cette histoire qui m'a acculée à la solitude. Il y a ce qui autour de nous noircit chaque jour un peu plus, se décompose, nous prend les pattes dans sa logique gluante, nous soulève le cœur et l'âme. Il y a ce qui hurle, violente et assassine. Il y a ce qui sonne faux, la chape qui étouffe, la comédie qui rend fou. Il y a par-dessus tout ces vérités inébranlables, ces certitudes terrifiantes, ces prisons obscures qui avalent, rapetissent, abêtissent, anéantissent, et qui dégorgent des foules enragées pour tous les cauchemars. Et il y a le reste, ce qui manque, ce qui disparaît, ce qui se déglingue, ce qui est vain, ce qui ne sert à rien, ce qui ennuie. Et il y a les gens dans leur face-à-face monstrueux, ceux qui abusent en haussant le menton et ceux qui subissent en baissant la tête.

Qu'ai-je à faire sur ce navire ? Je suis mieux sur mon radeau, je bois de l'eau, je regarde le ciel et j'écoute le vent, tout est parfait. S'il m'arrive de grincer des dents et si parfois la chair me gratte sur les os c'est toujours au souvenir de mes seuls manquements.

L'horloge vient de grincer par quatre fois. Comme le temps va !

À ce point de la trajectoire, le doute m'assaille, je ne sais s'il faut dormir ou se réveiller.

De Dieu, la semaine ! Le marathon doublé du parcours du combattant. L'hôpital, les analyses, les pharmacies et de suite après, les boutiques, les puces, les capharnaüms, les souks. Nous fîmes les mauvaises rencontres habituelles. Ailleurs, partout, des foules effervescentes jetées dans les rues et des tacots furieux et pléthoriques qui foncent dans le tas en mordant sur le trottoir. Nous fûmes prises dans une alerte à la fin du monde qui s'avéra être une simulation organisée par des désœuvrés. Tout cela donne mal à la tête. Course contre la montre le matin, course contre la montre le soir. Taxis, bus, escaliers, et encore taxis, bus, escaliers. Entre-temps, des attentes interminables sous le soleil. Sur la ligne numéro 12, nous avions la gratuité et des arrêts personnalisés, ça soulage. Très averti des dessous d'Alger, notre ami de la RATUGA, le roi de la BA, nous a refilé des adresses et il a poussé jusqu'à nous y conduire. C'était panique à bord du *235*, on a crié au détournement, au vol, à l'injustice, mais on acquiesçait chaudement dès lors que le brave amiral balançait l'ordre du jour, la main sur le cœur : « C'est la famille, hé, je la raccompagne à la maison ! Vous êtes musulmans ou quoi ? » Des haltes rapides au pic de midi pour avaler un morceau, des trucs à mourir debout, dégoulinants de gras, noyés dans le sucre, grouillants de bactéries. À Alger, il y a une usine à bouffe par habitant et personne pour débarrasser les rues. Il faut vraiment le vouloir pour mourir de faim par ici mais manger n'est pas tout, on doit aussi vivre propre sur soi. Plus la misère augmente, plus il s'ouvre de gargotes et plus il y a de foules qui mangent sur le pouce, c'est à n'y rien comprendre ! Des marchandages à perdre la foi. Je ne me doutais pas que l'économie de marché vantée par le discours en était là. Tout ce qui se produit dans le monde de loups, de rossignols, de navets et de gadgets scintillants se déverse sur nos marchés et s'arrache à la volée alors même que personne ne travaille et que pas un ne sait d'où lui viennent ses revenus. J'aimerais que les économistes sortent des salons et viennent m'expliquer ça. Et sans me bassiner avec la rente pétrolière et le toutim ! Les prix relèvent de la science-fiction. Les margoulins se les sortent de derrière les oreilles. De Dieu, ce regard de vermine ! C'est lorsque le malheureux est au plus bas qu'ils balancent. Ma mine soignée a joué contre nous, nous eûmes droit aux tarifs réservés aux riches. Nous repartions dare-dare sur l'étal suivant où nous attendait le même cauchemar. J'étais coincée. Chérifa fonctionne au coup de cœur, elle veut tout sur-le-champ. Si j'hésite, elle se renfrogne, elle trépigne. Elle se fout de mon porte-monnaie et de ma santé.

Ah, de Dieu, ce goût, ces couleurs, ces machins, ces chiffons, c'est à dégobiller ! Cette fille est un scandale. Et quel fichu caractère ! Même en future maman elle se veut excentrique. Heureusement, j'avais pour moi cette bonne vieille loi féodale qui règle les rapports sociaux : qui paye décide.

Ah, le soir, le bonheur, des bains chauds, des odeurs fraîches, des lits moelleux à rêver de mourir dans son sommeil ! Et le plaisir de défaire des paquets, dégrafer, enfiler, reculer, se rapprocher, pivoter sur les talons, se tordre de rire ! Il n'y a rien à ajouter, mannequin est le plus beau passe-temps du monde. Comme s'embourgeoiser est agréable quand on est pauvre ! Et dangereux. Chérifa n'est pas fille de reine et je ne suis l'héritière que de mon vieux prolétaire de père. Je me disais que pour de pauvres diables puérils et anémiés comme nous, condamnés au recul et au bredouillement, toute avancée est une nouvelle souffrance. Dans ces moments de détresse morale, on est bien tenté de retourner dans sa coquille et de se regarder mourir à l'économie, parce qu'on le sait : le pire est toujours à venir pour les pauvres. Bon, les rabat-joie, oust, nous pleurerons dimanche! Aucun gouffre n'est assez profond pour réveiller le bon rêveur.

Au final, je me suis bien débrouillée, j'ai tout acheté avec trois fois rien. Là où le sourire ne payait pas, je montrais les dents et je sautais à la gorge du malfrat. Les trafiquants débandent devant les femmes à scandale, c'est panique à bord, le magasin est aussitôt envahi par les amateurs de sang et pillé par le bas par les petits ouistitis des rues. C'est la vie, chacun ses problèmes. Chérifa et son lardon sont parés pour la campagne à venir. Je leur ai même concédé un bijou chacun acquis à prix d'or. Nous ferons la diète pour renflouer nos affaires.

Lui trouver une chambre à son goût, la garnir et l'arranger prit du temps. Cette fille est d'un difficile! La maison compte huit pièces, trois salons, quatre soupentes, vingt niches, dix placards plus ou moins secrets, trois terrasses dont une avec vue sur mer, une cave qui est un monde avec ses alvéoles inexplorées et son atmosphère de crypte médiévale, un grenier à trois plans, un bon cent mètres de couloirs et d'escaliers tortueux et elle fait sa dégoûtée. En bout de course, elle opta pour une carrée ni plus ni moins incurvée que les autres. Elle est mitoyenne à la mienne, les deux pièces communiquant par un sas coiffé d'une voussure du plus

bel effet, c'est cela qui la décida, l'acoustique.
« Nous pourrons papoter toute la nuit sans bouger du lit ni crier pour nous entendre ! » a-t-elle décidé. Tonton Hocine n'est plus là, dommage, il nous aurait mitonné un nid du tonnerre. Je ne sais pas s'il aurait bossé de bon cœur pour une Lolita, il avait des principes d'un autre âge : une fille est une fille, elle n'a pas à parler mais à se tenir tranquille, tout le contraire de Chérifa. Nous nous débrouillâmes. Nous réussîmes à camoufler le plus grave et à maquiller le reste. Lorsque j'ai tamisé la lampe de chevet avec une voilette d'un carmin rare, nous nous crûmes arrivées au paradis. Chérifa en a pleuré et moi, pour la première fois, je l'ai serrée dans mes bras et embrassée au creux de l'oreille. Le bonheur m'a électrocutée. « Mince, elle n'a que la peau sur les os », ai-je pensé, remuée par un horrible sentiment de culpabilité. Ma pauvre Louiza n'était pas bien rembourrée, elle non plus, mais elle avait des manières rondes, c'était beau à voir. Comme elle me manque ! Et comme la petite réfugiée me donne de soucis !

Je lui ai aussitôt appliqué le programme d'urgence « Afrique en guerre » : sucre, graisse et féculents à volonté. Des vitamines aussi, et la pesée à chaque cuillerée. En huit jours de ce régime, elle était remplumée et ma conscience a retrouvé la clarté. Elle a pris des couleurs et ses habits forme humaine. Le bébé s'agitait de belle façon. Nous le suivions dans sa progression plus que béates. À six mois, le brave têtard battait des records. Tout était pour le mieux dans le meilleur des mondes.

Des prénoms, on discute autant que des couleurs. Chérifa est un poison, elle s'accroche, m'obligeant à hurler pour me faire entendre. Il s'agit de son enfant mais dans ma maison j'ai mon mot à dire. Je ne comptais pas lui imposer des prénoms amazighs ou phéniciens, très agréables à porter, du moins pouvais-je la dissuader de puiser dans le terroir oranais, là-bas tout est à jeter, je me demande de quelle planète ils sont venus. Elle en avait deux en tête, le premier donnerait de l'urticaire à un mort, le second des envies de mordre un chien.

« Tu es folle, ma parole ! Seif El Islam, c'est quoi, un appel au meurtre ? Crois-moi, un gosse qui s'appelle Le Glaive de l'Islam ne peut pas échapper au terrorisme, encore moins au contre-terrorisme. C'est ça que tu veux pour ton fils ?

— C'est la mode à Oran.

— Hé bien, elle est à vomir ! Et l'autre, c'est quoi déjà ?

— Benchiha... comme le cheb de Canastel ?

— Ma parole, tu es folle ! Benchiha, c'est quoi, un appel au massacre ? Crois-moi, un cheb qui s'appelle Benchiha n'a pas une chance sur dix milliards d'atteindre vivant le Top cinquante. C'est ça que tu veux pour ton fils ?

— C'est la mode à Oran.

— Hé bien, elle est à chier ! Il faut penser à tout dans le choix d'un prénom. Tu n'imagines pas le handicap que ça peut être. Il faut faire dans la concision, la musicalité...

— Et puis d'abord, ce sera une fille, je l'appellerai... euh...

— Tu vois, tu commences à réfléchir. On l'appellera Louiza, c'est beau, c'est doux, c'est chic.

— Mmm.

— Bien, c'est dit. Si c'est un garçon, tu l'appelleras... euh...

— Hachemi ?

— Je t'interdis d'y penser !

— Sofiane ?

— Ah non, un brûleur de route dans la famille, ça suffit ! Yacine, c'est pas mal, c'est même très bien. À Alger, ça fait fureur.

— Mmm. »

Un problème de réglé. Il y a les autres, il faut de la méthode. Lui apprendre à lire est de la première urgence, je ne vois pas comment je peux vivre avec une illettrée sous mon toit, je finirai par la tuer. Ensuite, le bricolage, la couture, la cuisine, elle se rendra utile. Et d'abord lui enfoncer dans le crâne la première règle de vie à Alger : se méfier de tout le monde, les passants, les voisins, les prédicateurs, les loubards, les policiers, les juges, les messieurs bien mis de leur personne qui manient la politesse comme un moulinet.

Et il y a le reste, du basique, qu'elle devra se caler dans le crâne une fois pour toutes : l'ordre, la discipline, la gentillesse, la propreté, et j'en passe. J'ai grande confiance dans les vertus élévatrices du calme, de l'hygiène et de la douceur dans le propos. Elle va tâter de mes poings, ma parole !

C'est à se demander, mon Dieu, ce que les parents apprennent à leurs enfants.

Je vais m'atteler à la chose et relire *Robinson Crusoe*, les recettes pour éduquer les sauvages ne manquent pas. Je me sens des affinités avec ce sympathique naufragé. L'île déserte, je l'ai, ma maison est hors du temps et loin des routes, et si j'ai bonne mémoire, la sauvageonne est arrivée chez moi un vendredi ou un autre jour. Pour ma part, je ne suis dépourvue ni de pugnacité ni de savoir-vivre dans le dénuement. Tout cela tombe bien pour elle, la Providence a placé le remède à côté du mal. Autre chose, je commence à me plaire dans mon rôle de châtelaine au grand cœur. Il ne manque rien, hormis un palanquin ou une Rolls pour promener ma solitude, j'ai le teint pâlot, le port altier, sans excès, il flotte dans la demeure une atmosphère de fin de règne, alentour la vie est étrange, la plèbe déboussolée, les notables épuisés par leurs vices, les émirs gorgés de sang et le pauvre président n'a plus d'opposants à assassiner. Et les éclats du monde qui nous arrivent avec des siècles de retard sont étouffés par le ronron des appareils et le geignement des pleureuses. Tout cela correspond parfaitement à l'idée qu'on se fait d'une gentille châtelaine recluse dans son vieux domaine.

Chérifa s'endort de plus en plus tôt. À minuit, elle est loin. Elle pionce pour deux. Je l'ai mise à la tisane enrichie au sédatif pour bébé. Je continue seule comme je l'ai toujours fait, je déambule dans la maison, je range, je picore, je lis, je réfléchis, puis quand mes jambes ou mes yeux commencent à fourmiller, je me ramasse dans mon coin et je me laisse bercer. J'écoute le silence de la nuit et les craquements de la maison et par-delà, l'indicible vibration du temps. C'est une belle musique, elle m'enveloppe, pénètre ma chair, mes molécules, mes atomes, et au plus profond de moi s'épanouit en corolle géante. Elle vient de si loin et se perd si loin que la vue se brouille, tout s'arrête, et peu à peu l'instant devient éternité. Je ne bouge plus, je ne respire plus, une douce et surnaturelle chaleur irradie en moi. Je me sens quitte de tout. Je vais sombrer... je sombre...

Au bord du précipice, un cri me traverse la tête : il faut avertir les parents de Chérifa, les rassurer ! Comment n'y ai-je pas pensé ! Je suis sans nouvelles de Sofiane et j'en attends de toutes mes forces depuis plus d'un an, je comprends leur souffrance, je la ressens. Je parlerai à Chérifa, nous ferons ce qu'il convient de faire.

Une autre idée arrive dans la foulée : contacter l'homme de la photo, le ministre de je ne sais quoi, et le placer devant ses responsabilités. Je la repousse aussitôt, le bandit a le bras long maintenant, il nous jettera en prison, il placera l'enfant chez une mégère tatouée, une dame Thénardier en tchador qui le mettra aussitôt à la corvée d'eau et plus tard au crime. Il pourrait aussi l'enlever à sa mère, me l'enlever, dresser l'État contre nous. Mon Dieu, il en fera une chose à son image, un affairiste, un vilain nobliau, un profiteur ! Cet homme ne mérite pas de vivre, inutile d'y penser.

Et puisque je suis dans le questionnement, demain, tantôt, j'irai aux nouvelles auprès de l'Association. Voilà longtemps, peut-être a-t-on du nouveau pour moi.

Je n'y crois pas mais je continue de m'y rendre. Un rituel, il en faut lorsque sa vie est rythmée par la douleur et les mêmes lancinantes questions : Où es-tu, Sofiane, que deviens-tu, quand rentreras-tu ?

L'Association occupe le rez-de-chaussée d'un immeuble du centre-ville qui fut cossu dans une autre vie. C'est une ruine avancée mais entourée de ruines achevées elle fait bonne figure. La plaque signalétique, apposée à main gauche de l'entrée, porte un intitulé long comme le bras d'un gibbon étoilé : Association algérienne pour l'aide aux familles, la recherche et la réinsertion des jeunes en détresse portés disparus dans l'émigration clandestine, en abrégé la AAFRRJDP-DEC. Il y aurait beaucoup à dire sur le gibbon étoilé et ses manies meurtrières mais je fais court, je dis simplement : l'association des disparus. Il est précisé en pied de plaque que ladite chapelle est agréée par le ministère de l'Intérieur. Je ne sais pas si la mention est obligatoire ou si en l'occurrence elle traduit une forme d'allégeance volontaire. Je ne jette pas la pierre, je comprends bien que dans un État criminel, les deux se confondent et que si on n'est pas content c'est pareil. C'est par le Mourad que j'ai su son existence et son adresse. Sa tête fourmille, à celui-là. Je m'interroge à son sujet : vient-il à l'hôpital par charité ou travaille-t-il chez nous comme agent de renseignement bénévole ? Je suis admirative devant mes compatriotes, ils savent tout, tout le temps, avant tout le monde. Je n'en connais pas qui reculent devant la complexité. Non, je n'en connais pas. D'où tiennent-ils cela ? Parfois, j'ai envie d'en abattre un d'une balle dans le front, par surprise, juste pour voir briller dans ses yeux un peu d'incompréhension, une petite angoisse devant l'inconnu, et de l'entendre se taire devant ce qui dépasse les pauvres zèbres. Le Mourad est de ceux qui en savent un peu, je l'ai superbement remercié, j'espère qu'il s'en souviendra.

À notre première rencontre, la présidente de l'association m'a informée que ce ne sont pas là les bonnes questions. J'étais perdue, je tenais à savoir, je la pressais. Elle s'expliqua, elle voulait dire que parler au vent et pleurnicher ne sert à rien, on doit se calmer et laisser les experts faire leur travail. Sur ce, elle m'a balancé un sourire pour gentille gamine et elle s'est éjectée gaillardement, mallette en main, cellulaire à l'oreille et un truc de narquois dans le déhanché. La femme-capitaine qui court après la gloire, elle en est là, même la pub à la télé ne joue plus avec pareilles crétines ! J'aurais aimé savoir jeter des sorts, elle serait aujourd'hui à se chercher elle-même dans un trou au milieu de nulle part. Je ne l'ai plus revue grâce à Dieu, c'est une m'as-tu-vu, une chiqueuse, le genre à courir les salons, à fricoter avec le lumpenproletariat qui truste les hautes sphères de l'État, à gérer des rendez-vous bidons. Son adjointe, une otarie bien calée dans ses dossiers, m'a conseillé de garder espoir et en même temps de me préparer au pire. C'est là, a-t-elle tenu à souligner pour son plaisir, faire preuve de dignité et de responsabilité. Elle m'a accablée de statistiques, de photos horribles, de coupures de journaux et abreuvée de propos qui se voulaient à la hauteur du drame. Le pays se vide de sa jeunesse et personne n'y fait rien, c'est tout ce qu'elle a réussi à me démontrer. Je lui ai répondu du tac au tac :

« Je ne vous demande pas des leçons de maintien mais de me dire comment vous allez procéder pour retrouver mon idiot de frère !

— Nous avons nos méthodes », a-t-elle susurré comme si elle parlait de la fabrication de la bombe à neutrons devant un parterre d'illettrés.

Comment elle a dit ça ! Mais c'est que je vais la torturer, la pouffiasse !

« Justement, quelles sont-elles ? »

Clairement par-dessus la jambe, elle s'est mise à me réciter le protocole en chipotant avec les doigts.

« Nous établissons des fiches sur les disparus... nous saisissons les autorités qui saisissent à leur tour les institutions étrangères concernées... euh... nous relançons périodiquement... nous tenons des réunions... euh... nous établissons un rapport annuel confidentiel que nous adressons au gouvernement...

— Pourquoi secret ? Un disparu est un disparu, tout le monde le sait.

— Euh... j'ai dit confidentiel, c'est différent.

— Je comprends bien mais un disparu reste un disparu.

— Euh... oui, nous envisageons de diffuser un bulletin, destiné aux familles.

— C'est en effet une belle méthode. Le bulletin est une idée lumineuse pour garder les malades au chaud.

— En voyez-vous une autre plus efficace ? qu'elle me rétorque, toutes lèvres pincées dehors.

— Oui, balancer des bouteilles à la mer et aller se coucher. »

Ça m'a calmée. J'aurais dû lui apprendre que la seule vraie voie pour sortir le pays de la perdition consiste à balancer à la mer le gouvernement et son appendice caudal, l'administration.

Plus un jeune ne songerait à se jeter à l'eau de peur de les croiser entre deux vagues. C'est de la politique, c'est dangereux, je tiens à la vie, je tiens à mon petit poste à Parnet. Il faut comprendre que dans ce pays à la noix, on a le droit de se plaindre autant qu'on veut, pas celui d'ennuyer ces péquenots du gouvernement. Ils sont nerveux, les organisations internationales les asticotent, elles veulent savoir pourquoi ils sont si combinards, cruels comme des poux, et comment il se fait que tant de pauvres gens disparaissent au nez et à la barbe des familles et des pouvoirs publics. C'est vrai, la question se pose mais elle n'est pas la seule à mériter réponse. Personne ne m'enlèvera de la tête que l'association est de la partie. C'est un écran, elle supplée l'administration dans ses efforts de noyer le poisson. Rien de mieux qu'une réunion de matrones savantes pour tenir la dragée haute à ces gros-pieds des organisations internationales et les acculer au mea culpa. C'est qu'elles ont des ficelles, elles savent tout expliquer, jusqu'au lumbago de la concierge, par le colonialisme, l'impérialisme, le sionisme, le FMI et les agissements de *Qui On Sait*. Ce qu'elles ne diront pas, c'est comment soulager la brave ménagère.

« Si vous intégrez le fait que les candidats à l'émigration opèrent dans la discrétion, passent par des filières clandestines, souvent affiliées aux multinationales du terrorisme qui soit dit en passant ne sont pas forcément celles que nos amis de l'Occident nous désignent du doigt, et le cas échéant meurent dans la clandestinité, vous comprendrez la difficulté de notre tâche », dit-elle soudainement très docte.

Je ne sais pas si elle est partie pour me bassiner toute la soirée ou si elle va se masturber devant moi jusqu'au chant du coq. Il faut la réveiller.

« Je comprends surtout que les jeunes s'exilent parce que ici tout leur est fermé jusqu'au robinet. Connaissez-vous beaucoup de jeunes qui aiment la captivité ? Autre chose, pourquoi dites-vous émigration clandestine, le mot juste est exode massif... suicide collectif, c'est pas mal aussi !

— Vous-même, qu'avez-vous offert à votre frère pour le dissuader d'aller chercher ailleurs ? qu'elle me balance avec deux harpons dans son regard d'oie mal embouchée.

— Ce serait donc à nous, pauvres prisonniers, de donner la liberté aux jeunes, une école qui les émancipe, du travail qui les valorise, un but dans la vie qui ne soit pas une récitation pour malentendants, des loisirs qui ne soient pas sanglants ou assortis, comme c'est le cas, d'un enrôlement dans la patrouille, chez les sermonneurs ou, à Dieu ne plaise, chez les défenseurs de la Vérité ?

— Quoi... mais vous déraisonnez !

— Mais je me comprends !

— ... »

Voilà pour le premier contact. Les suivants ne

132

furent pas fameux. En me voyant arriver, ce que je faisais à l'improviste, elles détalaient en poussant des cris. C'était subito illico l'heure des réunions oubliées. Mon attitude était ridicule, elle ne paie pas. Ces marionnettes n'ont pas besoin de beaucoup de raisons pour enterrer un malheureux, or je voulais croire qu'il suffit de peu pour les mobiliser efficacement. J'ai changé le fusil d'épaule. À tartuffe, tartuffe et demi. Je me suis faite la championne de la dignité et de la responsabilité, et je me montrais très fière de mes nouvelles amies.

Hé bien non, mon esprit refuse de biaiser, je ne peux pas les piffer ! Je pensais à Chérifa. L'idée qu'elle puisse, elle aussi, être égarée dans ce foutu pays ou larguée quelque part dans un port du vaste monde me rend folle. L'idée que des milliers de jeunes en arrivent au suicide parce que l'avenir leur est interdit me rend plus que folle. De voir ces matrones assises sur leurs fesses, ces perroquets du gouvernement se lécher les babines au soleil, ce Grand-Guignol se donner au grand jour, m'étouffe de rage. Cela pour dire que la rencontre fut orageuse. Elle avait bien commencé. Je suis arrivée avec un sourire grave en devanture et, à mon bras, une Chérifa éblouissante comme une reine.

« Je suis contente de vous revoir, très chères. Êtes-vous bien ? Je suis sûre que vous allez me rassurer en me donnant enfin des nouvelles de mon idiot de frère.

— Hélas non, chère amie.

— Pardon !

— Nous sommes à la bourre ces jours-ci, vous comprenez... nous attendons une délégation de l'Union européenne... nous comptons sur son appui financier... nous préparons les dossiers...

— Quels dossiers ?

— Vous savez, le budget, le programme de travail, l'organisation des rendez-vous, les articles de presse...

— Et Sofiane dans tout ça ?

— Tranquillisez-vous, il est sur notre listing.

— Le listing ?

— Oui, le listing.

— Voyez-vous ça, le listing !

— Tout à fait, le listing de nos chers disparus. Nous le communiquerons à l'Union qui l'intégrera à son propre listing. C'est une mise en réseau... vous comprenez ?

— Parfaitement, on peut s'évanouir tranquille du moment qu'on est couché sur le grand Listing.

— Dois-je comprendre que vous persiflez ?

— Je vais faire mieux, je vais vous gifler si personne ne me retient !

— ... »

J'étais hors de moi. Il est des crimes qu'il faut encourager, je le dis honnêtement. Si les rois et roitelets de ce pays jusqu'au dernier étaient passés à la roue, sans oublier leurs misérables bouffons, les jeunes verraient enfin la lumière. Je me dis des choses pareilles en marchant à grands coups de talon, pressée de rentrer à la maison casser un peu de vaisselle. Les gens s'écartaient de mon passage, effrayés ou dégoûtés. Des mauviettes, des pauvres types qui estiment que la femme n'a pas droit à la colère hors du contrôle des hommes de sa tribu. Je tirais Chérifa par la manche en la houspillant. La pauvrette geignait à fendre le cœur.

C'est décidé, l'Association, c'est fini. Je chercherai par moi-même. Comment, je ne sais pas mais je trouverai. J'embaucherai un jeune du quartier qui se prépare à brûler la route, je le pousserai, il rattrapera cet abruti de Sofiane et... c'est débile, autant financer son voyage, peut-être m'enverra-t-il une carte postale de Tanger, de Marbella ou de l'Au-delà. Non, il y a mieux, j'engagerai un vieux flic à la retraite, c'est renard et compagnie ces gens et ça peut être honnête. Sur le tard, ils ont tendance à retrouver un peu de leur humanité perdue. Il m'en faudrait un qui aurait laissé un fils sur le chemin des harragas, nous ferons cause commune. Je verrai avec le Mourad s'il a ça dans ses fréquentations. Je... non, il est trop bête, il m'embrouille, avec lui je cours d'une impasse à l'autre ! Je ne l'oublierai pas de sitôt, cette histoire de gare ! Je passerai une annonce dans les journaux, ici, là-bas, au Maroc, en Espagne, partout. « Recherche dans l'intérêt des familles », je me demande si cette vieille rubrique existe toujours. Elle eut son heure de gloire. Je me souviens que papa la lisait avec passion, beaucoup de ses vieux amis ne donnaient plus signe de vie. C'est fou comme en ce temps de relative bonhomie après tout, les gens avaient de facilité à disparaître. À l'époque, c'était bénin, on mettait le disparu parmi les séquelles du colonialisme, un harki resté en embuscade, et la messe était dite. Le plus drôle est qu'on en retrouvait certains, vivants, errants par les rues, mais trop amochés pour s'expliquer, alors on les embarquait pour vagabondage petit-bourgeois et on les balançait du camion trois villages plus loin. À présent, il faut drôlement ramer pour seulement se situer soi-même. Et rien n'est plus dangereux s'agissant d'un parent, on veut savoir dans quel secteur on grenouille, qui finance, qui tire les ficelles et si les organisations internationales sont au courant. C'est le début d'une longue histoire. On est venu au commissariat pour se plaindre de la police ou d'un autre bureau, on repart chargé d'un crime tiré du sommier.

« Tu vois ce qui t'attend si d'ores et déjà tu ne fais pas attention aux fréquentations de ton fils ! dis-je à Chérifa en lui tordant le bras.

— Aïe ! Mais pourquoi tu nous souhaites ça ?

— Qu'as-tu fait toi-même ? Tu as abandonné tes parents, comme cet idiot de Sofiane, comme ces imbéciles qui courent les routes au lieu de... de... »

Zut, voilà que je chiale.

« Au lieu de quoi ? demanda Chérifa gagnée par l'émotion.

— De mourir ici, chez eux, avec leur famille !

— Pourquoi tu dis toujours "cet idiot de Sofiane" ?

— Parce que mourir loin de sa tombe, c'est nul, pauvre idiote ! »

Le froid m'est tombé sur la tête comme une pierre tombale sur un mort. Il n'y a rien à dire, rien à faire, rien à espérer. La malédiction poursuit son œuvre. Dans cent ans, mille ans ou dix mille ans, quand nous serons tous morts et oubliés, la vie reprendra ses droits. Forcément. Les femmes et les enfants auront leur part. Pour l'heure, il y a trop de sermonneurs, tant et plus de défenseurs de la Vérité, et des lâches à ne pas savoir où les mettre. Pourquoi portent-ils des barbes et des verrues sur la tête puisqu'elles ne leur servent à rien ? La question me taraude.

Nous nous sommes blotties dans un coin et nous avons chialé comme des fontaines.

Elle m'a donc raconté. Elle avait quatre ans lorsque sa mère est morte. Elle ne se souvient pas d'elle ni de quoi elle est morte. Je connais ça, on en reçoit plein à Parnet, tellement usées qu'il est vain de chercher à savoir de quoi elles souffrent, on tient par là ça tombe à côté. On écrit *Déficience généralisée* et on ferme le dossier. Ses huit frères, plus âgés qu'elle, s'employaient

137

dans les fermes et les moulins de la région, cela fit qu'elle n'en vit jamais plus de trois ou quatre à la fois. La route était leur foyer. Puis un matin, le père s'est marié avec une mégère renvoyée de l'enfer qui lui donna une flopée de filles et de garçons. « Combien de chaque ? Plusieurs, je sais pas, leur mère les chouchoutait toute la journée et papa laissait faire. » Bref, il avait peur d'elle. Puis, les islamistes sont arrivés et se mirent à égorger les filles. La misérable les courtisait comme une bête, leur roulait le couscous, les renseignait sur les vices des gens, espérant de la sorte détourner leur colère de sa maison. Chérifa posait problème, excentrique, indépendante, râleuse, fugueuse, et mignonne en diable : une irrésistible gâterie pour les barbus. Un matin, elle a ramassé un sac et elle s'est tirée. Une histoire comme il y en a des cents et des mille dans le pays, et bientôt partout dans le monde. La peste verte n'a pas de frontières. Un jour, on brûlera des filles en Californie, je vois ça d'ici, et ce ne sera pas le Ku Klux Klan.

« ... Ma marâtre me déteste comme si j'étais assise sur sa tête, ma parole ! Je la hais, elle est moche, elle est méchante, elle est voleuse ! Elle me traitait de fille de Satan, elle racontait m'avoir vue alors que moi j'ai jamais rien fait.

— Vue où... fait quoi ?

— Les garçons !

— Je me demandais.

— Papa est un peureux, il me suppliait en

cachette, il voulait que je me terre sous le voile pour échapper à sa sangsue et aux égorgeurs. Quand je leur ai crié que je n'aime pas leur religion, quelle histoire, ils ont voulu m'étouffer. Alors je suis partie, tant pis pour eux!

— Hé, tu ne vas pas dire ici que tu n'aimes pas la religion! Tu es folle, ma parole, c'est l'islam, on te brûlera et moi avec!

— M'en fous!

— Non, tu ne t'en fous pas, tu as un bébé, et moi, je n'ai pas envie de monter au bûcher!

— Je m'en irai, tu seras tranquille!

— Où iras-tu? Ils sont partout, c'est X-files, cette histoire! Et ne me dis pas que tu vas en Europe, parce que je te l'apprends, ils ont posé pied là-bas et ça chauffe drôlement pour les filles!

— J'irai ailleurs!

— C'est pareil, pauvre idiote!

— Je... euh.

— Tu vois, tu comprends quand tu veux.

— ... Euh...

— Tu as raison après tout, la religion, on s'en tape! Si Allah ne nous aime pas, pourquoi devrions-nous pleurer? Nous irons avec Satan, c'est tout. Viens, on descend en ville, on va leur montrer, on va s'éclater comme des enragées, on mangera des glaces, on rigolera, on marchera en plein soleil, on dépensera mon argent dans les futilités et même, tiens, on achètera des robes ignobles! Et si on nous brûle, tant pis, nous irons en enfer comme un feu d'artifice!»

De Dieu, la descente! Quand le cœur y est, Alger se laisse aimer. C'est une découverte, elle nous a ouvert tout grand ses bras visqueux. Magasins, bazars, salons de thé, trotte sur les boulevards, haltes amusantes dans les jardins. Nous allions tous sourires dehors. Chérifa roulait du nombril et du popotin comme une vraie de vraie, pour ma part je la jouais modeste, mes formes ne sont pas celles d'une nymphette squelettique. Derrière, nous filant le train, réglés sur nos élans, les malades attendaient le déclic pour nous bondir dessus. Un peu avant le clash, je me transformais en femme à scandales et les voilà s'égaillant dans les venelles comme des cafards. Encore des lâches qui travaillent à leur honte. Tout à notre joie, nous ne l'avons pas sentie arriver. Nous sûmes que la nuit était là lorsque nous vîmes les gens rentrer la tête dans les épaules et passer la vitesse. Les braves couraient aux abris. C'était *Moi, d'abord!* Trouillards, va! Le couvre-feu est levé depuis belle lurette, le siège le sera un jour, de même que les centres de torture, la télé n'est que soirées musicales et gentils papotages, les journaux que bons potins et tombolas, le président court les croisières avec bonheur, tout est parfait, mais les réflexes sont restés, ces pauvres diables vivent dans la terreur. Le mensonge les effraie autant que la vérité. Les bagnoles bondissaient dans les rues soudainement livrées à la désolation. Sur la ville et jusqu'aux remparts extérieurs tombaient le silence et l'odeur de la mort.

Nous avons atteint le quartier aux abords de vingt et une heures. Aucune raison au monde pouvant justifier la présence de deux femmes dans les rues ne tient debout à pareille heure. C'est la brousse, Rampe Valée, ça se perd à la périphérie, ça grimpe dur, c'est l'autre face de la lune. Pas de taxis et plus de bus. Et pas un lampadaire pour nous accompagner. C'est bête cette manie de chercher la lumière, on se rend visible des mecs embusqués dans l'obscurité. Ça me rappelle l'histoire du réverbère... le monsieur qui cherche son portefeuille là où c'est éclairé. C'est toute l'absurdité du manichéisme, on s'arrête où commence la suite. D'où tenons-nous cette idée que la lumière est un avantage? Nous prîmes notre courage à deux mains et nous nous enfonçâmes dans la nuit noire du dédale. J'avançais guidée par la mémoire. Tout est bien dessiné dans ma tête, les distances, les virages, les fossés, les monticules, les murs. On mouillait. Pas un chat et pas un chien, pas un rat, rien qui bouge, le quartier semblait faire le mort depuis plusieurs siècles. Hormis le tac-tac de nos talons et nos halètements, et toujours, incessante et mystérieuse, cette lointaine et sourde vibration dans le ciel, rien, le silence, l'immobilité, le vide.

Mon Dieu, est-ce ainsi que passent toutes les nuits dans notre sainte ville?

Chérifa ne crânait plus, elle s'accrochait des deux mains à mon bras, elle tremblait de la tête aux pieds. L'expédition aura servi. Mieux que parler pour convaincre, il y a montrer pour casser. Robinson n'a rien imaginé de tel.

En refermant la porte, j'ai aperçu dans l'ombre tremblotante des peupliers une silhouette d'homme se défiler dans l'obscurité. Serait-ce celle que j'ai cru voir lorsque Chérifa m'a compté sa première fugue ? Qu'est-ce à dire sinon que nous sommes surveillées ! Par qui ? Pourquoi ?

L'insouciance a son revers, nous voilà mal barrées.

Je le disais : toujours plus d'angoisse.

Les jours se suivaient ainsi, nous ne sortions que pour les courses. Un matin, j'ai emmené Chérifa à Parnet pour un examen de routine et une autre fois, dix jours après, nous avons couru à la poste faire la queue pour je ne sais quoi, répondre à des questions que je ne comprenais pas. Je ne me souviens pas en vertu de quelle loi j'ai été appelée à me tenir à la disposition du guichet numéro six jusqu'à apurement du contentieux. Quel contentieux? Où, quand? Il s'avéra en fin de compte que le coup visait une tierce personne, un phénomène qui se serait plaint du mauvais service dudit guichet auprès de la haute direction et qui avait à subir les représailles. Pour mon malheur, la convocation à lui adressée est tombée dans ma boîte aux lettres. J'ai beau m'encourager, je ne guéris pas, les papiers administratifs me tuent. Je ne vois pas dans quelle langue ils sont libellés, en cyrillique du temps des momies ou en arabe de l'internationale islamiste, je me précipite aux abris avant même de les authentifier. On ne le croirait pas, je suis terrorisée au point de ne pas reconnaître mon nom. Ce n'est pas la première étourderie de ce satané Moussa, le galérien de Rampe Valée. Certains jours, il sème nos lettres au hasard. Je sais quelle mouche le pique mais quand même, il pourrait faire attention! C'est un facteur de l'ancienne époque, il pratiquait le latin, il était fier de sa casquette et de sa pèlerine; et il adorait ses godillots! Gamines, Louiza et moi l'admirions pour être toujours si bien au chaud dans sa laine et ponctuel quel que soit l'état des routes. Je crois me souvenir qu'un jour de grand froid nous avons rêvé de nous l'épouser. Il se débrouillait bien, les étrennes étaient sa partie, il écoulait ses calendriers comme des petits pains, on lui donnait du « Ohé, Moussa! » à l'arrivée et du « Bravo, la poste! » au départ. Puis quand le tremblement est intervenu, il s'est arabisé comme il a pu, en quelques heures, l'ultimatum l'a pris de court comme nous tous. Je dévoile ici un secret que l'administration couvre jalousement : il avait menti à son chef, lui-même un oiseau de la vieille école, à eux deux ils détenaient moins de la moitié du nouvel alphabet, il me l'a avoué un jour que je l'ai pris en flagrant délit : il suppliait un écolier ébouriffé de lui déchiffrer une adresse. Les rues avaient changé de noms, de langue et de style au cours de la nuit. Ce n'est pas simple, alors parfois il panique, il s'imagine à l'étranger, déchu de son saint par un redoutable djinn, et là, se croyant pourchassé pour crime de lèse-majesté, il se débarrasse de nos lettres comme il peut, avec cependant l'air de s'y entendre un peu. Il m'a expliqué son drame quand un jour de grande panique je lui ai offert un plein broc de café pour le remonter. J'espère que le râleur sortira vivant du guêpier, les fous ont ma sympathie.

Je n'avais que ce genre de sorties à offrir à Chérifa pour prendre un bol d'air et se dégourdir les jambes.

À la troisième offre, elle a haussé les épaules et elle s'est replongée dans le bichonnage des petons. Je lui proposai de m'accompagner à la mairie où j'avais à retirer je ne sais quelle fiche réclamée en urgence par mon administration pour je ne sais quelle fin. Ça m'a vexée. Au retour, je l'ai félicitée, je sortais exténuée et abasourdie d'une aventure abracadabrante.

Dure est la solitude pour qui n'est pas armé jusqu'aux dents. Moi, j'ai appris à en tirer le meilleur, je sais remplir mes jours avec rien, du silence, des rêves, des voyages dans la quatrième dimension, des soliloques en l'air, des crises folkloriques, des ménages méticuleux. J'ai un actif et un passif que je révise quand l'envie m'en prend. J'ai mon travail, mes livres, mes disques, ma télé, mon TPS piraté, mon petit circuit dans le tohu-bohu de la capitale, et ma maison que je n'ai pas fini d'explorer. J'ai une fenêtre sur le temps, je sais naviguer dans ses recoins secrets et m'arrimer à ses rivages incertains.

Chérifa n'a rien, la solitude est du vide pour elle, une angoisse, une mutilation, un inexplicable abandon.

Que puis-je?

La choyer ne lui arrache pas un merci, lui sacrifier mon temps ne l'émeut aucunement, relâcher mes habitudes et me régler sur ses humeurs d'enfant gâtée va de soi à ses yeux. Elle est d'un égoïsme!

Que faire? Je lui parle autant que je peux, je lui raconte mes journées à Parnet, j'agrémente avec ces potins au vinaigre dont raffolent les femmes au foyer. Je regarde les feuilletons égyptiens avec ses yeux, au risque d'attraper la rage. Je suis attentive à ses besoins, je la laisse m'interrompre et changer de sujet, ce que je déteste, et je l'écoute de mes deux oreilles sans la quitter des yeux. Je me soumets à des contritions qui laminent mon amour-propre dès lors qu'elle se met en rogne ou qu'elle boude. Mais elle ne voit rien, elle est aveugle, je suis une ombre sur les murs, quelque chose de trop familier pour être vu, une grande sœur un peu tarte, une tata un peu gâteuse, une mère un peu chiante. Je ne sais pas, peut-être ne suis-je rien pour elle, une logeuse embêtante, une voisine indésirable. Elle a des façons de me tourner le dos et de me balancer des « lâche-moi! » qui rendraient folle une machine rouillée.

Lorsqu'elle démarre une conversation, je suis si contente de lui emboîter le pas que je lui brise l'élan. Trop d'attention perturbe. Elle s'énerve. Je raccommode. Ça finit mal. Exemple :

« Il pleut, dit-elle incidemment.

— Tu crois ?

— Tu vois pas ? s'énerve-t-elle.

— Je me demandais si toi-même tu avais remarqué.

— J'suis pas aveugle ! crie-t-elle.

— Des fois, on ne fait pas attention. On entend sans entendre.

— J'suis pas sourde !

— Je disais ça comme ça. »

À ce stade, elle jette ses affaires et quitte la pièce.

Sait-elle seulement que je l'aime ?

Comment traiter avec un enfant ? La question s'est posée d'elle-même et prenait de l'ampleur à mesure que je triais de vieilles recettes de cuisine tirées de-ci de-là. Papa, maman m'en ont laissé un plein panier et j'en ai ramassé en grandissant. L'évolution étant ce qu'elle est et le monde musulman ce que nous voyons, j'ai cherché à comprendre pourquoi les filles étaient martyrisées et les garçons adulés et s'il fallait y voir le doigt de Dieu ou la main du Diable. Très vite, je suis arrivée à la conclusion toute bête que notre société n'a pas d'oreilles pour entendre les filles.

Et moi, comment vais-je traiter avec un enfant ? Une fille !

Avec les enfants des autres, on est bien, on les ignore, on les taloche ou on leur sourit avec l'air de leur dire : « Continue comme ça, tu seras bientôt comme ton empoté de père ou ta godiche de mère. » Ou on les trouve trognons comme chou et on les laisse pousser le bouchon jusqu'à ce que la coupe déborde. Ces enfants-là, nous n'avons ni à les nourrir, ni à les vêtir, ni à leur inculquer le verbatim des jours. On peut les aimer sans peine, les talocher sans haine, les oublier sans gêne.

Le problème est que Chérifa n'est ni une enfant ni une femme. Entre les deux, on ne sait pas, on dit Lolita comme ça, sans avancer en compréhension. La nature est plutôt claire dans sa démarche, elle nous passe d'un état au suivant en nous maintenant un temps dans une chambre de décompression où nous évacuons nos premiers rêves pour nous en construire de nouveaux. Parfois, la machine à dérouler le temps se grippe, on bégaye un peu le temps que ça passe, mais je constate surtout que beaucoup, des dégénérés, s'accrochent à leurs vieilles idées comme des glands pourris et que d'autres, des illuminés, voient midi à leur porte même par nuit noire.

Je sais pour ma part que je n'ai pas aimé quand je suis sortie de l'enfance et que je n'aime pas du tout ce que je vois poindre à l'horizon. L'avenir me paraît trop ressembler à de l'histoire ancienne et l'innocence de l'enfance que je traîne comme un don du ciel est un handicap accablant dans la jungle. En fin de compte, la question est de savoir si mourir à son heure n'est pas mieux que de vivre en perpétuant celle de son aïeul. Il n'y a pas de rapport au premier degré mais je pense à l'explorateur qui tombe nez à nez sur un panneau de signalisation bien chargé : *à droite tu seras dévoré cru, à gauche tu seras rôti à point, tout droit t'attend la marmite aux petits légumes. Si tu t'en retournes, tu mourras de faim.*

Trêve de charades, j'ai un problème pratique à résoudre ! J'ai à me faire aimer de Chérifa, j'ai à lui faire comprendre que je l'aime, comme mon enfant, de toutes mes forces, de toute ma faiblesse.

Où est-il, le chemin ?
D'une porte à l'autre
Sourd le silence
Le vent ne dit rien qui vaille
La foule roule à vide
Le cauchemar étire son ombre
J'ai mal au cœur.
Dire je t'aime aux murs
Et tendre l'oreille
Enlève à la raison.
Où est-il, le chemin
Qui de l'inconnu
Fera ma terre natale
Mon amour, ma vie
Et ma mort ?

Voilà que j'appréhende le retour à la maison. C'est nouveau, hier encore j'y courais avant même de quitter Parnet. Il m'est arrivé de déchirer ma blouse dans la précipitation. C'est mon havre, mon histoire à moi, ma vie. Une question m'accompagne et me dérègle la marche. Elle m'angoisse. Je le sais, la réponse est à l'arrivée, Chérifa est à la maison, face à la télé, à zapper ou à compter ses orteils ou elle s'est envolée sans laisser un mot, ne pouvant l'écrire, ni le penser tant l'écrit est absent de sa nature, mais j'y reviens, je m'interroge, j'envisage le pire et aussitôt je considère le meilleur, je m'y accroche, sans que celui-ci m'apparaisse comme étant la fin du suspense. Tantôt je ralentis le pas, tantôt j'accélère, et ici et là, dans ces ruelles tortueuses qui irriguent notre village, je me laisse capturer par les bonnes femmes qui guettent sur le pas de leur porte et je prends le temps de leur raconter la dernière sur leur procès. Elles m'écoutent en se frappant la poitrine ou se tapotent les joues en bredouillant des oh et des ah sans force. Parfois, le geste m'énerve, j'y vois une démission définitive, une lâcheté purement masculine, alors je les matraque au point de craindre pour leur vie et parfois mon cœur saigne, alors je leur en donne pour chanter et danser toute la soirée. Mon Dieu, comme leur vie tient à rien, un fil, un mot, une lueur, une loi! Et comme la mienne est absurde.

Chérifa s'ennuie. Je la vois moins volubile, moins futile, elle est pensive, distraite, sérieuse. Elle ne se reconnaît pas. On dirait un oiseau en cage qui a perdu la voix, qui ne sait plus s'ébrouer dans son bain ni sautiller de bonheur, un bonheur dont il garderait un souvenir lointain et trop fugace pour être réjouissant. Dans ses yeux de jouet vivant, il y a du vague, regarde-t-il les barreaux ou par-delà, plus loin, ce qui luit dans le ciel, ce qui remue dans le vent, ce qui chante dans les arbres? Je pense à ce pauvre aveugle de naissance qui un jour, durant une infinitésimale fraction de seconde, recouvre la vue, un vrai miracle, et qui à cet instant unique voit un beau, un magnifique rat courir le long du mur. Et depuis, quelle que soit la chose dont on lui parle, il demande, émerveillé et inquiet : « Ça ressemble au rat? »

La nouveauté est passée, nos discussions, nos jeux, nos déambulations dans les chicanes de la maison à la recherche de quelque fantôme oublié ne la tiennent plus en haleine, la bouche ouverte, l'œil brillant. Je serais tentée de lui conter l'histoire de la chèvre de M. Seguin dévorée par le méchant loup mais pour le coup je réveillerais son nomadisme. Il restera à lui ouvrir la porte, peut-être résistera-t-elle à l'appel du large le temps de me dire adieu. C'est que je me suis attachée à elle, je ne conçois plus la solitude qu'en sa compagnie. Mon Dieu, jusqu'à quel point notre vie nous appartient-elle en propre ?

Il y a du changement, je le sens, je le pressens. Qu'ai-je fait ? Que lui arrive-t-il ?

La grossesse, bien sûr ! Quel bouleversement ! Le corps qui enfle, qui pèse sur les jambes, les bouffées de chaleur, les sucs qui polymérisent, le caractère qui se déglingue, les envies qui s'installent, qui travaillent en profondeur. J'en ai vu de drôles à Parnet, certaines se bouffent les doigts, se rongent les os jusqu'à la moelle, d'autres s'arrachent les cheveux, il y en a qui fixent le plafond comme des saintes, rien ne les distrait, ni le remue-ménage des sages-femmes, ni le cui-cui des poussins, ni le silence des anges, il y a celles qui frappent les gardes-malades, se déchaînent sur le mari et ses frères. Il y a les princesses, merveilleuses et surannées, venues chez nous par bonté d'âme ou par accident, on les entoure pour les admirer, les bassiner, les flatter mais rien n'arrête leur délire, elles ne sont pas de ce monde, elles nous balaient de la main

152

comme de pauvres microbes. Elles sont dures à vivre, de porter l'héritier les met dans un état! Et il y a les poules pondeuses, le gros de la troupe, bien dodues, remplumées comme des édredons, qui randonnent dans les travées en jouant du bec, la vie ne les gêne pas, elles adorent la pagaille et les cocoricos, toujours d'attaque, sitôt l'enfant sur la paille les voilà qui font le ménage en caquetant. Chacune a son histoire, aucune n'est banale. Il y a le reste, Chérifa n'en manque pas, la jeunesse, l'ignorance, les espoirs en bois, les mauvais rêves, que sais-je encore, les sautes d'humeur, l'esprit de révolte, les atavismes. C'est une caractérielle, véhémente et agressive, là, et l'instant d'après vaseuse et renfrognée. L'amour, le sexe et le tintouin aussi, ça travaille, ça obnubile, ça démolit, ça écorche. Elle est jeune, elle est sauvage, l'appel des sens est au-dessus de ses forces. J'ai fait mon deuil de ces tourments mais il fut un temps où je me roulais à terre comme une droguée en manque.

Que puis-je?

C'est un fait, je la sors de moins en moins. Plus du tout, en vérité. Où aller? Alger n'est pas une promenade, on fatigue, on est suivi, montré du doigt, agressé. Les vieux singes y vont de leurs dictons acidulés, les vieilles mal fichues clabaudent sur notre passage, les flics nous sifflent en jouant du gourdin d'une manière obscène. Le pire vient des enfants, ils balancent des mots, font des gestes, nous collent aux trousses, excitent la foule. Quelle éducation, à peine hors de la couveuse les voilà qui entrent en guerre contre le genre féminin! Plus ça va, plus ces monstres me rappellent le film *The Gremlins* de Dante et Spielberg. Quelle histoire! Un mec, moitié fou, moitié inventeur spécialisé dans la catastrophe, mais sympa comme tout, déniche là-bas au fin fond de la Chine millénaire, au cœur de Chinatown, chez un antiquaire plus âgé que ses antiquités, une drôle de chose, un petit être pelucheux avec de gros yeux de lémurien et des oreilles de panda, tellement mignon qu'on voudrait en avoir plein son salon. Il veut l'acheter. Comme cadeau d'anniversaire pour son fiston, il ne voit pas mieux. Le conservateur refuse. L'inventeur insiste avec un autre billet. Le conservateur cède à contrecœur. Il met en garde l'acquéreur : *à vos risques et périls, je vous avertis, c'est un Mogwai! Ne l'exposez pas à la lumière du soleil, elle le tuerait. Ne le nourrissez pas après minuit. Et surtout ne l'aspergez jamais d'eau.* Tels sont les trois commandements pour qui veut vivre avec un Mogwai sous son toit. L'explorateur acquiesce et retourne en Amérique, trois pâtés de maisons plus loin. Tout se passe comme dit, le fiston est heureux, la maman aussi, elle n'a ni à nourrir ni à laver le nouveau venu. Et voilà qu'un soir, le fiston alimente le lémurien après minuit, déverse un verre d'eau sur sa tête et cela en pleine lumière. La suite ne se raconte pas : l'adorable Mogwai se transforme en un être malfaisant, un Gremlin, qui se met aussitôt à se multiplier à l'infini. À la fin du film, l'invincible Amérique est à genoux, détruite par ces chenapans hurlants, rigolards et pillards, qui continuent de se goinfrer et de se multiplier pour envahir le reste de la planète et le mettre en pièces. Tout cela pour dire que je me sentais cernée. On ne peut pas répondre à chacun, on baisse la tête, on change de trottoir, on se met une compresse sur la plaie. À leur habitude, les braves et bons fidèles, pères de famille sans gloire et mecs sans ressort, s'apitoient sans lever le petit doigt, ils chiquent celui qui donne à voir qu'il pourrait en dire beaucoup si la vie n'était si courte par ici. Ils nous en veulent après, nos misères les gênent, elles soulignent les leurs. Le pays manque de tout mais pas de sermonneurs qui s'ignorent, de branleurs qui font suer le monde et de pétochards prompts à se rendre invisibles. Mes petits airs de maman cool et le look d'enfer de Chérifa heurtent la sainteté ambiante. Nous sentons le soufre, la chienne en chaleur, l'apostate consommée, notre toupet n'a pas de bornes. Telle mère, telle fille, se dit-on par-dessus l'épaule, le front bigleux et la lèvre méprisante. Un jour, je leur cracherai à la figure ce que je pense de leur perfection absolue. Parce que ça pense croire en Allah, ça se permet tout, insulter, rançonner, jeter des bombes et pis, sermonner du matin au soir, du lundi au vendredi. Est-ce ma faute si Chérifa est belle comme le Diable et si, moi, j'ai l'air d'une madone ? Les rues sont tristes, sales, étranglées par les masses globuleuses, à part lécher de méchantes vitrines et se colleter avec de vilains margoulins, que faire ? C'est vrai aussi que je la gronde plus qu'elle ne peut entendre. Elle est ronchon de nature et moi je deviens acariâtre, j'ai le soma qui déraille, le bled me sort par le nez, l'inquiétude me mine, Sofiane me manque, l'hôpital m'épuise. La vie de famille avec ce que cela entend de concessions et de câlins n'est pas son truc. Et que dire des travaux ménagers sinon qu'elle déteste.

Ah, si elle savait lire ! Ma bibliothèque recèle des trésors, le vicomte et le bon docteur des pauvres nous ont laissé de quoi voir venir jusqu'à la fin des temps. Les autres aussi, de pleines corbeilles, mais ce sont des navets, je les conserve par pitié. En plus du respect de l'ancien, papa nous a inculqué l'amour du papier, je n'arrive pas à m'en défaire. Je n'y tiens pas, du reste. J'ai ajouté du mien, quelques perles et des trucs imbuvables vendus au kilo, bourrés de pucerons et de chiures, il le fallait, pour vaincre mes peines et réussir la traversée du désert. Je crois avoir dévoré plus de bouquins qu'un singe n'avale de cacahuètes dans sa vie. La maison en regorge et je peux en ramener si elle le désire. Elle ne sait pas ce qu'elle perd. Pour chaque homme de cette planète, il y a un livre qui pourrait tout lui dire comme une formidable révélation. On ne peut lire ce livre, son livre, et rester soi-même. Le drame avec les ignorants est qu'il faut tout leur montrer, et plus on leur en dit, plus ils se ferment. Le refus de l'instruction leur tient chaud au cœur.

J'ai décrété le grand ménage. Quelle idée pouvais-je convoquer pour nous occuper l'esprit? Elle a haussé les épaules. J'étais tentée d'ordonner le repli mais ce qui est dit est dit, les jeunes détestent que les aînés se dédisent. Nous avons enfilé nos tuniques de combat, nous les avons troussées sous la culotte, nous avons coiffé nos bandanas et en avant toute les bidons. Ménage à l'algérienne, de l'eau qui ruisselle jusque sous les tapis, du boucan à effrayer les marmottes, du désordre à se perdre la tête. C'est une guerre à l'organisation scientifique du travail, un vrai chambardement, ainsi le veut la tradition du harem.

J'ai appris comme ça, je fais comme ça, point!

À vingt heures, nous n'étions guère avancées, la confusion était totale. Nous avons ri, chahuté, rivalisé de vitesse, nous nous sommes lancé des défis, nous avons crapahuté, donné vaillamment de la serpillière, du torchon, du plumeau, soit, mais sans joie véritable, sans conviction. Au

cœur de l'effort, je me disais que jouer à la bon-
niche pour se sauver du naufrage était le pire
que pouvait faire une amoureuse. J'imaginais
combien de son côté elle s'effrayait de la distance sidérale séparant ses rêves de la réalité que
je lui proposais. Oui mais quoi, quand on n'a
rien sous la main, que peut-on offrir ? La tristesse imprégnait nos pensées au plus profond et
de la sorte, l'une contaminant l'autre, nous
avons empuanti l'atmosphère. Il y avait trop
d'éclat dans nos rires et des non-dits paralysants
dans nos proclamations.

Parfois l'échec précède l'acte. Nous étions
dans ce cas de figure. Quand on attend la fin du
monde, rien ne va plus.

La soirée fut agréable avec un arrière-goût
d'amertume. Elle avait bien commencé, l'odeur
du grésil mêlée aux senteurs lénitives du thé et
des loukoums nous avait gentiment soûlées.
Nous commencions à dodeliner dans nos chaussons. Le grand chambardement nous avait pas
mal alourdies aussi. J'ai réagi à temps, j'ai mis
un CD, du Rachmaninov de la grande époque,
pour nous ouvrir le cœur et nous éveiller aux
beautés du monde. Quelque chose d'immense,
de très ample, de subtil, s'est propagé dans la
maison, du bonheur, de l'extase, des rêves en or,
des mystères merveilleusement agencés. Dans
cette vieille demeure repliée sur ses secrets,
l'écho du beau a des harmoniques surnaturels.

Quand j'ai rouvert les yeux, j'ai vu la gueule de Chérifa, elle avait mal au cœur, elle s'apprêtait à dégobiller sur la carpette. La grande musique n'est pas son rayon, elle ne savait pas que la chose existait et cela bien avant qu'elle ne vînt au monde. J'ai mis du Aznavour des grands jours, puis du fado de Paradès capable d'aplatir une montagne de granit, puis du Malek le Franco-Marocain puis de l'Idir le Franco-Algérien, et voyant que c'était encore loin de ses oreilles j'ai glissé dans mon vieux pick-up de collection un vinyle antique tout chiffonné. Il a été pressé au temps de Am Charr, l'Année de la Grande Famine, en 29 ou en 36. Sur la pochette, une mémé tatouée assise en tailleuse à l'entrée de sa tente face au désert, et dans un ciel chauffé à blanc un titre de western-spaghetti tout en rondes et déliées : *La putain et le flûtiste*. Il nous a régurgité une mélopée du terroir profond qui ferait fuir un troupeau d'éléphants de sa savane natale. La mémé, une célèbre cheikha d'avant-guerre, à la voix de rogomme, pleure les malheurs d'une jeune fille de noble souche enlevée par des marchands d'esclaves et livrée pour trente douros à une méchante maquerelle qui l'a mise illico au pieu. Nous voilà d'emblée dans le malheur dans ce qu'il a de plus pathétique. L'apprentissage fut rapide, la belle et joyeuse pucelle en eut le souffle coupé et sombra dans une déprime noire. Vint la fin des moissons et commença le temps des orgies chez les bouseux.

Fantasia et méchoui, libations et copulations, magie noire et crimes d'honneur, et vogue la galère. L'été est chaud sous le soleil. On accourait des campagnes les plus reculées pour chevaucher la nouvelle venue dont la réputation de beauté aux yeux de biche avait alerté même les sourds et les aveugles du désert. Un brave troubadour qui aimait courir le bordel entre deux galas en tomba amoureux fou à la seconde où il pénétra dans sa couche. C'est à ce stade de l'histoire que l'on entend bien le propos du refrain : « Entre mon ami entre, plus haut il y a mon cœur, il est à qui peut l'atteindre ! » La cheikha le répète trente fois en gémissant à fond l'estomac. Elle serait en train de mourir dans les affres qu'elle serait moins persuasive. Le ménestrel enleva la belle sur un pur-sang volé au cheikh du village et voilà nos gentils passereaux emportés dans des aventures épuisantes, talonnés par les nervis de l'abominable maquerelle et les sbires de l'infâme caïd. Le conte aurait pu s'arrêter là, sur une note d'espoir, la fuite étant quelque part synonyme de salut, mais point, le poète a choisi de suivre le pire jusqu'à son aboutissement complet : le couple fut rattrapé, le joueur de pipeau égorgé et dépecé sur la place publique et la petite amante enchaînée et ramenée au trou où elle finira ses jours dans une incommensurable détresse. Depuis la nuit des temps, s'affranchir est un problème. J'avais déniché cette pastorale dans les affaires de

Sofiane parmi d'autres bizarreries qu'il affectionnait de collectionner. Les jeunes ne sont modernes qu'en surface, un rien les ramène aux ténèbres du passé. Et là j'ai compris, la ballade était une version abâtardie de la fameuse *Ode à Hiziya*, qui a tant donné à pleurer à nos grands-mères. À la première note, Chérifa est tombée en transe, une danse je veux dire, une houle monotone comme un été pourri qui ne finit pas, un rite tellurique d'avant les Évangiles, violent et saccadé qui brusquement vire à la bourrée de soudards de retour de la guerre. J'ai communié comme j'ai pu, je me suis trémoussée sur la chaise le plus lascivement, puis ardemment, et j'ai tenté quelques youyous qui ont tourné en eau de boudin. Chérifa a déploré mon ignorance, je lui gâchais ses transports. Elle m'a dévisagée comme on zieute le touriste scandinave en Papouasie lorsque celui-ci se lève au milieu de la cérémonie pour interroger le grand sorcier sur ses pouvoirs mystificateurs. « Tu sais pas ! » m'a-t-elle balancé avec une moue méprisante. Ça m'a vexée, alors j'ai mis des trucs à nous, des machins kabyles, du rock des montagnes, et je lui ai montré ce que balancer de la croupe veut dire du côté de Fort-National. Si on résiste à l'emprise, c'est qu'on est sourd, muet, aveugle et gelé de naissance. L'épreuve de force était engagée, vieille campagne contre belle montagne, l'une et l'autre tînmes bon, l'honneur régional de chacune était en jeu. La fin fut pitoyable, nous nous écroulâmes mortes de fatigue avant le lever du soleil.

Je ne sais où j'ai dormi et par quel miracle je me suis réveillée dans mon lit. Je croyais connaître tous les fantômes de la maison. Celui-ci était brancardier dans une autre vie, il a accompli son devoir et il est parti alertement vers d'autres guerres. Je l'appellerai Mabrouk. Je me voyais quelque part, je ne sais où, dans un rêve, une terre lointaine, une île à coco-tiers, échouée à la suite d'un grand naufrage. J'étais avec Chérifa, Louiza, Sofiane, Yacine, et d'autres, aussi beaux, aussi innocents, aussi jeunes. Il y avait des amis de fraîche date, le flû-tiste et sa pucelle, les filles de la cité, et d'autres, des rencontres d'antan perdues sur le chemin de la vie. Nous étions nus comme des vers ou vêtus d'une feuille de vigne. Nous dansions autour d'un formidable brasier. Tonton Hocine et *235*, suant sang et eau, manipulaient à deux bras, l'un un soufflet géant, l'autre un tisonnier long comme un arbre de transmission de paquebot. Au loin, un volcan jouait du tuba en fumant allègrement. La terre tremblait juste ce qu'il fallait pour la rumba. De joyeux trouvères per-chés sur les palétuviers grattaient la mandoline comme si nous étions des rois de carnaval. Dans le feu, se consumaient des gens et de drôles de bestiaux. Nous les repoussions de nos pieds dans la fournaise lorsqu'ils tentaient de s'en

162

échapper. J'ai reconnu la présidente et son otarie, deux trois brochettes de gibbons casqués, des boucs en djellabas, des murènes glacées du parti unique, le vizir de je ne sais quoi, l'abominable maquerelle et l'infâme caïd, et d'autres, des perroquets aphones que l'on voit rouler des yeux dans les tribunes et les défilés lorsque le Chef suprême de toutes les tribus parade dans ses boubous ou raconte ses journées entièrement consacrées aux salamalecs avec les plénipotentiaires venus lui présenter les derniers modèles de verres à thé. Une charrette approvisionnait le brasier en sermonneurs et en défenseurs de la Vérité dûment ligotés et bâillonnés. Il se dégageait une puanteur horrible mais nous la respirions à pleins poumons, à en tomber de bonheur.

Magnifique était la fête. J'ai royalement dormi cette nuit, avec cependant un avant-goût de panique, j'attendais que le ciel me tombe sur la tête ou que la terre s'ouvre sous mes pieds.

Soliloque au clair de lune

Quand l'image des enfants venait obséder mes nuits
C'était toujours avec deux grands yeux silencieux
Sur un front qui ne bronche pas.
Et leurs regards ouverts sur les frasques du monde
Le désordre de ses fêtes impies
Et la froide palpitation de ses charniers
Laissaient voir leur âme errant au-dessus du mal-
strom
Et leurs visages qui irradiaient des lumières tenaces
Annonçaient le Jugement de Dieu.

Toujours, au cœur de mes nuits, ces grands yeux
Ce silence infranchissable
Cette peine si lourde
Me disaient la vie
Ses miracles et ses pardons toujours renouvelés
Ses euphories inextinguibles et ses promesses
En dépit de tout

Nos rancœurs et nos extravagances
Nos désespoirs et nos souffrances
Nos crimes et nos trahisons
Nos laideurs et nos lâchetés
Et l'impossible élévation de l'homme.

Ainsi, apprenant que la mort n'est pas la sanction
Mais bien celle d'être privé de la vie
J'en venais à rêver de contenir
L'univers en entier dans mon regard.

Le salut est dans la culture. Je ne vais pas reproduire chez moi le système et maintenir la petite dans l'ignorance et la dépendance. À la longue, je serais tentée de l'exploiter honteusement ou je finirais, comme je le crains, par la tuer. Lui apprendre à lire, lui ouvrir les yeux sur les quatre grandes perspectives de la vie que sont la science, l'histoire, l'art et la philosophie, voilà le programme.

Lui faire reconnaître le point de départ vient en premier. Ce n'est pas simple, les ignorants sont imbus, susceptibles, horriblement méfiants. Chérifa est de surcroît dédaigneuse. Or, elle doit mesurer son ignorance et s'en effrayer si elle veut se donner une vraie envie de la combler pour son bien propre et celui des autres. C'est cela qu'il faut provoquer.

Toute la semaine, j'ai réfléchi, j'ai pris des notes, et je suis arrivée à la conclusion qu'il faut se jeter à l'eau pour apprendre à nager. Je veux dire enseigner. La dynamique fera le reste. Le mieux est de commencer par une visite guidée de la capitale. Alger n'est pas fournie, mais quoi, Rome ne s'est pas faite en un jour! C'est souvent une rencontre avec un monument, un tableau, un objet de curiosité, un flash, un agencement de signaux, qui déclenche le désir de savoir. Je me suis souvenu de *2001 : l'Odyssée de l'espace*, le singe qui réalise miraculeusement au début du film tout ce que l'on peut faire avec une mandibule de mammouth et son descendant qui découvre, six cents millions d'années plus tard, les voyages interstellaires. J'ai pensé à la pomme de Newton et à tout le reste qu'on raconte aux écoliers pour les réveiller. Il m'est arrivé semblable chose, ce sont les manuels du docteur Montaldo et ses outils étonnants d'étrangeté et d'habileté qui m'ont donné le goût de la médecine et du bricolage, pourquoi Chérifa réagirait-elle différemment? Quelque chose va lui taper dans l'œil et amorcer dans son subconscient le processus prodigieux de la connaissance.

Le programme de sorties réclame une huitaine. Je la prendrai sur mon congé. J'intéresserai le Mourad, nous avons besoin de sa voiture. La présence d'un homme cultivé et blasé comme lui apportera ce qu'il faut de bel ennui pour consacrer la démarche. Étudier n'est du plaisir que pour les grands initiés, je ne vais pas tout exiger d'elle le premier jour de classe. Qui va mollo va sano.

Les choses se passèrent ainsi. Hélas pour moi et davantage pour la petite imbécile, j'ai obtenu l'inverse de l'effet escompté. S'il y a eu déclic, c'est dans le sens de la fermeture. Chérifa est totalement, fondamentalement, récalcitrante à l'effort cérébral. La magie du savoir ne l'émeut aucunement. Mes explications, les commentaires du Mourad glissaient sur son plumage sans lui arracher un frisson. Elle s'est ennuyée comme jamais. Et ce n'était que le premier jour.

Mon Dieu, que lui ont-ils fait à l'école ?

J'avais cru bon de commencer par le fameux jardin d'Essai. On ne le sait pas mais il est l'emblème d'Alger, il le fut, comme le bois de Boulogne l'est encore pour Paris et Hyde Park pour Londres. Alger s'enorgueillit tellement de ses possessions que personne ne le visite jamais. Tout cocardiers et superflus qu'ils soient, les peuples n'aiment pas que leurs commandants poussent le bouchon trop loin dans le ridicule. Les images du jardin avec lesquelles la télé remplit ses trous de mémoire sont des images d'archives, chacun sait cela, les visiteurs sont trop visiblement endimanchés pour être du vendredi. L'interlude date de l'ORTF, section d'Alger. Les messieurs portent des pattes d'éléphant et la cigarette au coin du bec à la Humphrey Bogart, et les dames en crinoline leur sac à main au creux du coude comme elles ont vu au cinéma. Et les moutards, les pauvres choux, sont si bien mis sous leurs bérets qu'ils font peine à voir. Raison pour quoi, je l'ai mis en tête de liste, nous serons seuls pour admirer cette antique merveille.

Ce fut une erreur, un fiasco, ce coin de paradis a été pulvérisé comme le reste. Ce n'est pas là que la Chérifa attrapera le virus de la botanique. Papa nous y emmenait autrefois. C'était un rituel, les familles algéroises d'alors, fraîches émoulues de la guerre de libération, tenaient à perpétuer cette tradition purement coloniale du dimanche au bois. Nous en revenions la cervelle en ébullition, débordante d'images extraordinaires, de senteurs bouleversantes, de rêves incommensurables, nous pouvions affronter les rédactions à venir sans nous démonter. « C'est très bien, Lamia, poétique et tout, mais tu peux changer de sujet, ce n'est pas interdit. C'est valable pour toi aussi, Louiza », nous a dit la maîtresse après qu'elle eut tout appris sur le jardin. La première fois, nous fûmes écrasés par la majesté du site. Il se dégageait une impression de profusion, de rareté, d'originalité, de bizarrerie, de fraîcheur surnaturelle telle qu'on perdait la boule, le regard oscillait comme un laser déréglé. Mon Dieu, tous ces noms collés aux arbres, aux buissons, aux fleurs, qui peut les lire et les retenir ! Nous revenions à Rampe Valée avec le tournis pour la semaine. L'émerveillement attei-

169

gnit le délire lorsque nous visitâmes le zoo niché au cœur du jardin. Ah, le choc ! Ah, l'inconcevable découverte ! Ah, ces grognements, ces feulements, ces barrissements, ces ricanements, ces hurlements, ces bruissements lointains et proches à la fois, ces chants barbares, ces plaintes déchirantes, ces échos interminables qui enflaient dans la démesure, s'entrechoquaient, se mêlaient, se recouvraient, s'arrêtaient mystérieusement dans un silence d'épouvante pour exploser de nouveau, soudainement, sur un autre registre ! Et cette fébrilité, et ces regards perçants, et ces couleurs, et ces odeurs, qui composent l'harmonie sauvage du monde et le disent tel que nous l'avons peuplé de nos craintes au commencement de la nuit des temps ! J'en avais le poil hérissé. Ça nous changeait radicalement des chiens, chats, canaris et autres amis auxquels nous étions habitués. Toute ma vie, je me souviendrai de ce magnifique lion de l'Atlas qui sommeillait dans sa cage comme un roi dans son palais. D'emblée, nous plongions dans les contes bibliques chers à maman, je pensais à Samson, grand étrangleur de lions devant l'Éternel, et Dalila pécheresse repentie mais avant cela pécheresse hors pair. Lorsqu'il bâillait, j'imaginais bien que Louiza et moi tiendrions dans sa gueule, debout, les bras en croix. Je n'oubliais pas que nous nous étions juré de ne jamais nous séparer. Une plaque de cuivre nous apprenait ceci :

Présent de Son Altesse Royale Mohammed V, Sultan du Maroc et Commandeur des croyants, au frère Ahmed Ben Bella, à l'occasion de son élection triomphale à la magistrature suprême de la République algérienne démocratique et populaire.

La dédicace eut pour effet de désoler papa. « Un âne est un âne, fût-il le cousin du roi de la forêt ! » disait-il. Il pensait politique. Papa aimait le flou, « Le ver est dans le fruit », murmurait-il, sentencieux, lorsque maman lui rappelait que l'âne était tombé depuis plusieurs années et que son tombeur ne l'emporterait pas au paradis. Nous étions petits, les discours des vieux étaient pour nous des sujets d'ennui, à cet âge les gens ne comptent pas. De joug, nous ne connaissions que celui des parents et d'ingratitude que celle des petites souillons du quartier. Personne ne visite les lieux, disais-je, mais il y avait foule dans les allées et jusque dans ce qui fut des parterres inviolables et des serres inaccessibles, des gens ayant franchi la limite finale de l'anonymat, on les traverse sans les voir, des retraités épouvantés cheminant en bandes vacillantes, des gamins et des mendiants d'une vélocité insurmontable, et des légions de camelots diablement entreprenants proposant à la criée casse-croûte, cigarettes au détail, montres à puces, manuels islamiques, encens et autres résines, posters à la mode, Ben Laden, Bouteflika, Zarqaoui, Saddam, Terminator ou Zidane, John Wayne,

Madonna, Lara Croft, Mickey Mouse, Belmondo, Bruce Lee, Benflis, Oum Keltoum, que sais-je, c'est un souk, il y en a pour tous les goûts. Les arbres sont atteints de lèpre ou alors c'est la sénescence. Idem pour les haies et les tonnelles dont les squelettes tombent en miettes. Ou alors c'est la sécheresse, Alger est dans la phase anhydre de son cycle climatique, l'eau manque, l'air est malsain. Les animaux sont morts les uns après les autres. Certains ont creusé profond pour trouver la fraîcheur, les carnivores se sont dévorés avant de s'éteindre, les derniers sont atteints de vertigo. Je me souviens qu'un journal avait rapporté la missive d'un homme révolté par l'incurie des autorités qui avait pris sur lui d'abreuver les pauvres créatures à l'agonie. Il criait au crime contre l'humanité, le drôle. Je ne l'aurais pas dit comme ça, il y a le risque de contamination entre cette idée et une autre sous-jacente. Il passait tous les matins avec son jerricane, allant d'une cage à l'autre, donnant à chacun selon ses besoins. Épuisé par la tâche, il en appelait au peuple à travers son quotidien favori. Je ne sais pas si beaucoup ont répondu à son appel ou s'il a été arrêté et torturé pour troubles mentaux. L'absence d'entretien y est pour quelque chose, il se dégage une impression de pourrissement qui oppresse les âmes sensibles. La rouille, rien de tel pour désespérer le regard. Je dirais que le jardin a pris la marque, l'Algérie, un certain tiers-monde qui se mord la queue, c'est ça, de l'inachevé, du moribond, des choses en cours d'oubli, des restrictions en chaîne, des folies récurrentes. Sur cette voie, le temps se réduit à rien, l'espace se rétracte et la vie est une abdication qui va de soi. Heureusement que le grand malheur porte en lui son antidote, le fatalisme, qui offre bien des raisons de mourir dans l'ombre, sans regret, sans réclamer justice.

Comment avons-nous pu vivre avec si peu de grandeur autour de nous, et si peu de limpidité ? Je me le demande.

J'ai sonné le repli. Nous éterniser dans les lieux nous achèvera. Sous l'arche de la monumentale grille du jardin, Chérifa a eu cette sortie qui m'a scié les bras : « Qu'est-ce qu'on est venu faire ici ? Nous passions ! En face, est le musée des Antiquités et des Beaux-Arts, tu verras, c'est instruct... je veux dire distrayant », ai-je répondu en croisant les doigts. Vue de l'extérieur, la bâtisse est aussi écaillée qu'un refuge de lépreux mais foin des considérations vestimentaires, l'intérieur peut être somptueux.

Il l'était, en effet. Encore faut-il le voir, ce que Chérifa a refusé dès l'entrée. Quarante siècles de beauté et de mystères têtus cohabitent harmonieusement sous des plafonds vertigineux. Rapidement, ils nous toisèrent avec l'air de dire : « Qu'est-ce que cela vient faire ici ? » On se sent petit, vilain, obtus, bref humilié par les idées caduques et peu performantes qui nous imbibent. J'ai bien vu son raidissement, à la Chérifa. Elle était quand même intimidée, c'est un bon point. L'immense hall en marbre et pierre de taille, dans le pur style Louis-Philippe, a de quoi impressionner des gens comme nous qui vivons dans des fourmilières moites et sombres. Et tout à coup, j'ai vu dans son regard la question qui allait me scier les jambes et me faire abandonner ma pédagogie : « Et là, qu'est-ce qu'on est venu faire ? »

Le charme était rompu.

Nous avons erré dans la tristesse, tête baissée, traversant les siècles et les civilisations, sans que rien ne vienne nous alerter, nous amener à poser la question cruciale : « Qu'est-ce que cela fait chez nous ? » Les salles étaient désertes, elles disaient le vide qui date, l'absence d'âme, la relégation. Les tableaux, les statues, les objets d'art, les pierres, les estampes avaient des airs de vieilleries arrangées par de vagues greffiers éreintés par la routine. Le beau n'est beau que si on le sait. Nous sommes passés à côté et nous nous sommes retrouvés dehors, sous le soleil, misérables, éblouis, fatigués, déçus.

Tout cela est un autre monde pour Chérifa, un monde inconnu, factice, ramassé dans les puces des siècles et des millénaires passés. Elle le regardait avec des yeux de hibou réveillé par un grand tintamarre. J'aurais voulu qu'elle comprît cela, nous ne sortons pas de la lampe

174

d'Aladin ou d'une prestidigitation de laboratoire mais de ces puces-là, mais il n'y a pas de mots pour percer les barrières de l'esprit. Chérifa a beaucoup à voir pour aller de l'avant et cela je ne peux le faire à sa place. C'est à son karma de parler.

Alors, changement de programme, suivons les rues selon le code et louvoyons avec l'impondérable. Le musée du Bardo, les grandes mosquées, la Ketchaoua et celle des Juifs, la cathédrale du Sacré-Cœur, la basilique Notre-Dame d'Afrique, la Citadelle, le Bastion, le palais de la Princesse, la villa du Centenaire, le cimetière des Princesses, le tombeau de la Chrétienne, les ruines romaines de Tipaza et tutti quanti, ce sera pour une autre fois, si un jour les vents tournent.

Nous avons avalé une pizza dans un taudis pas plus fou qu'un autre, bu la limonade au goulot et nous sommes rentrées en bus après avoir largué le Mourad dans un bistrot d'apparence mystique sous son voile épais où il a cru reconnaître d'anciens compagnons d'armes.

J'ai senti que Chérifa s'était éloignée de moi. Elle me regardait comme si j'étais une étrangère ou une parente chez qui on découvre incidemment un penchant pervers. C'est là que j'ai compris ce que désespérer veut dire.

La culture est le salut mais aussi ce qui sépare le mieux.

Ce qui devait arriver serait-il arrivé? Je me suis posé la question avant d'ouvrir la porte. Un pressentiment? Non, un vrai signal : un silence lourd, opaque. Ça ne ressemble pas à Chérifa, cette fille baigne dans le vacarme, la télé, la radio, l'électrophone, le lecteur de CD se passent le témoin du matin au soir à fond les manettes. Les murs en sont malades, mes oreilles en sont pleines. Depuis son arrivée, j'ai oublié ce que silence veut dire. Celui qui m'accueillit était lourd, opaque mais aussi incongru, assourdissant, glacial. J'ai couru, j'ai appelé, j'ai hurlé. Je me suis arrêtée puis j'ai couru de plus belle, j'ai hurlé à me péter la voix : « Chérifaaaaa... Chérifaaaa... Chérifaaa... Chérifa... Chéri...! » Puis, je suis tombée à genoux... me souviens plus où. Je ne sais comment je me suis retrouvée sur le canapé, la tête entre les mains, tremblante de fièvre. J'avais mal et je voyais tout un tsunami de nouvelles douleurs s'ébranler à l'horizon.

Papa, maman, Yacine sont partis, rappelés à Dieu, puis cet idiot de Sofiane qui s'est laissé emporter dans ses fumisteries, et voici venu le tour de Chérifa. Elle n'est rien pour moi, une greluche égarée qui s'est invitée elle-même, mais l'amour que j'ai pour elle en a fait ma petite sœur, mon enfant, mon bébé. Qu'ai-je fait au ciel ?

Et soudain, j'ai vu ses affaires, là, parfaitement éparpillées comme à l'habitude, j'en avais sous les pieds, il y en avait sur le poste de télé, la table, le buffet, les chaises ! Où sont nos affaires, nous sommes. Ou pas loin. Je suis une impulsive, j'exagère toujours, je me fais du mal, je fonce d'abord, je réfléchis après.

La semaine fut épouvantable, la salope m'a compté deux évasions, pas longues, quelques heures, mais suffisamment éprouvantes pour me détruire. Il s'agit bien de signes avant-coureurs.

Comme l'oisillon bat des ailes sur la branche, s'apprête-t-elle à prendre son envol ?

Notre vie ne nous appartient en propre qu'à moitié, je le découvre de jour en jour. Et il n'est pas dit que la part qui nous échoit est plus essentielle que celle qui nous échappe.

Elle est incroyable, cette fille. Je n'imaginais pas que nos vieux douars recelaient pareils numéros. On s'attend à tout de ces contrées poussiéreuses égarées dans un isolement spectaculaire, mais pas ça, des folles, des instables, des égoïstes, des fugueuses, des pimbêches. Ce sont des maladies de grande ville, bon sang de bon-soir !

Le ridicule est que je vais m'habituer à ses dis-paritions. Je finirai par ne la voir ni partir ni revenir, comme avec les chats de la maison dont on constate l'absence lorsqu'on les appelle vai-nement à la gamelle : « Minou, minou, minou, ici, sale bête ? », et le retour quand ils viennent réclamer leur hachis en vociférant comme des charognards au pied du frigo : « Miaou, miaou, miaou, ouvrez-moi cette chose ! » On se demande qui dépend de l'autre. C'est du chan-tage, je ne le supporterai pas.

Sa façon de raconter ses allées et venues me rend folle. On croirait qu'elle va voir le boulan-ger ou qu'elle revient de chez le laitier : « Bon-jour, un pot de lait, s'il vous plaît, merci, au revoir ! » La politesse est de moi, elle ne sourit pas, elle montre du doigt en s'impatientant, c'est tout. Et d'ailleurs il n'y a plus de laitier ici, plus de pot, plus de vaches, plus de chèvres, plus rien, le lait se vend en épicerie, en sachet botulique comme le reste. Et le pain a le goût du savon.

Il faut tout lui tirer du nez.

La comparaison avec les chats lui va bien, elle s'est envolée la veille simplement parce qu'elle a vu un matou sous le balcon, celui-là même dont j'ai aperçu l'ombre se défiler sous les peupliers, à minuit passé, le lendemain de son arrivée chez moi. Nous n'étions donc pas surveillées mais seulement suivies ! Ouf ! Un mystère d'éclairci. Le matou habite vers Bab El-Oued, dans un bidonville non identifié entre Rampe Valée et le ghetto suivant, Climat-de-France. Il traînait dans le coin lorsqu'il avisa Chérifa cherchant mon adresse. Je ne sais pas si la foudre l'a frappé à cet instant ou s'il a pris le temps de réfléchir, bref, il s'est découvert un motif puissant pour venir hanter le quartier sous ma fenêtre. Depuis, il nous piste d'une ombre à l'autre, attendant un signe du mektoub pour oser le va-tout. Ce qu'il fit tantôt, là, hier.

« Et alors ? insistai-je.

— Rien, on a parlé devant la porte !

— Mais encore !

— On a fait un tour si tu veux savoir ! Il voulait me montrer l'endroit d'où est partie l'inondation de Bab El-Oued de l'année passée.

— C'est passionnant en effet, il y a eu mille morts, autant de disparus et je ne sais combien de maisons emportées. Et ensuite ?

— Le pauvre, il a perdu son père, ses frères et la moitié de ses copains dans le torrent.

— C'est triste... et après ?

— Nous sommes descendus à Soustara voir la gargote où il a sauté sur une bombe artisanale. Il avait gagné sa journée au port, il cassait la croûte. Il a perdu un bras, une jambe, une oreille, un œil, le nez, un...

— Pauvre, chômeur et handicapé, c'est vraiment pas de chance mais il y a pire, crois-moi. Quoi d'autre?

— On l'appelle Manque-de-tout dans son quartier.

— C'est joli. Il ne t'a pas attirée dans le refuge d'un clochard pour regarder la télé, c'est l'essentiel.

— On a été chez lui, à Climat-de-France, il voulait me présenter sa mère.

— C'est une idée de derrière la tête, ça!

— Quoi?

— Passons. Elle va bien, elle?

— Elle a reçu une balle perdue dans la tête dans l'attentat du marché de la Lyre où elle vend ses galettes. Depuis, elle bouge plus, la pauvre.

— Bon, et après tout ça, il t'a dit ce qu'il voulait au juste?

— Faire connaissance! Il est malheureux, le pauvre, il a perdu la moitié de ses amis dans les catastrophes et l'autre dans les attentats. Il dit qu'il vaut mieux avoir des copines, on a des chances de les garder.

— S'il revient traîner par ici, dis-lui que les copines finissent par se marier et qu'alors les approcher est à peine moins dangereux que de mettre le nez sous un hachoir. »

Elle n'écoutait pas, c'est bêtement qu'elle me jeta :

« Moi, je préfère les garçons, les filles sont des salopes, elles piquent tout, elles sont jalouses.

— Je suis d'accord mais là n'est pas le sujet. Tu étais où, aujourd'hui, toute la sainte journée ?

— Ché pas.

— Pas de ça avec moi, Lisette, tu vas me le dire illico! Si on te tue ou si on t'enlève, je veux savoir comment et par qui.

— Tu es folle, ma parole, tout le monde se balade tout le temps!

— Oui mais que font-ils d'autre, tu ne le sais pas! »

Mon Dieu, faut-il que tout soit difficile avec certains! La folle me traite de folle, c'est le monde à l'envers, ce pays. J'ai fini par la cerner mais j'étais hors de moi.

« J'ai fait un tour dans le quartier! qu'elle me jette par-dessus l'épaule.

— Voyez-vous ça! Et il y a quoi de neuf depuis l'autre siècle?

— J'ai papoté avec Tante Zohra.

— Tu lui as dit la vérité? J'espère que non, elle t'en voudra, elle s'amuse bien avec mes inventions.

— On a parlé.

— Et après?

— Je suis allée dans la vieille maison.

— Où ça?... répète!

— Là... en face!

— Quoi??... répète!!

— La vieille maison!! Le monsieur m'a fait des signes de sa fenêtre... je suis montée...

181

— Barbe-Bleue???!!!

— Un vieux tout gentil.

— Quoi???... répète!!!

— Le vieux monsieur!!! Tu es sourde???

— Il a une barbe?... elle est bleue?

— Non, des cheveux blancs sur la tête et de gros verres sur le nez.

— C'est un humain??... il vit??

— Il parle une langue que j'comprends pas... c'est du français?

— Comment veux-tu que je le sache?

— Comme tu parles quand t'es en colère contre moi.

— Alors c'est du français, je ne râle pas autrement.

— Il parle aussi algérois avec un accent.

— L'accent pied-noir, on ne peut pas le confondre avec l'accent anglais. Bon, qu'a-t-il dit?

— Que je suis jolie et toi, sympa, minaude-t-elle.

— Voyez-vous ça, Barbe-Bleue nous fait du plat! Comment ça va se terminer, je le sais depuis l'enfance.

— Il m'a demandé si tu avais des nouvelles de Sofiane, il espère le voir revenir bientôt.

— C'est une entrée en matière efficace. Et ensuite, je veux tout savoir!

— Rien, nous avons bu du chocolat. Il a plein de choses chez lui, c'est joli, des trucs, des meubles, des tableaux, des bibelots, des chats...

— À part le chocolat et les chats, nous avons vu le reste au musée. Tu as oublié ? Bon, comment se fait-il que je ne l'aie jamais vu, ton vieux copain ?

— Sa porte ne donne pas sur notre ruelle mais sur la descente de l'autre côté. Il ne sort jamais.

— Ah, il y a un passage secret ! Voilà un autre point d'éclairci. C'est fou comme on avance bien dans la levée des mystères avec toi. Bientôt, on en saura trop, c'est dangereux. Et ensuite ?

— Il m'a offert ce collier, regarde... c'est celui de sa fille, elle est morte il y a longtemps.

— C'est lui qui le dit, peut-être l'a-t-il égorgée comme les six autres.

— De quoi tu parles, c'est sa fille unique, elle avait dix ans !

— Je parle de ce que je sais !

— ... »

La morveuse s'est installée dans le quartier plus vite que moi qui n'ai pas fini de l'habiter après trente-cinq années de va-et-vient harassants et de recherche. C'est insupportable, elle va gâcher ma retraite. Ce sera le Cotton Club chez moi, on viendra débrouiller mes secrets, taquiner mes fantômes, ennuyer mes extraterrestres.

Non, non et non !

Et puisque j'y étais, je l'ai copieusement engueulée. On ne sort pas, on ne parle pas aux inconnus, on se surveille, on se méfie de tout, de tous, ce n'est pas compliqué, bon sang de bon-soir ! Puis, calmement, je lui ai expliqué la situation, les choses bizarres qui tournent dans la tête des gens et tout le reste, les morts par dizaines, par centaines, par milliers, par dizaines de milliers, par centaines de...

« Tu es folle, ma parole !

— Et toi inconsciente ! Ceux qui sont morts ne se doutaient pas, eux aussi ! Tu vis où ? Il y a la guerre ici et ça ne date pas de ce matin ! On a presque oublié qu'on pouvait mourir de façon commune et mademoiselle sort, se balade, parle aux gens... boit du chocolat ! »

J'y pense encore, je ne lui ai pas opposé sa grossesse, c'était le bon truc pour l'amadouer. J'aurais insisté sur les complications, la septicémie foudroyante, le cancer des trompes, la transformation de l'embryon en crocodile, que sais-je. À trois mois du but, on ne fait pas la folle, on tire le frein, on veille à son hygiène, on prépare la venue de bébé. On parle, on envisage, on calcule, on organise. On s'inquiète surtout, l'avenir n'est pas une mince affaire pour un enfant.

Mais voilà, elle ne pense qu'à elle, à l'instant présent. Elle est d'un égoïsme !

Je ne sais pas ce que je lui ai dit, je ne voyais pas clair. J'ai continué à la rudoyer en me répétant, sûrement. Je suis comme ça, une râleuse acariâtre et dangereuse, je déborde, je n'ai pas de limites... je... *Ai-je dit un mot de trop ?* Je crois... je suis sûre... je ne sais pas, à un moment, elle s'est figée, les yeux hors de la tête, puis elle m'a tourné le dos et elle a disparu dans le labyrinthe. La question me taraude, quel est ce mot ? *Oui, quel est-il ?* Et sans doute, à ma sale habitude, ai-je dû l'enrober du meilleur fiel.

Le lendemain, en rentrant de Parnet après une journée épouvantable, avant même d'entendre le silence résonner dans la maison, j'ai su que la place était vide. Je n'ai pas cherché à m'en convaincre, je ne pouvais pas, j'étais pétrifiée. Chérifa est partie. Une voix morte me le disait à l'oreille, me le répétait en gémissant, je ne comprenais pas, je fixais le vide et je ne voyais pas quel sens il pouvait avoir. Puis quelque chose a explosé dans ma tête, un cri abominable qui m'a glacé le sang, alors, j'ai jeté mon sac et j'ai foncé. Sa chambre était là, bien rangée, ce n'était pas un miracle mais une preuve tellement évidente : ses affaires avaient disparu, le trousseau de bébé aussi. Et de son odeur de fille perturbée, il ne restait qu'un vague arrière-goût de gaz inerte. Là, j'ai vraiment senti que la mort s'affairait à ouvrir ma tombe.

Je me suis ramassée dans un coin et j'ai attendu. Que pouvais-je faire ? Comme dans le film *Les Langoliers*, qui envisage ce que les déchirures du temps peuvent infliger aux humains, je voyais, impuissante et hébétée, le monde disparaître sous mes yeux pan par pan dans un silence d'après la fin. Puis j'ai réagi. J'ai un truc, je l'ai inventé pour Louiza quand nous étions des gamines confrontées à l'incompréhensible violence du monde : lorsqu'on a peur d'une chose, on ferme les yeux très fort et on pense à son contraire et tout s'équilibre pour le mieux. Chérifa reviendra, je suis sûre. Bientôt. Je pouvais m'accrocher à la vie.

Je suis versatile, c'est comme ça !

ACTE II

La mémoire ou la mort

La souvenance est une autre façon
De vivre sa vie.
Pleinement.
Le mieux possible.
Le moins durement.
Et la solitude est le moyen
De garder en mémoire
Ce que le bruit des choses
Emporte dans l'oubli.
Il faut bien lâcher d'un côté
Pour tenir de l'autre.
De ce qui renaît au jour le jour
On se fait une nouvelle vie.
Et va le temps et va le rêve.
On ne voyage jamais qu'en soi.

Un conseil :
Ne pas se laisser distraire par le chagrin.
Ne pas se laisser éblouir par le vide.
C'est toujours par inadvertance
Que nous perdons la vie.

Les jours, les semaines, les mois sont passés et je continue de penser que Chérifa va rentrer d'un moment à l'autre. Je laisse la porte ouverte, elle n'aura qu'à la pousser. Je ne cherche plus, je suis fatiguée, j'ai assez retourné la ville, les endroits où subsistent quelques lampions susceptibles d'amuser une oiselle étourdie, et les vastes étendues de la misère où, dans l'obscurité et l'humidité des jours creux, viennent s'échouer les fières goélettes.

J'ai actionné le Mourad. Il ne sait rien me refuser. En vrai, c'est un saint-bernard d'origine, les tonnelets il connaît, et il a une bagnole, il ira plus vite. Le pauvre ne travaille plus, il réfléchit, il téléphone, consulte, boit, achète toutes les pistes qu'on veut bien nous indiquer, se ruine la santé à courir par monts et vaux puis vient pleurer sur ma blouse, éméché tant, et écœuré par le désintérêt des gens et leur imprécision. On fait le point en soupirant, on se chamaille, je lui dis son fait et il me balance la même horrible question : « Mais bon sang, pour-quoi la cherches-tu encore ? » L'imbécile puait la vinasse, comment pouvais-je l'entendre !

Faut-il s'entêter lorsque tout est joué ? Le point de non-retour franchi, on s'arc-boute et on va de l'avant. Chérifa ne reviendra pas d'elle-même, je le sais, je le sens, et le Mourad est trop nul pour s'avouer vaincu.

Oui, pourquoi je la cherche ? Que répondre ? C'est comme ça, un point c'est tout !

Je suis revenue à l'Association.

J'ai trouvé l'immeuble debout, ce qui est un mauvais signe ou un bon, je ne sais pas, les tremblements ne manquent pas et la distance entre effet différé et effet immédiat n'est pas toujours significative. C'est au pied du mur qu'on voit. Bref, il est une règle, on s'y tient : on s'attend au pire en espérant le meilleur, ainsi on est paré.

« Tiens, un revenant ! »

Comment elle a dit ça, la sous-fifre ! C'est le caporal des logis qui a vu une ombre se profiler à l'horizon et qui le claironne sur les toits. Si elle me parle de listing, je la brûle, me suis-je promis en lui donnant du « Bonjour, très chère ! », et d'ajouter : « J'ai un nouveau problème. » Elle m'a souri le plus vicieusement du monde et le plus innocemment j'ai fait celle qui laisse pisser les grosses connes.

Après, on a parlé. Rien de nouveau, le pays continue de se vider comme une baignoire trouée. Tant qu'il y a de la vie, il y aura des morts et des disparus. Selon les statistiques, le problème des filles est différent de celui des garçons mais pas moins sérieux. Elles s'évaporent à l'intérieur du pays, ils se volatilisent à l'extérieur.

« Voyez-vous ça, le sexisme va jusque-là !

— Ils n'ont pas les mêmes motivations. Les filles fuient le milieu familial, elles veulent s'émanciper, cacher une faute, vivre un amour interdit, une passion inédite, les garçons sont des rêveurs en quête d'avenir mirobolant, ils ne croient pas que le pays leur donnera un jour les moyens d'assouvir leurs fantasmes.

— Pourquoi quittent-elles le milieu familial lorsqu'il est ouvert, aimant... vous le savez ?

— Ce n'est pas simple...

— Mais encore.

— L'affection n'est pas un absolu, des valeurs la sous-tendent... des... euh...

— Vous voulez dire la tradition, les trucs arabo-islamiques, la chape, le bataclan, genre code de la famille et les lois raciales ?

— C'est... je ne le dirais pas comme ça...

— Mais quand le milieu est ouvert, aimant, libéral !

— Il peut l'être et imposer des limites drastiques, certaines filles ne le supportent pas...

— On discute, on trouve des compromis, les mamans sont là pour ça.

— Oui, mais il y a les frères, les oncles, les cousins, les voisins. Parler, c'est... euh... se mettre à nu, les jeunes filles sont éduquées dans la honte... et les garçons dans les pires certitudes. Imaginez un jeune souffrant d'un penchant... euh... comment dire... euh !

— Homosexuel ? Un pédé, quoi !

— Euh... si vous voulez. Le voyez-vous s'en ouvrir à ses parents ? Notre société est... n'est-ce pas... euh...

— Hypocrite et réactionnaire.

— Pas du tout, qu'allez-vous chercher ! Je dirais... euh...

— En avance sur son temps et débonnaire ? Je ne vois pas une autre figure, sinon embryonnaire et désordonnée.

— Non, traditionaliste... confrontée à la modernité, dans un contexte international... ffff... malsain... oui, malsain !

— Si c'est ça, j'aurais dit simplement : débile.

— Bref, il préfère filer en Europe et vivre sa vie...

— Restons sur les filles.

— C'est pareil. Contrairement aux idées reçues, elles supportent moins que les garçons l'autoritarisme des parents et du milieu. La pression sur elles est énorme. On les égorge, elles, alors que les garçons on les sermonne puis on les flatte.

— Bien que mes manières le jurent, je ne suis pas tyrannique, si c'est ça que vous voulez dire.

— Loin de moi. Je dis que parler est difficile pour tout le monde, les parents eux-mêmes n'osent pas aborder certains sujets avec leurs enfants...

— Revenons à Chérifa. Elle est enceinte de six mois et je le sens, elle est là, à Alger, c'était son rêve d'enfance. Où vont les filles dans son cas ? Est-ce qu'il y a des foyers, des centres spécialisés pour les accueillir ?

— Hélas, non. Elles improvisent, il y en a qui se mettent en ménage avec le premier venu, celles qui font des ménages chez les riches, celles qui tombent dans la mendicité, celles...

— Assez ! Chérifa n'est pas comme ça, elle est trop fière !

— Justement, ce sont les plus fières qui prennent ce chemin. Les autres finissent par rentrer au bercail quel que soit le châtiment qui les attend.

— Chérifa reviendra ! Je le sens, je le sais !

— ... »

Je ne l'écoutais pas, c'est du bla-bla de cuisine, je regardais ses lèvres lippues articuler avec componction et ses yeux porcins rouler avec dignité. Je m'imaginai ainsi, le visage défait par le sérieux, face à Chérifa, tout à elle-même, branchée sur ses pulsions, murée dans son univers puéril, c'est horrible.

Quel est ce mot que je lui ai jeté à la figure ?...
Oui, quel est-il ?

« Ça ira ? »

Quoi, qui a parlé ? Ah oui, cette pauvre fille de l'Association !

Et soudain, j'ai compris : une page est tournée. Chercher ne mène à rien. Alger est conçue pour perdre son monde, elle ne rend pas ce qu'elle avale, trop de chicanes, des impasses, les rues en entonnoir, les portes fermées, des complications à bouffer ses dents, des multitudes qui piétinent, et partout, à l'ombre comme au soleil, une violence tropicale qui hurle, qui guette, qui furète, qui mord, pique, étouffe, enivre, égare. Chérifa est perdue et je lui ai coupé le chemin de la retraite. Je suis une sale pauvre vieille fille grincheuse bête et conne. Et méchante.

On se disperse à chercher. Chérifa est quelque part, dans un endroit, une autre vie, une nouvelle galère, pas là où me mènent aveuglément mes jambes. Et la douleur est en moi, pas dans les difficultés du chemin.

Peut-être est-elle morte.

Ou alors c'est moi. Livide, je l'étais, avec des cernes bleus, des lèvres noires, et je puais comme un rat d'égout. L'angoisse m'a tuée, la peine m'a enterrée et là, je traîne lamentablement les pieds. Les passants s'arrêtaient pour me dévisager avec cette mine sentencieuse qu'ils affectionnent d'afficher devant la mort. S'ils sont vivants, c'est bien qu'ils sont vertueux, c'est cela que ça dit. « Tu veux ma photo, toi ? Viens la chercher ! » ai-je lancé à l'un d'eux qui se croyait plus malin que les autres. Plaindre autrui les dispense de se regarder. Pauvres cloches, va, la gloriole ne console de rien !

Je me suis ébrouée et je suis rentrée.

Dans le quartier, je me suis arrêtée auprès des femmes du guet, histoire d'échanger avec elles un peu de douleur. Quelle pitié, elles sont toujours devant leurs portes, clouées dans leurs babouches. Elles attendent, sans hâte ni colère, seulement le souffle un peu court et l'œil embrumé. Et probablement le côlon qui lancine à la mort, aucune n'est indemne de ce côté. Non, je ne connais pas de femme qui ne se plaigne pas de son côlon. J'y arrive à mon tour. Peut-être m'assiérai-je devant la porte, plantée dans mes mules, le dos rivé à la chaise, l'intestin ravagé. Le vent m'apportera les bruits du monde et j'essayerai d'attraper les messagères pour me dire ce qu'il en va de mon sort. Pourquoi pas, un jour, je verrai quelque chose de sublime apparaître au bout de la rue. Serait-ce ce fol espoir qui donne à ces femmes cette inépuisable patience ? Quoi d'autre, sinon.

Je suis allée de l'une à l'autre, les mains jointes sous le menton, le pas glissant. J'ai pris un peu de leur douleur et je leur ai donné un peu de la mienne. On souffre moins si on baigne dans l'affliction générale, on regarde ses malheurs pour ce qu'ils sont, des virgules dans l'immensité de la souffrance humaine. S'oublier est un devoir.

195

Non, je refuse ce charabia de Monoprix ! Je ne veux pas m'obscurcir les idées, on ne peut pas être sincère et opportuniste à la fois. Hier encore je les prenais de haut ou je m'aplatissais plus bas que terre pour la morale et voilà qu'aujourd'hui je me mets à leur niveau par communauté d'intérêt. La compassion me gêne, elle n'est pas nette. Endosser le malheur ambiant et le porter comme un remède revient à se droguer en droguant les autres. Je le sais, la souffrance, comme le bonheur, ne se partage pas, encore moins par la magie des mots.

Halte-là, je dois me retrouver et reprendre ma vie où je l'ai laissée lorsque Chérifa est venue me coloniser !

Fonction triple du temps linéaire

J'étais
Je suis
Je serai
Trois histoires pour rire, pleurer et se moucher.
J'étais
Je suis
Je serai
Trois temps pour dormir, se réveiller et se laver.
J'étais
Je suis
Je serai
Trois mots pour dire, saluer et disparaître.

Un jour
Un an
Un siècle
Trois mesures pour rien et quatre fois trois : zéro.

Voilà tout ce que j'ai réussi à écrire en quinze jours et c'est nul.

Revenir à ses habitudes lorsqu'on en est sorti relève de l'impossible. Personne ne sait le faire. Je jouais une pièce que je connais par cœur mais en bafouillant, en hésitant, en en faisant trop ou pas assez. Je m'arrêtais en plein élan, je me répétais, je fouillais autour de moi. C'est affreux de se regarder vivre, je me critiquais à chaque pas, chaque mot. Je me trouve moche, je n'aime pas ma voix, ma dégaine m'horrifie, mon regard de bête blessée me tue. J'avais mal, je bégayais, je réfléchissais binaire. Oui, c'est ça, j'étais un robot transi qui se surveille dans le miroir.

La réalité est autre, j'avais peur, horriblement peur, je retombais dans la solitude, trente-six étages plus bas. Celle-ci était trop grande, Dieu lui-même n'y résisterait pas. Je me suis ramassée dans un coin et j'ai fait le dos rond. Puis, j'ai bondi, j'ai ouvert portes et fenêtres et j'ai respiré à pleins poumons. Je n'allais pas m'enterrer vivante ! Non, non et non !

C'est une nouvelle vie qu'il me faut, improviser, rebondir, c'est ça.

Déguerpir à l'étranger est la première idée qui germa dans ma tête. Je ne serais ni la première ni la dernière à le faire et certainement pas la seule à le penser. Je l'ai triturée puis rejetée. Trop compliquée, c'est le parcours du combattant, la brasse papiers, l'humiliation des guichets. Passeport, visa, acquisition de devises au marché noir, carte d'immigrant ou de réfugié politique, hébergement, chasse aux aides sociales, inscriptions diverses. Et que de conciliabules dans les couloirs avec les dégourdis qui ont passé l'examen avec succès ! Des attentes à geler des pieds, tant de sas et combien de questionnaires, de la méfiance à couper au couteau, des ordinateurs incollables à chaque doigt, et à la fin, au moment où l'on se dit que l'espoir est permis : la guillotine, la trappe, le *niet* catégorique. C'est l'arrêt de cœur. Ou alors je tue la guichetière et on fera de moi une terroriste que l'on ménage par peur des représailles de son groupe armé stationné en banlieue, et la presse me soutiendra si je sais la tenir en haleine. Mon Dieu, on a de ces idées ! Ici, on verra en moi la lâcheuse, la renégate, la belle qui va s'éclater, et là-bas, l'intruse, la raconteuse d'histoires, la piqueuse d'indemnités, que sais-je, on me regardera de travers avec mes ballots et mon air abattu. On refusera de croire que je suis persécutée par l'État et sa religion. Pis, on me rira au nez, un musulman ne peut pas être ennuyé par

sa religion et ses tyranneaux, il est partie pre-
nante, complice ou victime consentante, rien
d'autre, ou alors un désintégré de plus à surveiller. Je deviendrais folle avant de savoir qui je
suis à leurs yeux.

Changer de quartier, de ville ? Peuh, sur ces distances, on emporte ses peines et ses douleurs
dans le déménagement !
Et puis, qui a dit que je quitterais ma maison !
J'en mourrais, entre elle et moi, il y a les liens du
sang.

Le silence s'imposa. Pas d'idée, pas de bruit.

Marie-toi et laisse-toi vivre ! Quoi, qui a dit ça ?
Un mari, misère, et quoi d'autre ! Un Zorro
chez moi, un Mohamed avec sa tribu sur le dos
et l'imam qui me surveille du minaret, tiens,
fume ! Tu me vois attendre qu'il vienne m'égorger au lieu d'aller se raser ? Et tu me vois le tenir
par la main et tout lui apprendre ? Les hommes
de ce pays ne finissent pas avec les maladies
infantiles, tu le sais ! Je me demande s'ils ont
toutes leurs dents. Je ne comprends pas cette
manie qu'ils ont de toucher avec les mains et de
tout porter à la bouche. Et je ne te dis pas, ma
vieille, j'ai des idées de boucherie quand je les
vois se remonter les billes, se curer le nez au
volant, se grattouiller l'anus en marchant, cracher comme ils respirent ! Tout docte qu'il est,

le Mourad est un bon à rien, il sera le dernier à qui je penserai. Pas fichu de retrouver ma Chérifa !

Ça me rappelle ce film déchirant *Jamais sans ma fille*, *Never without my daughter*. Les chaînes du satellite se le passent sitôt rembobiné. Alger le passera-t-elle un jour ? Sûrement que jamais dans ce siècle. Il montre l'histoire de cette Américaine mariée à un Iranien qui se retrouve à Téhéran, piégée par son mari, et son enfant pris en otage, et de là, conduite à affronter la République islamique d'Iran, ses hommes, ses femmes, ses pasdarans, ses lois abracadabrantes, pour retrouver la liberté. Je l'ai vu dix fois et je ne comprends pas que telles absurdités arrivent à une Américaine.

Nous sommes aux *States*. Notre couple se fait des câlins dans une maison de rêve au bord d'un lac idyllique. Une gamine tout en fossettes et rires gambade derrière une boule de soie qui jappe de plaisir. L'homme, l'Iranien donc, tente de convaincre sa *darling* de le suivre au pays pour une petite semaine de vacances auprès de la famille. Il parle de ce voyage comme d'un pèlerinage qui viendrait renforcer leur amour : « Tu verras, ils sont charmants, ils vont bien t'accueillir », et patati et patata. Elle refuse net. Il insiste comme le ferait tout bon garçon qui meurt d'envie de revoir les siens et de leur présenter sa merveilleuse famille. Fin du premier acte, le bandit a réussi son coup, nous voilà à

Téhéran, une ville tout ce qu'il y a de tiers-monde, au cœur d'un quartier tout ce qu'il y a de populaire, dans une maison tout ce qu'il y a de tristounet. Mon Dieu, la descente aux enfers ! La chape, les portes du harem qui se ferment les unes après les autres, la surveillance qui se renforce, les rappels à l'ordre, le patriarche qui fusille du regard, sa harpie qui morigène à la ronde, les oncles qui grondent, les cousins qui gesticulent, les épouses qui murmurent en roulant des yeux de soumises comblées, et partout dans les rues, des pasdarans menaçants. Que va-t-elle faire à présent que le piège s'est refermé ? Se laisser mourir comme nous ? Pleurnicher ? Se complaire dans l'infériorité ? Non, elle est fille de l'Amérique donc femme d'action. Dans la deuxième partie, on assiste à un jeu incroyablement compliqué, l'Américaine est en tchador, elle courbe l'échine devant les hommes, se blottit avec les femmes dans leur coin sombre, lave les pieds du mari et du patriarche, respire discrètement, obéit aveuglément à la harpie, sourit de contentement à la vue de sa gamine qui commence à bien dépérir à son tour (Dieu, qu'elle était mignonne dans son petit linceul noir !). Elle joue la musulmane heureuse dans ses chaînes, fait grande consommation d'eau lustrale, mais dès qu'elle le peut, elle se glisse dehors, court, fouine, téléphone et finit au prix d'efforts surhumains par trouver une filière qui la conduira hors d'Iran avec sa fille. Et par un après-midi torride, c'est l'évasion. S'enclenche alors une course-poursuite qui nous emmène jusqu'à la frontière turque, là-bas, tout au nord, au pied du mont Ararat. Le déjà ex-mari et sa tribu battent la campagne en aveugles. Ah, la hargne, ils se crient dans les oreilles, s'agrippent par la djellaba, se postillonnent la rage, se sentent infiniment humiliés. On se dit que... et tout à coup, on comprend : ils ne veulent pas la tuer, ILS VEULENT LA RAMENER VIVANTE À LA MAISON ! *Ah non, mon Dieu, pas ça !* C'est hale-tant et soulagé que l'on traverse les derniers kilomètres et comme nos héroïnes, lorsqu'elles aperçoivent la bannière étoilée flotter au-dessus d'un consulat américain en Turquie, j'ai pleuré comme seul le bonheur sait nous faire pleurer.

Quel suspense, quelle souffrance, tout au long d'une heure interminable durant laquelle je n'ai pas cessé de penser qu'il est fou d'épouser un musulman par les temps qui courent et encore plus fou de le suivre dans son pays. Je m'en vou-lais de penser cela, c'est nul, c'est honteux, mais comment ignorer la réalité, elle nous étouffe, comment oublier ma Louiza qui se meurt dans un trou depuis vingt longues années et toutes celles qui, un beau matin, ont vu le soleil s'éteindre sur leur vie. C'est affreux de vivre sous la menace d'un coup de blues qui trans-formerait subitement son sympathique musul-man de mari en salafiste baveux. Fasse Dieu que nos maris, frères et enfants gardent à jamais la foi mesurée.

Oublier, alors? Oui mais je dirais s'abstraire, oublier n'est pas toujours possible, se couler dans l'absence, s'inventer une île déserte, un cocon à la Robinson, y bâtir un royaume de bric et de broc et frayer avec le vent, le soleil, la pluie, les gentils crabes, les mouettes criardes, et les nuits déchirantes de poésie.

La vie offre peu de choix au fond, partir, rester, oublier, ressasser. Ce n'est pas gai. On voudrait imaginer, tenter l'impossible, tirer le diable par la queue, casser la baraque, décrocher la lune, fonder une nouvelle religion, libérer des foules, se transformer en papillon, s'habiller en arlequin, courir dans les étoiles, que sais-je.

Comme les jours sont longs et que le rêve est difficile. On perd tant de choses au cours d'une vie. On se retrouve seul, avec sa mémoire en lambeaux, des habits oubliés dans la naphtaline, des objets chers qui ne disent rien, des mots sortis de l'usage, des dates accrochées bêtement à la patère du temps, des fantômes qui se mélangent les ombres, des repères troubles, des histoires lointaines. On remplace comme on peut, on s'entoure d'un nouveau bric-à-brac mais le cœur n'y est pas et le peu de vie qui nous reste s'en ressent.

Mais qu'est-ce là, ma vieille, on radote encore, on

203

se pourrit la tête, on veut mourir? Non, je suis jeune, je suis une battante, je contrôle, je vais me reprendre!

J'ai pris un bain, je me suis faite belle et je me suis préparé une pleine théière.

Demain, il fera jour, la vie me sourira.

> Qu'est-ce qui bouge sans bouger?
> Qui s'éloigne sans aller ni revenir?
> Et brouille les pistes?
> Qu'est-ce qui s'écoule sans s'écouler?
> Qui remplit sans vider ni combler?
> Et fausse les calculs?
> Qu'est-ce qui bonifie sans bonifier?
> Qui pousse sans propulser ni freiner?
> Et coupe les pieds?
> Qu'est-ce qui dit sans dire?
> Qui dicte sans répéter ni inventer?
> Et prend la tête?
> Qu'est-ce qui guérit sans guérir?
> Qui guide sans mener ni délaisser?
> Et crève le cœur?
> Qu'est-ce qui enrichit sans enrichir?
> Qui donne sans ajouter ni enlever?
> Et casse les dents?

Qu'est-ce là encore, le délire? Le temps est le temps, il est tout et son contraire, je me fous de ça, je veux retrouver ma Chérifa et le plus tôt sera le mieux!

Rien ne va plus, j'ai la fièvre, j'ai mal au crâne. Et le côlon me démange. Je ne sais que faire. Un être nous manque et tout bascule dans le noir. Je suis tombée en errance, je parle aux murs, je questionne les objets, je les trouve laids, je me retiens de les briser. Je fonctionne comme un automate qui a épuisé ses piles, je cuisine du bout des doigts, c'est pâteux, crayeux, hideux, ou gélatineux, farineux, affreux, je ne sais pas, je jette tout aux fourmis et aux cafards et je les regarde s'éclater, ça me distrait. Le raout des ventres à terre, c'est quelque chose. La maison est triste, sale, bizarre, vermoulue et... mon Dieu, est-ce possible, au secours, elle est en train de s'effondrer! Ou alors, c'est moi, j'ai le vertige, je vais d'un mur à l'autre. J'essaie de respirer, je n'y parviens pas, ça me monte l'angoisse. Je marche, je fredonne, pour me rassurer. J'ai croisé les fantômes de la maison, comme moi ils arpentaient les couloirs. Je ne les ai pas reconnus, un nuage de poussière les enveloppait. La tempête ne les a pas épargnés. Allons, occupons-nous l'esprit, faisons un brin de causette à ces messieurs du passé.

Voilà justement Moustafa, sortant d'une niche, le saraoul et le tarbouche en mont-golfière, le faciès jaspé, tenant d'une main crochue une lampe d'Aladin, de l'autre un cimeterre pour décapiter les éléphants. Je le voyais ainsi, il est apparu ainsi, c'est tout bon.

« *Salam alikoum*, Moustafa! Quoi de neuf depuis la prise d'Alger par les Infidèles?

— ...

— Ce n'est pas le tout de regretter le temps béni de Soliman le Magnifique, encore faut-il se décarcasser!

— ...

— Ben oui, il y a des bas.

— ...

— Au fond, tu aurais pu retourner chez toi dans le sillage du dey. Tu hanterais un palais en or sur le Bosphore au lieu de t'emmerder à Rampe Valée, c'est un lieu de misère.

— ...

— Une calamité? À qui le dis-tu! Bien sûr que je rentrerais chez moi si la Kabylie était libre et indépendante et si elle disposait de la bombe atomique pour assurer sa sécurité face à la Ligue arabe.

— ...?

— Une sorte de boulet qui fait des trous grands comme la Méditerranée.

— ...! ...?

— Mmm... oui, il faut bien ça pour tirer la bombarde, deux à trois mille mulets, mais ce n'est pas ce qui manque le plus.

— ... ...?

— Ah non, l'ami, tu as tout faux! L'Empire ottoman n'est de nulle part, ni de la Ligue, ni de l'Union, il dérive entre ciel et terre, quelque part entre la Méditerranée et la mer Noire. D'ailleurs, je te l'apprends, il n'en reste rien, quelques arpents le long du Bosphore, tes frères sont partis vivre en Prusse comme les nôtres en France.

— ...

— Comme tu dis, une drôle d'époque.

— ...

— On se comprend entre exilés, c'est vrai, mais n'oublie pas, toi tu es mort donc pépère et moi je suis vivante, je ne te dis pas les soucis. Allez, ciao! »

Les Turcs sont incroyables. Le Moustafa me donne des conseils, lui, un fantôme de colon du XIXe siècle! Tant que le sultan est en vie, on ne doit pas s'impatienter ni tarder de payer le tribut, qu'il dit. En vérité, comme tout bon *mouslim* chatouillé par ses moustaches, il voit mal qu'une Fatima se mêle de politique et de science militaire.

Quand même, nous gardons un bon souvenir des Turcs. Nous tenons d'eux la chorba, la dolma, le chiche-kebab et les loukoums grâce à quoi nous nous acquittons honorablement du ramadan, notre mois de famine générale. On ne leur en veut pas de nous avoir colonisés, brimés, ratiboisés et laissé en legs leurs coutumes barbares : l'intrigue, la flibuste et le goût de l'extermination. L'idée de passer l'éponge est ancrée chez les musulmans, le principe étant que la foi produit les mêmes certitudes et les mêmes renoncements chez l'un et chez l'autre. Raison pour quoi, leurs pays passent le plus clair du temps à s'expliquer. En religion, le temps ne compte pas, l'ardeur est le principal.

La foi ne devait pas l'étrangler, le Moustafa. Nous avons ses carnets de route, on ne s'embête pas à les lire, il tirait tous azimuts, le sagouin. Qu'importe, il nous a laissé cette sacrée maison où il ne faisait pas que roupiller. Pourquoi, je ne sais, il l'a voulue compliquée, obscure, immense dans son tout, minuscule dans ses parties, tourmentée dans ses venelles, tarabiscotée dans ses jambages, clownesque dans ses frusques. C'est bête qu'on ne comprenne pas les mystères qui agitent les gens. C'est tortueux, un Turc.

Il va de soi qu'aucun meuble moderne n'y trouve sa place. Par où le passer, les huis et croisées laissent entrer un filet d'air et un rai de lumière, point. Nous avons eu un mal de chien à la garnir. Papa a cloué des planchettes ici et là et maman les a baptisées armoire, buffet, vaisselier, et deux étagères dans ma chambre sur lesquelles j'ai posé ma petite bibliothèque et mon réveille-matin. Plus tard, Tonton Hocine a pris le relais et j'ai continué à baptiser des planchettes. Partout, on se sent à l'étroit dans cette grande baraque.

Gamins, elle fit notre bonheur. Jouer à cache-cache et à « tu brûles » dans un embrouillamini pareil, c'était le paradis. On se perd soi-même. Louiza et moi avons laissé le meilleur de nous-mêmes dans ses labyrinthes et ses alvéoles. Ce que nous avons caché, nos plus fins secrets, s'y trouve encore, desséché, définitivement perdu. Pauvre chère Louiza, elle ne savait rien dissimuler, rien trouver, elle trottinait derrière les courants d'air en haletant un peu bêtement. « Je peux le mettre ici ? », « Porte-moi que je le cache là mais tourne la tête ! » demandait-elle en geignant. On en profitait. Dieu, comme elle me manque, ma Carotte chérie ! Comment ai-je pu vivre sans elle ?

J'ai passé la journée dans le grenier, *el groni* comme disait papa qui parlait arabe en français et vice versa, avec l'accent kabyle. C'est ce pataquès réversible qu'on appelle le pataouète par ici. Deux siècles de vie s'entassent par-là sous un manteau de poussière millénaire. Je ne me souviens pas s'il y a eu des guerres ou si la chose se fit par négligence, toujours est-il que les lieux sont colonisés par la gent trotte-menu. Depuis longtemps, il est dans mon plan de trier le bazar

mais le temps a manqué. Parfois, je viens far-
fouiller au hasard, une malle, une corbeille, un
cageot, je survole du regard, je bouscule les souris, j'affole les cafards, j'énerve les araignées qui
n'aiment pas être dérangées dans leurs acroba-
ties. Tout un petit monde luisant et velu se cara-
pate en quatrième vitesse et va planter ses yeux
perçants ailleurs. Là, une croûte représentant le
maître de céans en pied et tenue d'apparat, j'ai
nommé le colonel Louis-Joseph de La Buissière
alias Youssef le Maure, alias le Chrétien
converti. Le regard dit bien la dignité des
guerres d'empires. Bel homme, ma foi, grand,
élancé, tirant sur le roux, pourvu de rou-
flaquettes abondantes qu'on devine chères à son
cœur, d'un lorgnon cerclé d'or qui grossit son
œil droit et d'un sabre richement ciselé au flanc.
Chapeau à plumes et plastron tressé. La pose se
veut altière, rein cambré, poing sur la hanche,
l'autre main tenant la rapière par le pommeau.
C'est ma foi le genre de chevalier servant en
compagnie duquel j'aurais aimé faire des galops
dans le bois ou du canotage sur le lac sous le
regard inflexible de mon chaperon. Je vois bien
ma rousse chevelure flamboyer dans le vent et
iriser la surface cristalline du lac. Dans le fond
du tableau, une forêt dense d'apparence humide
et aussitôt, conséquence de cela, l'atmosphère,
le silence, les odeurs de moisi, le jeu d'ombres,
l'attitude martiale du sujet, on imagine un château riche de secrets d'État, campé dans une

vallée embrumée derrière l'horizon. La toile laisse aussi entendre bien des messes basses et voir de grandes marches loin du sanctuaire avec l'héroïsme comme souci pour les troufions et les affaires immobilières pour les gens en frac et gibus. Un air de carmagnole me vint aussitôt à l'esprit, de même que l'envie de titiller le héros. À nous deux, vicomte !

« Dites-moi, sire...

— ...

— Oh, vous savez, j'ai dit sire comme j'aurais dit bonhomme, monsieur ou Toto !

— ...?

— Non, c'est que je n'aime pas qu'on me reprenne mais passons. Dites-moi donc, cher voisin, était-ce une bonne idée de vous engager dans l'armée ?

— ...

— Vraiment !

— ...

— Comme ici... imam ou militaire, rien pour les autres.

— ...

— Vous fûtes les deux, n'est-ce pas, colonel au 8e de dragons du 6e de ligne si ma documentation est bonne, je veux dire vos archives, puis saint homme sur les bords après votre conversion bizarre ?

— ...?

— Ce qui ne s'explique pas est bizarre, je le vois comme ça. À votre place, je me serais

211

mise à la musique, ça adoucit les mœurs. Pas de prophètes, pas de sermonneurs, pas de guerres saintes, donc pas de soucis pour les enfants.

— ...

— Moi, contre l'islam, pensez-vous ! Je suis seulement fatiguée de la Vérité.

— ...

— Parfois, on est sur l'autre versant...

— ...

— Je suis nerveuse, Chérifa m'a quittée.

— ...

— Comme vous dites, rien de nouveau sous le soleil.

— ...

— Mmm.

— ...

— Elle avait tout, je l'aime, j'ai besoin d'elle... je suis si seule...

— ...

— En vérité ? Et pourquoi donc Allah veut-il cela ?

— ... ...

— S'il persiste à rester impénétrable et si nous continuons aussi fermement dans la patience et l'humilité, jusqu'où ça peut aller, dites-moi ! Non, vous me répondrez une autre fois, rien ne presse. Souffrez que je me retire. »

Je n'avais pas besoin d'un philosophe fataliste mais de quelqu'un qui pleure courageusement avec moi. Le Moustafa a eu la bonté de me suggérer la révolte. Ce n'est pas celle que je recherche, du moins abondait-il dans mon sens. Ce n'est pas en compagnie d'un catho titré, ou un parpaillot, converti au vaudou turc que je vais me lâcher la bride. Je veux bien être sérieuse mais pas dans la douleur.

Au suivant !

Daoud le Séfarade, rencontré près d'une cachette secrète, m'a longuement écoutée, le visage empreint d'une vraie pitié, puis, tout à trac, m'a proposé une affaire miraculeuse : vendre la maison à dix fois son prix et la racheter sous huitaine pour trois fois rien. J'adhère illico.

« Intéressant. Comment entourlouper le gogo, dis-moi vite, un peu d'argent me ferait du bien !

— ... ..., ...! ...?

— Voyez-vous ça !

— ... ...

— De mieux en mieux !

— ... ...!

— Récapitulons : je fais courir le bruit que le trésor de Salomon est caché dans la maison. Une fois liquidée, tu la hantes à mort et le malheureux gogo vient me supplier de la reprendre pour trois fois rien... c'est ça ?

— ... ...!

— Oui, oui, beaucoup d'or... et des diamants

aussi, mais on dira que c'est le magot de Barbe-rousse, le cousin de Moustafa !

— ... »

Carpatus qui écoutait non loin du mur a compris sa douleur. L'immobilier n'était pas à la hausse par hasard le jour où il a posé pied au port d'Alger. La soirée sera animée. Évitons.

Dans ce qui fut le cabinet médical, j'ai buté sur le bon docteur Montaldo, affairé au-dessus d'un malade invisible. Toujours à la besogne, le brave homme, le sacerdoce ne s'arrête pas avec la vie. À peine me vit-il qu'il me balance :

« Toi, tu es malade ! Regardez-moi ces cernes ! »

C'est la formule magique, je me suis instanta-nément sentie mal, crevée, finie. J'ai tenté de minimiser.

« Non, ça va... c'est le moral...

— ...?

— Pour dormir, je dors, mais...

— ...?

— Oui, j'ai la langue un peu épaisse...

— ...?

— Je broie du noir, je culpabilise... Chérifa...

— ...

— Je suis fatiguée des tisanes.

— ...

— Où trouver de l'air pur?

— ...

— Ah... si loin!

— ...

— Merci, docteur... je vous dois combien?

— ...

— Il n'y a pas de raison, un acte est un acte, même virtuel. »

Qu'attendre des morts? De vagues conseils, des considérations obsolètes, des remakes de rêves brisés, des coups foireux, des médications dépassées. Des esprits pareils, je les révoque.

J'aime bien mes fantômes, mais quand tout va. Là, ils me fatiguent. Et me snobent! Pas un ne m'a parlé de Chérifa ou à peine. Elle est étrangère à la maison, elle n'a pas de racines dans les murs, ils ne sentent pas sa présence et patati et patata. Elle est restée quarante-deux jours, c'est quand même deux de plus que la durée légale du deuil. Feignants, va, un jour, je vous appellerai les Pompes funèbres et bon débarras!

Et fanatiques avec ça! Où sont leurs femmes, leurs filles, leurs sœurs, leurs maîtresses, leurs bonnes? Elles n'ont pas le droit de revenir ou quoi?

J'ai couru vers papa, maman, Yacine. Je me suis ouverte à eux. M'ont-ils comprise? Non, ils me reprochent d'avoir laissé partir Sofiane et de m'accrocher à une fille des rues. Papa n'aime pas ma façon de voir, c'est un Kabyle pur jus donc obtus. Maman ne sait que soupirer, papa parle pour les deux. Et Yacine s'en fiche, c'était son habitude de son vivant. J'ai évoqué ceci cela, maman qui recueillait les chats de gouttière du quartier, et d'abord les galeux et les phtisiques, papa qui cherchait ses compagnons disparus dans la guerre ou l'après-guerre en larmoyant sur le journal, Yacine qui a chéri une vulgaire ferraille des routes... Peine perdue, une fille des rues est une fille des rues.

Je suis seule, définitivement, horriblement seule.

Mon Dieu, que devient le père de Chérifa ? Bah, sa sorcière a dû finir de l'écrabouiller ou elle en a fait un chien d'islamiste. Il ne doit plus penser. Pauvre homme, plus de fille, plus de dignité.

Quel est ce mot que je lui ai jeté à la figure ?... Pardonne-moi, Chérifa... je t'aime... où es-tu ?...

Je me posais la question de savoir si notre vie nous appartenait en propre ou si elle appartient aux autres, ceux qui nous la donnent ou ceux qui nous la prennent. Je ne sais pas, j'ai une réponse a contrario : lorsque nous sommes seuls maîtres de nos vies, c'est que nous sommes vraiment bien seuls. Ou alors, nous sommes morts.

Trois mois sont passés ainsi. Je baignais dans la folie ou quelque chose de similaire. Je n'ai pas vu venir. Je suis solide pourtant, je l'étais, je

216

défiais le monde, je m'en suis affranchie. Je suis tombée dans le délire pendant que je croyais m'élever dans la souffrance. La solitude me joue-t-elle des tours? Peut-être ne se passe-t-il rien, seulement les jours qui vont et moi qui marmonne dans le vide.

On se délabre si vite quand nous échappe le fil du temps. Vivre est d'un périlleux!

> *Ne pas se laisser distraire par le chagrin*
> *Ne pas se laisser éblouir par le vide*
> *C'est toujours par inadvertance*
> *Que nous perdons la vie.*

Et dire que j'écrivais cela!

Je ne suis pas croyante mais je me demande ce que Dieu attend pour me venir en aide.

Ce n'était pas un jour comme les autres
La terre s'était ouverte
Ou le ciel s'est embrasé
Tout était sens dessus dessous
Les Hominiens couraient vers d'improbables abris
Suivis de leurs animaux déjà consumés par le feu.
Et quelqu'un a dit :
« Dieu, qu'est-ce que tout cela? »
Trente millions d'années plus tard,
Nous répétons le même cri mystérieux
Chaque fois que le ciel nous tombe sur la tête
Ou que la terre s'ouvre sous nos pieds.
La nouveauté est que Dieu a fini par exister.

Il a colonisé la terre
Et d'ores et déjà le ciel est à sa portée.
Et chaque jour, il éventre nos maisons
Ou fait s'écrouler les toits sur nos têtes
Pour le plaisir de nous voir l'implorer
En courant aux abris.
Alors, voilà, Dieu : JE T'IMPLORE.

Le hasard s'est mis de la partie, il est venu remuer le couteau dans la plaie. C'est par Arte, chaîne humanitariste s'il en est, qu'il s'est manifesté. Depuis la disparition de Chérifa, j'avais oublié la télé, ma fidèle amie, la poussière l'avait engloutie, et là, ce soir, j'ai renoué avec elle accidentellement. Un courant d'air est passé par-là, elle s'est allumée toute seule, machinalement ou comme si elle souhaitait me parler. À la première image, j'ai vu qu'effectivement on parlait de nous, les gens sans terre, les harragas, les brûleurs de routes. Dans la série des grands reportages sur la misère dans le monde, Arte nous a transbordés d'un village africain perdu dans le Ténéré, à travers les vastes steppes du Sahel, jusqu'à Tamanrasset où la caméra s'est accordé un répit pour feuilleter le casier judiciaire du Pouvoir algérien, maillon fort des circuits de contrebande tissés en Afrique saharienne et subsaharienne, puis de là, zigzagant dans le no man's land, en Algérie et au

Maroc, de nuit plutôt que de jour et loin des routes carrossables, toujours vers le nord-ouest, elle est arrivée, calcinée et dégoûtée, à Tarifa, en Espagne, à quelques encablures de Gibraltar qui fut le djebel Tariq dans une autre histoire, où se jouait l'épilogue. Là, on voit des gendarmes avec leur drôle de bonnet retirer des corps de la mer pendant que là-haut, sur la falaise, un curé acquis à la cause des harragas, entouré de ses militantes en larmes, prie de toutes ses forces un dieu qui refuse d'entendre la misère. Le tableau est grandiose. Il m'a remis en mémoire *Mission*, le film de Roland Joffé, avec Robert De Niro dans le rôle du mercenaire Mendoza devenu jésuite à la suite de je ne sais quelle douleur. Et au lieu d'honorer Dieu et de sacrifier au devoir d'obéissance propre à l'ordre, le voilà qui s'insurge et prend fait et cause pour les Indiens Guarani, condamnés à la disparition au nom d'enjeux obscurs et lointains entre l'Église de Rome et les rois d'Espagne et du Portugal. À la fin, il meurt sous les balles, les Indiens Guarani aussi, jusqu'au dernier, et le nouvel ordre s'installe benoîtement sur l'Amérique du Sud. Une histoire abominable tournée dans des paysages sublimes. J'ai pensé au roman *Le Nom de la rose* qui nous montre des religieux torves et incultes se compliquer la vie jusqu'à la folie pour orchestrer des crimes dingues dans un monastère en forme de labyrinthe païen. Non vraiment, tue-t-on des gens parce qu'ils ont découvert que le rire pouvait exister! Que tout cela est affreux! *Nous en étions à Tarifa.* Oui, parmi les cadavres, une rescapée, une jeune Noire, enceinte de plusieurs mois, belle comme le soleil, pas plus âgée que Chérifa mais deux fois plus haute. Ses grands yeux roulaient comme les boules du Loto dans leur cage de verre. Elle ne sait pas, elle se demande, elle bafouille, elle tremble, se cabre, veut fuir mais n'a de force que pour s'agripper au brigadier. Une grosse oie galonnée agissant au nom du *gobernador* explique à la caméra que la miraculée sera renvoyée dans son *país* dès lors qu'elle aura accouché. *Imbécile, va, sais-tu seulement si elle a un* país!

Fin du drame pour le téléspectateur, il peut éteindre et aller dormir. Pour nous, les gens sans pays, commence le vrai questionnement.

Jamais reportage ne m'a autant émue, parce que je suis concernée mais aussi parce qu'il a su montrer quelles implacables épreuves la misère impose à ceux qui ont la prétention de vouloir lui échapper. Ça ne finit pas, à chaque tournant un coup de massue à étaler un rhinocéros. En vrai, elle fonctionne comme les sables mouvants, on s'enfonce, sucé de l'intérieur. On se débat, on appelle au secours ou on croise les doigts, le résultat est pareil. Les brûleurs de routes le savent, ils se le cachent, mais ils y viennent peu à peu, à mesure que le pas se fait lourd, et les voilà amenés à économiser sur la parole et le geste et sans doute évitent-ils de penser. Ils marchent comme des morts mais ils conservent la foi, ils vont où la vie les attend : la Terre promise.

Quel beau rêve, nous serions tellement tentés de les suivre.

Nous voici au départ, quelque part dans un hameau du Ténéré. Le soleil est haut, il ne se couche jamais dans ces coins d'enfer. La caméra fait le tour du proprio : dix cahutes plantées selon un ordre antique, deux silos à grains qui ressemblent à des termitières abandonnées, un vague enclos où ruminent des squelettes de bêtes à cornes, et une bâtisse centrale en rondins et pisé dont l'utilité n'est pas affichée (un lieu de culte, une salle des fêtes, une agora, une école ?). Nonchalantes et admirables dans leur nudité, des femmes pilent du mil. Autour d'elles, les pieds dans le sable, des marmots pensifs se tripatouillent le nombril ou leur petit nez camus transformé en ruche, des chiens pouilleux rasent le vent ou raclent les ordures, et à l'orée du village, allongés sous un arbre rachitique, deux vieillards desséchés se meurent en devisant encore un peu. Discussion à bâtons rompus entre la caméra et les femmes.

— *Où sont les hommes ?*
— *Partis.*
— *Où ?*
— *On ne sait pas.*

222

— *Pourquoi sont-ils partis ?*

— *Ils cherchent du travail.*

— *Où ?*

— *On ne sait pas, en Afrique, ailleurs.*

— *Pourquoi le village est-il si loin de tout ?*

— *On ne sait pas.*

— *C'est du mil que vous pilez ?*

— *Oui.*

— *C'est dur ?*

— *Non.*

— *Vous êtes heureuses ?*

Silence. La caméra attend, puis zoome sur le visage d'une femme sans âge et se fait insistante. La réponse vient enfin : *On ne sait pas.*

Déboutée, la caméra opère un plan large du hameau, un geste insidieux pour montrer l'étendue de l'ignorance dans un désert que rien ne relie au monde.

Elle s'approche de deux jeunes, une étrangeté dans un village qui a l'âge de la terre, n'ayant pour toute fortune que leurs dents blanches ainsi qu'un jean élimé et une paire d'espadrilles chacun. Et quelques poils au menton mais on le sait, les Blacks manquent de pilosité. La caméra les entraîne sous un appentis propice aux confidences. Les voilà sous le regard silencieux de la machine. Ils se sentent bizarres, dépourvus, inaptes. Elle se fait intransigeante, alors ils racontent à double voix. Ils sont prêts pour le grand voyage, voilà des années qu'ils amassent sou par sou, le passeur réclame mille dollars par

223

tête. La caméra sursaute. « Mille dollars, et où donc les avez-vous trouvés ? » demande-t-elle. Ils avouent avoir braconné dans la réserve des Anglais et pas mal tiré le diable par la queue. « *Mais nous avions de bons grigris* », ajoutent-ils, tout fiérots de leur malice. Le passeur attend à Bordj Béji Mokhtar, sur la frontière algérienne, d'autres clandestins les rejoindront, venant d'autres pays, d'autres villages, d'autres misères, trois mille kilomètres à avaler dont deux en Algérie sous les balles des gouvernementaux et des groupes islamistes, et un au Maroc où les chaouchs ne dorment pas d'un œil. Il faut compter avec le bakchich et les négriers, ils guettent aux points de passage qu'ils connaissent aussi bien que les passeurs, puis la traversée du détroit sur des felouques réformées cédées à cinq cents dollars pièce, on doit se mettre à trente pour rassembler le prix. Le passeur algérien passe la main à un intermédiaire marocain qui empoche pour l'embarcation et l'émission d'un signal en direction du continent, le passeur espagnol attend de l'autre côté.

— *Vous savez cela et vous partez ?*
— *Oui, on veut vivre* (rires).
— *Vous avez peur ?*
— *Un peu* (rires).
— *On peut vous suivre et filmer votre odyssée ?*
— *Si tu veux* (rires).

224

Je le sais mais la chose frappe, l'image ajoute aux mots, la société africaine est lamentablement éclatée, et de mémoire d'éléphant il en a toujours été ainsi. Il y a le monde des femmes bâti sur la réclusion et l'infinie patience, celui des hommes tourné vers la survie, celui des jeunes assis sur le rêve de la Terre promise et celui des notables voué à la rapine. Ces mondes ne se rencontrent jamais. Parler de démocratie dans nos pays, c'est parler de choses légendaires, nos sorciers ne sont pas près de concevoir pareille machine.

La caméra n'a pas été brillante sur la question. L'Afrique n'est pas dans le champ gravitationnel de la démocratie, point. Il est seulement insinué qu'un gouffre de mille années-lumière ne s'enjambe pas comme un fossé de brousse. Le téléspectateur pourrait croire que c'est comme ça parce que nous le voulons, que nous aimons la famine et la guerre. Il y a le régime, la religion, les traditions, le climat, et j'en passe. Tout cela écrase. En Algérie, la caméra s'est montrée plus directe, elle a présenté l'état des lieux et lâché quelques noms de sires parmi les plus cruels et les plus ridicules de la planète, ainsi que celui d'un comparse, un certain hadj Saïd, dit Bouzahroun, autrement dit le Chanceux.

Voici donc nos deux héros, qui ont pour prénoms Ahmadou et Abubakr, en route pour

225

Tarifa, la porte d'entrée de la Terre promise. C'est l'aube, la savane frémit encore des cauchemars de la nuit. Des ombres blafardes se rassemblent sous l'appentis. Des murmures s'installent. Soudain, un projo déchire le manteau des ténèbres. La caméra se saisit de l'instant, il est fatidique. Les grandes aventures ont ceci de saisissant : à un moment, anodin et inattendu, tout bascule dans l'inconnu. Les femmes s'arrêtent de piler, les mioches secouent la tête pour éloigner le sommeil, les chiens cessent de louvoyer, les vieux ravalent leurs souvenirs, tous tendent l'oreille. On regarde les ombres s'ébranler et disparaître à l'horizon dans un formidable éblouissement. Pas un mot, pas un geste, pas un soupir, sinon venant loin, de très loin, le grondement fantasmagorique du continent africain.

Les premiers kilomètres vont bon train. La savane, disposant de plusieurs millions de kilomètres carrés sous le soleil, reste imperturbable. Plus loin, l'équipe attrape un teuf-teuf antédiluvien qui cheminait parmi les gnous et les antilopes. Il est plein comme un œuf et cassé de partout.

Halte dans un boui-boui fiché au milieu de nulle part. On avale de la poussière à pleins seaux. On parle pour lubrifier la gorge. On calcule : cent bornes de parcourus, il reste trois mille neuf cents kilomètres dans la fournaise ou

226

plus, on ne peut pas savoir à l'avance combien de fois on se perdra. On s'esclaffe tant le défi est insensé et la défaite impensable. Le barman crache en l'air et retourne à ses calebasses. On repart d'un bon pied. La caméra scrute l'horizon. Un vent de sable se lève du côté des buffles. La température monte au point de fusion. On se couvre le visage, on évite de respirer. Précaution superfétatoire, le sable du Sahara ne se connaît pas de frontières, il se joue de ces ruses. J'ai lu dans un vieux numéro de *Science et Vie* qu'il atteint l'Amazonie, c'est dire. Arrêt dans l'ombre d'un monument rocheux drôlement façonné par des millénaires de bourrasques torrides. On passe la nuit. On cauchemarde, la brousse est tout entière un cri qui vient de loin, des entrailles de la terre, repris par des millions de larynx assoiffés de sang. Quelques jours plus tard, au petit matin, une caravane se profile à l'horizon. C'est beau ! Elle monte vers le nord, guidée par le mystère. On la rejoint. Palabres avec le cheikh autour de la théière. C'est un *kel ghella*, un noble dont la généalogie remonte à de très lointains bouleversements. Il est emmitouflé jusqu'aux oreilles, on voit seulement ses yeux vitreux qu'on dirait habités par un gros ver des sables.

— *Vous allez sur le nord ?*

— *Oui, sur Tamanrasset, il y a l'assihar d'ici la prochaine lune.*

— *Pouvons-nous faire route avec vous ?*

— *Ceci est notre chemin mais le Sahara est à qui le connaît.*

— *Alors, on embarque ?*

— *Si telle est la volonté d'Allah.*

— *C'est quoi, l'assihar ?* demande la caméra.

— *Une foire annuelle à laquelle participent tous les Touareg du monde, les Azdjer, les Ahaggar, les Aouellimiden, les Mourines, les Imohaghs, ils convergent des sept angles de la terre, de la Mauritanie au Soudan, d'Algérie au Sénégal en passant par la Libye, le Niger, le Mali, la Côte d'Ivoire, le Burkina et jusqu'au lointain empire du Tibesti.*

— *Ça doit être beau !*

— *C'est la tradition, on échange, on palabre, on célèbre les ancêtres. Nous venons du djanoub, de Tombouctou, et vous ?*

— *Du Mali.*

— *Et toi ?*

— *De Paris.*

— *Tu échanges quoi ?*

— *Rien, un peu d'espoir et d'amitié quand c'est possible, nous allons à Bordj Béji Mokhtar, voir un ami cher.*

— *Vous êtes en règle ?*

— *Euh... pourquoi ?*

— *Les Algériens sont regardants avec les étrangers, ils ne les aiment pas, ils les tuent chaque fois qu'ils peuvent ou alors ils exigent d'eux vingt fardeaux de documents rares et une rançon.*

— *Et vous-mêmes, comment faites-vous ?*

— *Aussi loin qu'il s'étend sous le soleil, le Sahara*

est notre maison, nous n'avons pas besoin de
papiers, ce serait plutôt à eux de nous dire qui ils sont
et d'où ils viennent.

La méharée avance bien. Les chameaux bla-
tèrent pour le plaisir de brailler, il y a longtemps
que le Sahara ne les impressionne plus. À leur
côté, on gagne en confiance. Ahmadou et Abubakr reprennent des forces. Ils se font des amis,
de jeunes Touareg filiformes nés sur un tobog-
gan, donc peu au fait des nouvelles orientations
du monde. Ils leur parlent de l'Europe, du plaisir de vivre, du bonheur d'aimer, et du reste
qu'un nomade de l'éternité peut difficilement
imaginer : le métro, la sécurité sociale, le sport
automobile, la neige, le cinéma, les fêtes de
Noël, les puces électroniques. Mais on parle
pour le plaisir de parler, il n'est pas nécessaire
de savoir. Question : *Qu'est-ce qu'ils échangent,*
les caravaniers, là-bas? La caméra s'est rappro-
chée, intéressée. Réponse : *Là-bas, tu as tout, tu*
n'as besoin de rien.

Nos amis se séparent sur la frontière algé-
rienne.
— *Vous êtes arrivés, mes frères, nous poursuivons*
sur Tamanrasset.
— *Nous allons à Bordj Béji Mokhtar, où est-elle,*
nous ne la voyons pas?
— *Là, sous vos yeux!*
— *Il n'y a rien.*

— C'est à deux jours de marche vers l'ouest, c'est tout !

— Merci, noble cheikh.

— Si les soldats vous arraisonnent, dites que vous allez chez hadj Saïd le Chanceux, ils vous accompagneront et vous donneront à boire et à manger.

Bordj Béji Mokhtar, BBM comme l'appellent les habitants du Nord, est un gros bourg qui a clairement poussé à partir de rien et trop vite. C'est désordre et compagnie, des maisons inachevées ou écroulées, des pistes en tôle ondulée mortelles pour les dents, des camions déglingués, des chameaux dégoûtés, des chèvres errantes, des chiens tatillons, des gendarmes méchants, le tout recouvert d'une poussière grasse importée du Nord.

Le rendez-vous est l'entrepôt du susnommé hadj Saïd, alias Bouzahroun, le Chanceux. Celui-ci ne se dépare jamais de ses jumelles et de son cellulaire dernier cri. Je lui trouve une vraie ressemblance avec sidi Saïd, dit le Veinard, le frère et conseiller du président de la République, qui lui aussi ne se dépare jamais de ses lunettes de ski et de son talkie-walkie, mais bon, la ressemblance n'est pas un crime. La caméra, qui a un peu vadrouillé dans le bourg, a vite appris que le richissime nabab est un ex-terroriste ayant manigancé avec le haut commandement et qui en échange de ses signalés services a bénéficié du monopole de la contrebande sur toute la zone, de BBM jusqu'à Bamako et Niamey. Il possède une flotte de cent camions, une milice de mille pistoleros et jouit de l'autorité de mobiliser l'armée et la douane en cas de guerre. Pour les grands coups, il sonne Alger, tel numéro ou tel autre, jusqu'au premier de la liste. La caméra ne s'est pas arrêtée en chemin, elle voulait la raison profonde. Elle l'obtint auprès d'un vieillard qui somnolait au pied d'un mur en cours de rafistolage en chatouillant son *imzad*, un violon à une corde tirée sur une carapace de tortue. Elle l'entreprend bille en tête.

— *Savez-vous ce qui se trame par ici ?*

— *Allez à Laoni, vous comprendrez.*

— *Où est-ce ?*

— *À trois jours de marche, au sud-ouest.*

— *Laoni ?*

— *Oui, Laoni, la mine d'or.*

— *Et alors ?*

— *L'or extrait de la mine est convoyé jusqu'à l'aéroport de Tamanrasset et de là il est expédié à Alger.*

— *Où est le mal ?*

— *L'or n'arrive pas à Tam, Saïd le Chanceux, chez qui tu habites, s'en empare pour le compte de ses amis haut placés.*

— *En vérité ?*

— *Ce n'est pas tout, Alger nie l'existence d'une base militaire américaine secrète dans la région alors on a chargé Saïd de l'approvisionner en douce. Les dollars pleuvent sur sa tête.*

— Mais dites-moi, vous en savez des choses, à Paris on en ignore le premier mot !

— Normal, de temps en temps je fais le guide pour Saïd et les Américains.

Chez Saïd, la troupe grossissait de jour en jour, tant et si bien que la douzaine de têtes fut atteinte. Ahmadou et Abubakr perdirent leur place dans le film. La caméra est allée se jeter sur les nouveaux venus, des imberbes aux grands yeux, un autre Malien, un Nigérien, un Ghanéen, deux Togolais dont la jeune fille enceinte, un Soudanais, un Ivoirien, un Sénégalais, un Congolais et un Guinéen, ces trois derniers étant arrivés par le même chemin, celui de Gao, la plaque tournante du Sahel après Tam. Même histoire en fait, ils cherchent la Terre promise. Le drame, mais ils ne le savent pas encore, est qu'ils viennent de trop loin pour l'atteindre dans cette vie.

En attendant l'arrivée du passeur, Saïd les a mis au labeur chez le chef de la douane. Ils lui rafistolent la toiture en échange d'un peu de pain et un quart d'eau. « Il faut mériter son repas », dit-il à la caméra en prenant des airs de Samaritain. Elle en profite pour l'asticoter un peu :

— Combien gagnez-vous sur leur transfert à Tarifa ? On raconte que vous les saignez à blanc et que très peu arrivent vivants.

— Ce sont des racontars, je le fais par charité

musulmane. Ils veulent s'amuser, ces pauvres bam-
boulas, alors je les aide.

Et voilà le passeur qui saute de sa Land-
Rover. Il tombe le keffieh pour avaler sa théière.
Oh, la sale gueule! Il revient d'une expédition
dont il ne veut rien dire. La caméra insiste.
«J'étais en villégiature chez des amis à Tam»,
jure-t-il en regardant avidement ses clients.
Dans le camp, on parle beaucoup des merce-
naires ougandais qui viennent d'être livrés à
Kadhafi, lequel s'ennuie comme un rat, et
dit-on, cherche à ouvrir un nouveau front. C'est
fou, l'agitation qui règne dans le désert!

Le matin à l'aube, réveil à coups de tatane.
On charge les clandestins dans la benne, on les
couvre d'une bâche et fouette cocher. La
caméra a loué un 4 × 4 climatisé avec chauffeur
et guide. Le script ne le dit pas mais l'attelage
appartient sûrement à Saïd. La Toyota suit ou
précède le camion selon les besoins de la prise
de vue. Le convoi soulève des montagnes de
poussière. On ne se gêne pas, on fonce, le terrain est acquis, Saïd est chez lui dans un rayon
de cinq cents bornes. On passe les barrages militaires avec les honneurs. Plus au nord, changement de fief, le camion quitte la piste à
l'approche des check-points. Les routiers, affi-
liés à une mafia ou à l'autre, mais solidaires dans
la tragédie, se les signalent par des appels de

233

phare. Un coup signifie que les ennuis sont à un kilomètre devant, deux à deux kilomètres et ainsi de suite. Parfois, ils s'arrêtent, se regroupent et dressent un plan de bataille. Après quelques morts, on négocie autour du thé. Ça tombe bien, la Toyota qui a simulé la panne du touriste observe de loin un magnifique jamboree qui se déroule autour du feu à l'ombre d'un gour.

Les harragas se ferment chaque fois que le camion ralentit et quitte la piste. Le gouvernement ne badine pas avec les vagabonds étrangers. C'est passage à tabac et destruction après un temps à trimer pour le commandement. Cela fait partie des avantages en nature concédés aux gradés, ils ont tous une palmeraie à entretenir ou une toiture à rafistoler.

Le convoi arrive aux portes d'El-Oued, la ville aux mille coupoles. Il fait halte chez un marabout bien connu dans la steppe, un drôle de bonhomme, un vieux nain loqueteux monté sur des échasses en or massif, un certain Sidi Abdelaziz, dit le Mahdi. Il pisse loin, l'animal, ses sornettes se colportent de douar en douar où on se les boit comme du petit-lait. Sa réputation a franchi les frontières, jusqu'à New York où on demande si ça se vend ou si ça s'achète. Un authentique génie pour les uns, un vulgaire escroc pour les autres. « Il m'a tout l'air d'être un fou, ouais ! » me suis-je dit en le voyant gigoter autour de sa koubba en psalmodiant des ficelles de marabout. Le temps presse. Conciliabules entre le passeur et le maître des lieux. Ils s'en tapent cinq et sur un claquement de doigts du Mahdi voilà que d'un puits enfoui dans les cactus, sortent douze gringalets trempés comme des éponges, hagards, aveugles. Des jeunes de la zone des champs pétrolifères, en révolte contre la misère, recherchés par la police et les Américains. Ils réclamaient du boulot en agitant des banderoles à l'entrée de la base de Hassi Messaoud. Ils ont essuyé les pires ennuis pour arriver au point de ralliement, ils n'ont que leurs vêtements sur le dos. « On continue à pied, en hors-piste », décrète le passeur. Le nord est maillé fin, trop de barrages, trop d'espions, de barons, d'émirs, de groupes armés, de fonctionnaires inoccupés, de recruteurs intrépides. De Dieu, quelle équipée, et que d'alertes à briser le cœur !

Quinze jours passent ainsi. L'équivalent d'un siècle et demi dans un pays normal. Des marches funèbres entre deux alertes, deux veillées. La troupe n'est plus reconnaissable, un chiffonnier n'en voudrait pas. Je me sentais misérable et honteuse de la voir s'abîmer sous mes yeux sans rien pouvoir pour elle.

La frontière est enfin là, derrière l'horizon. De l'autre côté est le Maroc, le royaume alaouite comme il se dit à Alger en haut lieu pour insinuer Dieu sait quoi. C'est la même terre, le même soleil, les mêmes gens, pratiquant la même religion, la même cuisine, mais l'air est différent, il se laisse respirer. On se sent soulagé, on entre dans une carte postale, de ces chromos d'antan étourdissants de charme qui réveillent chez le touriste l'envie subite de faire la sieste au pied du palmier ou d'enfourcher le premier baudet qui passe. Tout le long de cette ligne mal fixée par les traités, c'est contrebande et compagnie, pétrole contre kif, sous l'œil vigilant des deux armées. Les casquettes s'épient avec sympathie, l'état de guerre sans la guerre, c'est pain bénit, ça remplit les poches et ça ne fait de mal à personne.

Les harragas avancent à bonne allure. Comme eux, on est pressé de toucher au but. Encore un virage ou deux et nous voilà dans une pinède ravagée aux abords de Ceuta, l'enclave espagnole, Abyla dans une vie antérieure. Une centaine de harragas sont là, certains depuis plusieurs années. Ils ont clairement pris racine. Les cabanes, les tentes, les appentis, ont poussé à la diable. La vaisselle est accrochée aux branches, elle tintinnabule sous le pin. La caméra fait le tour du proprio. Discussion avec l'un, avec l'autre. Des histoires de harragas à n'en plus finir. Il y a de la ségrégation dans le cantonnement, basée sur la couleur de peau, la nationalité, la religion, le patois, la tribu. C'est le racisme à l'ancienne, on se côtoie sans se voir. J'ai ouvert les yeux autant que j'ai pu lorsque la caméra a exploré le coin des Algériens. Tous ressemblent à Sofiane, même âge, même air débile et poseur, mais de Sofiane, point. J'étais déçue et soulagée. Chaque groupe a son territoire, sa stratégie de survie, son projet d'émancipation. Les uns n'ont d'yeux que pour Ceuta, les autres ne font que passer, ils visent Tanger, porte d'entrée directe sur Tarifa. C'était l'idée d'Ahmadou et Abubakr. Ils sont venus de trop loin pour pique-niquer dans la pinède jusqu'à la fin des temps. L'épilogue était le leur. Ils sont morts dans la traversée, la felouque s'est brisée sur les récifs. Ils avaient survécu aux tempêtes de sable et à l'immensité du désert, ils ont péri dans un bras de mer, à quelques brasses de la côte. Seule la jeune Togolaise, belle comme un soleil de midi, a pu poser pied sur la Terre promise. La mort a dû se dire que prendre deux misérables vies pour le prix d'une était trop injuste.

Ils viennent de loin
Ils cherchent l'impossible
Le ventre creux, le corps tendu par la vérité.

Pendant qu'ils avancent
Le temps fuit devant
Et derrière s'amoncellent des restes.

Le soleil tourne dans le ciel
Pas une âme ne doit échapper
Toutes doivent disparaître avant la nuit.

Alors ils meurent dans leur ombre
Le vent rassemble leurs os
Et la meule tourne avec la terre.

Le film s'achève par un zoom arrière sur le Ténéré tandis qu'une mélopée lancinante s'élève dans le ciel, un ciel ocre, lourd, éternel. Un chant de mort. Les yeux se ferment et l'on s'entend réciter sa dernière prière, pendant que la réclame arrive pour mettre du beurre dans les épinards du grand capital. Ça m'a rappelé le film de Jean Yanne *Tout le monde il est beau, tout le monde il est gentil,* les prophètes passent, la pub reste.

J'étais épuisée, je me sentais sale, déguenillée, perdue dans les pensées de Sofiane, d'Ahmadou, Abubakr, la jeune Togolaise au doux minois, et ceux qui se débattent à l'arrière. Dans ma tête, du chaos, des éclairs, des vagues de sables himalayennes, des odeurs de merde et de sueur, des spots publicitaires cacophoniques, des hurlements de fous. C'est affreux comme le bruit dans un univers de silence fait mal. Faut-il aimer la vie pour tant endurer. Faut-il aimer la mort pour tant la chercher. D'où vient le mal ? Que se passe-t-il dans nos têtes ?

Toute la nuit, j'ai réfléchi.

Sofiane avait tout, une maison, mon affection, des amis, des habitudes. *Mais le reste, on ne vit pas que d'amour et d'eau fraîche entre quatre murs ?* Je ne vois pas, je me le demande, ce qui tue, on ne sait pas toujours le nommer. *La pauvreté des jours ? La bêtise ambiante ?* Oui c'est cela mais il y a plus fort, le traficotage, la religion, la bureaucratie, la culture du crime, du coup, du clan, l'apologie de la mort, la glorification du tyran, l'amour du clinquant, la passion du discours hurlé. *Est-ce tout ?* Il y a le mauvais exemple. Il vient de haut, du gouvernement qui prend son inculture pour un diamant légendaire, sa barbarie pour du raffinement, ses bricolages pour de formidables stratégies d'État, ses détournements pour de légitimes rémunérations. *Ah, les gueux, ah, la puanteur ! Et l'intelligentsia, que dit-elle, ses champions ne sont pas tous morts ?* Qu'est-ce que tu veux qu'ils disent en prison, ils réclament du pain et une couverture comme les autres ! *Et les héros, les vieux durs à cuire qui se sont fait une gloire à la guerre ?* Ah, ma pauvre, ce sont des fossiles, leurs souvenirs appartiennent à d'autres et ils rapportent beaucoup d'argent ! *Est-ce là tout ?* Non, il y a les murs qui s'effondrent, les calamités auxquelles la gouvernance nous a abonnés, et toutes les angoisses, les terribles angoisses, d'une vie à l'arrêt. *Que faire dès lors que toutes les voies sont coupées ?*

Mourir n'est pas une affaire
Quand vivre est possible.
Un ailleurs vaut mieux que mille ici.
Misère pour misère
Ajoutons la peine du voyage
La douleur de la déchirure
Et la peur de se perdre.
Le bonheur de croire enfin au lendemain.
Vaut bien le sacrifice de sa vie.
Comme l'oiseau
Comme le prophète
Ouvrons nos ailes, secouons nos sandales
Et marchons dans le vent
Brûlons la route
La Terre promise est quelque part dans le monde.

Je me sens du coup harraga dans le cœur.

La porte n'a pas fait bang bang mais toc toc. Ce son que nos portes ne savent plus rendre, je l'ai reçu comme un souffle divin. Personne ne me visite jamais, sauf les emmerdeurs du quartier, la gorgone, Moussa le fou. Je les écoute très attentivement mais ils ne comprennent pas, ils continuent de parler de plus belle. Viennent aussi à date fixe, avec l'idée de surprendre, les agents du gaz, de l'eau et de l'électricité mais eux ne comptent pas, ils relèvent en silence avec l'air de nous prendre pour des malades. Je n'ose leur demander s'ils savent à quoi correspondent des factures pour services non rendus. Parfois, arrivant de loin, traînant lamentablement, Manque-de-tout le matou vient voir si Minnie est rentrée. Lui ne dit rien, il soupire pendant que son œil orphelin cherche son pied célibataire. C'est attendrissant de le voir se contorsionner pour se gratter l'oreille disparue avec un moignon de bras à l'épaule, en équilibre sur le fil. J'ai peur pour lui, je me dis que s'il éternue sur le fait, il est bon pour la casse. Je lui ai expliqué que c'était inutile, que tout cela est du virtuel, la mémoire du corps est ainsi, l'organe disparu, la sensation continue un certain temps, c'est la rémanence sensorielle, un phénomène connu qui ne date pas d'aujourd'hui, et qu'enfin il pouvait exprimer sa timidité à mon égard autrement qu'en se grattant le lobe de l'oreille ou la pointe du nez. Mais je comprends, changer de tics n'est pas aisé. J'ai pensé l'introduire à l'hôpital et l'équiper de prothèses puis j'ai reculé, il faudrait le refaire entièrement et là pour le compte il ne se retrouvera plus. Avec un crochet au bout du moignon, la rémanence le tuera. Je pense à cette blague débile : « Hé ! M'sieur, je te parie cent balles que je peux embrasser mon œil droit. » Le touriste répond : « Pari tenu » et se met fièrement à l'affût. Le clochard enlève son œil de verre et le porte à ses lèvres. « Et maintenant, je t'en parie mille que j'embrasse l'œil gauche. — Impossible ! » répond l'autre qui pose un gros billet en s'approchant de plus près. Et voilà le miraculé qui enlève son dentier et le porte à son œil gauche. Manque-de-tout pourrait vivre de paris maintenant que le métier de portefaix lui est interdit. Sinon, il y a *235* qui débarque une fois la semaine en poussant la trompette. Il vient aux nouvelles avec un bahut bondé de pèlerins furieux de se retrouver dans un autre pays. Il est gentil tout plein mais il s'oublie, ses abonnés poireautent au soleil pendant qu'il sirote la limonade et, à nouveau, me dit tout sur sa bonne mère. Brave garçon. Mes chères amies me téléphonent une fois l'an pour me balancer la sempiternelle pique : « Et alors, qu'est-ce que tu deviens ? — Et toi-même ? », que je réponds en vertu du principe « moins on dit, mieux on entend mentir ». Celles qui s'en foutent sont les premières à venir s'inquiéter. *Bonjour, ça va,* et les voilà parties pour assassiner la moitié de la ville dans mon oreille. Nos femmes ont de la langue, mon Dieu, je me demande à quoi ça tient ! On leur couperait le cou qu'elles continueraient à se l'aiguiser.

Toc toc ! Toc toc !

Mon cœur s'est emballé. J'ai ouvert d'un geste à me dégonder le bras. Ce n'était pas Chérifa.

Une jeune femme. Vingt-deux... vingt-trois ans. Une brunette... un petit air... hum ! le jean lui va comme un gant... un peu basse la poitrine, le soutien-gorge est à revoir. L'œil noir, bien souligné, le sourcil en accent circonflexe. Cette fille est une inquiète, elle s'interroge avant de parler. Mff ! Mff ! Elle sent bon. Comme moi, elle fait venir son parfum de Paris par la valise diplomatique clandestine.

« Si tu cherches Lamia, c'est moi. Qui es-tu ?

— Euh... Schéhérazade.

— Ne me dis pas que tu viens d'Oran ou de Tanger, recommandée par mon idiot de frère Sofiane parce que là pour le compte je me suicide !

— Euh… je suis d'Alger. »

Belle voix, chaude, un peu rauque. Le prénom lui va à merveille. C'est tout l'Orient tel qu'il n'a jamais été que conté.

« Et alors?

— Euh… je cherche Chérifa…

— Quoi?! Chérifa?… ma Chérifa!!!

— Euh… oui.

— Entre vite! Explique. »

Il était écrit que je connaîtrais du monde avec la fugitive venue d'Oran. *235* et Manque-de-tout étaient les premiers de la liste. Par sa faute, Barbe-Bleue a perdu son puissant mystère, il n'est plus qu'un voisin dont il faut maintenant se garder. Et voilà la belle Schéhérazade qui vient me conter des choses incroyables. Je baigne dans le folklore. Elle est quasiment une consœur, étudiante en quatrième année de biologie. Originaire de Constantine, une ville décédée depuis l'exode de ses Juifs en 62, il reste des pierres et des vieux adossés à des pans de murs qui font semblant de rêver aux beautés du mésozoïque et de tout savoir sur les charmes de l'Andalousie de pépé. Un séisme de 9 n'aurait pas fait mieux. Les dernières femmes visibles portent un plumage noir, me dit-elle, on les appelle les corbeaux, pour dire aussi les beaux corps peut-être. Pendant que la belle Schéhérazade me décrivait son étrange ville, je relisais par la pensée *Les Hirondelles de Kaboul* de Yasmina Khadra. Son grand-père est dans le tissu islamique qu'il importe du Sentier à Paris. « Voyez-vous ça, le Sentier, et pourquoi pas de Médine ou d'Islamabad, ce sont nos frères quand même ? — Ce sont des amis d'enfance. — Je comprends. » Un homme avisé est un homme avisé, il n'y a rien à ajouter. Elle habite la cité universitaire de Ben-Aknoun, une chambrette au dernier étage de la cage B du bâtiment 12 qu'avec le temps elle a réussi à rendre douillette, ce qui est contraire au règlement mais le vieux gardien ne le connaît pas ou il l'a oublié. Elle fait la popote, écoute la musique moderne, reçoit ses amies dont certaines ne se privent pas de fumer.

« Je connais ça, ma chère, les gardiens, j'en ai roulé plus d'un. Ceux de Parnet sont de vrais cerbères mais ils n'ont pas réussi à m'attraper. Je viens à l'heure, je pars à l'heure, ma blouse est propre et je leur donne le *salam alikoum*.

— Moi, je glisse la pièce, ils la réclament à la fin du mois...

— C'est nouveau. De mon temps, ils fonctionnaient au sentiment. Ils nous suppliaient de leur montrer nos dessous. À mi-cuisse, ils te léchaient la main, tu pouvais les envoyer te faire les commissions et mentir à ta place au besoin. Ils ont bien vieilli, on dirait. Bon, où est Chérifa ?

— Justement, je la cherche.

— Quoi ? Elle s'est enfuie ?

— S'il n'y avait que ça...

— Tu vas tout me raconter.

« — ... »

Nous avons parlé. Des heures. Ce que je craignais est arrivé avec du rabe. Je m'en veux d'avoir pensé au pire, je l'ai rendu possible. Et cet imbécile de Mourad ne s'est pas fait faute de renchérir sur mes craintes : « Toutes pareilles ! » martelait-il chaque fois que je me laissais abattre par la peur. Dans ce bled éblouissant, il ne manquera jamais d'hommes pour enfoncer une femme.

Ce fameux jour, lorsqu'elle m'a quittée, elle s'est dirigée sur le centre-ville. C'est le lieu où convergent les égarés, les interdits de séjour, les chômeurs, les traîne-savates et la petite faune issue des réformes économiques qui bricole à trois cents à l'heure en marge du droit chemin. La misère la plus virulente et le luxe le plus violent ont fait jonction, là, au cœur de la ville, sous le regard de Dieu et de ses représentants. Il n'y a rien qu'on puisse faire, Hercule y laisserait la santé avant de comprendre le topo. L'endroit me rappelle d'ailleurs immanquablement *Topographie idéale pour une agression caractérisée* de Rachid Boudjedra, l'histoire du Kabyle, fraîchement débarqué à Paris en provenance de son piton rocheux du Djurdjura, qui tourne, tourne, tourne dans le métro, étourdi de tant voir à la fois dans un tunnel sans fin, et qui à l'arrivée se fait assassiner. Il n'aura pas vu le soleil de Paris ni goûté à la paix de ses rues. Et ce livre m'en rappelle un autre, *L'Étranger* de Camus, qui montre

Meursault tourner, tourner, tourner dans les méandres lumineux d'Alger et qui à la fin croise un Arabe au détour d'une dune, ne le comprend pas et se le tue raide mort. Même drame, même incompréhensible humanité.

Cent mètres plus haut est le siège du gouvernement, mais ce n'est pas ce qui les passionne au premier chef. Cent mètres plus bas est le port avec ses bateaux ventrus et son armée de transitaires assaillis par les tics. Cent mètres à gauche est le commissariat central avec son armée de commissionnaires en haillons. Cent mètres à droite est la Casbah avec ses mystères insolubles. Sous la grande poste, au milieu de la place, est la seule et unique bouche du fameux métro d'Alger qui a fait le bonheur et le cauchemar de cinq présidents, vingt gouvernements et deux mille députés parfaitement insignifiants. Le monument a été inauguré dix fois et dix fois nous avons cru que c'était la bonne. L'entrée est habillée de marbre rose et de bronze anodisé du plus bel effet, on peut se laisser attirer, sauf que le tunnel ne mène à rien, il se perd dans les profondeurs bourbeuses du magma préhistorique. Il paraîtrait que tout au fond du puits d'aération, on entend parler chinois. En attendant son train et ses heureux voyageurs, qui, jure-t-on, viendront avant six mois, le boyau sert de galerie marchande à la petite faune. Ce que l'un perd, l'autre le gagne. De là, s'écoulent les articles de luxe, kif, armes, faux papiers, fausse monnaie, arrivés par le port,

247

le commissariat, l'annexe du palais du gouvernement, la Casbah, la poste.

Inutile de chercher, tout est à portée de main.
La place grouille. Les petites gens y font leurs
emplettes, loin des lois et des tracasseries. Vu de
haut, on jurerait que les électrons sont libres mais
point, ils sont mus par la loi de la gravitation.
L'endroit attire les jeunes en rupture comme le
nectar attire les abeilles. Il leur a été dit que c'est
le point de départ vers une nouvelle vie et que les
itinéraires ne manquent pas comme dans toute
bonne agence de voyages. Deux cents mètres
plus bas, adossées au port, s'étendent dans un bel
enchevêtrement la gare routière et la ferroviaire,
et entre les deux, sur un terrain vague ravagé,
campent les taxis clandestins, un délire de fer-
railles toutes en parfait état de marche. « Du pro-
ducteur au consommateur » est un slogan de l'ère
socialiste repris avec efficacité par le marché noir.

Les jolies femmes d'Alger s'y frottent aussi,
c'est le seul endroit où on trouve du parfum de
Paris importé de Taïwan via Dubaï. Il se raconte
que les chiens de la douane sont dressés pour ne
pas sentir ces choses mais c'est une blague de
gamins, la douane n'a pas de chiens, ça se sau-
rait. Les élégantes s'y présentent pauvrement
vêtues avec l'idée de passer inaperçues sauf que
leur teint frais et leur zézaiement exotique les
dénoncent et cela fait grimper les prix.

« Elle m'a abordée sur l'esplanade de la poste.

Je... j'achète là mes bas et du parfum d'importation... il n'y a rien dans les boutiques.

— Moi, je trouve mon bonheur chez Tata
Zahia, une ancienne de l'Union. Elle tient boutique chez elle. Et que du bon, direct de Paris, s'il
te plaît ! Une vraie trafiquante, honnête, affable,
on prend le thé, on papote. Parfois, on se retrouve à cinquante, alors on fait la fête. Elle a un cousin au ministère, il la fournit en douce. Je te
recommanderai. Et après, dis-moi.

— Je l'ai emmenée chez moi, à la cité... elle
m'a fait de la peine...

— Elle avait son fourre-tout ?

— Quoi ?

— Son linge, son attirail !

— Euh... oui.

— Elle va bien ?... sa grossesse... elle mange ?

— Euh... oui. Je ne pouvais pas la garder, la
chambre est minuscule... j'ai besoin de calme
pour étudier... et puis c'est interdit...

— Où dort-elle ?

— Chez moi, chez l'une, chez l'autre... on
s'est organisé, on occupe le gardien pour la faire
passer. Le jour, elle se balade en ville... et...

— Et ?

— ... »

Cette Chérifa est une anguille, on ne la tient
pas. Après une semaine de ce régime, farniente et
balade au soleil, elle s'est mise avec un déraciné
qui sentait encore son foin mouillé, puis un flic à
la noix, puis un journaliste à la gomme et là, elle

vient de s'envoler avec un aviateur dont on ne sait rien sinon qu'il porte trop chic pour être honnête.

« On s'inquiète, voilà une semaine qu'elle a disparu. Les filles l'aiment bien, elle est insouciante, elle... elle va bientôt accoucher, elle ne devrait pas... »

On le dirait, elles ont été subjuguées par le chant des Lolitas.

« Je sais, je sais.

— Que faire ?

— Retrouver le pilote, ça ne doit pas être sorcier, il y a une seule compagnie d'aviation si je sais compter. Son nom est Air Algérie, n'est-ce pas ? On attendra qu'il s'éjecte de son planeur, c'est tout.

— Euh... je ne veux pas d'histoire... je

— J'en fais mon affaire. Je vais le voir comme tu es venue me voir, c'est simple. Elle t'a donné mon adresse ?

— Pas vraiment... j'ai cherché. Elle parlait tout le temps de vous, Rampe Valée, le palais du Turc, le château du Français, le gourbi du Juif, la grotte du Kabyle... euh... je n'ai pas compris pourquoi la maison avait tant de noms.

— C'est de l'histoire, c'est compliqué. Et après ?

— Elle parlait de Parnet, les copains, Mourad, Sofiane, *236*.

— *235* ! Je ne fréquente pas tous les chauffeurs de la RATUGA !

— Pardon, *235*... Manque-de-tout, Barbe-Bleue, la gorgone de la rue Marengo... et... excusez-moi, vos fantômes... enfin, ceux de la maison.

— Voyez-vous ça, une ménagerie, quoi !

— Elle vous aime beaucoup, elle regrette. Un jour, elle est passée vous voir à Parnet, elle est revenue bouleversée... Vous étiez en colère, elle n'a pas osé vous aborder.

— Laissons de côté la sensiblerie, les faits d'abord ! Et après ?

— ... »

Je retenais mes larmes, j'avais à lire le scénario jusqu'au bout pour bien comprendre.

Donc, elle connut un péquenot dans le bois sauvage jouxtant la cité universitaire. Les amoureux s'y pressent, ils fuient la rue et ses sermonneurs. Deux ruraux qui se rencontrent se reconnaissent et les voilà embarqués dans une discussion de végétariens. Ils s'imaginent dans un phalanstère et passent tout en revue, ce n'est que du bonheur. Le manège a duré une semaine puis a tourné au vinaigre. « *Il est gai comme un lézard* », a-t-elle dit. C'est bien elle, quand elle commence à bâiller, elle se tire.

Le lendemain, un autre phénomène la raccompagnait à la cité. Pas besoin de porter des loupes pour le voir, les filles ont vite deviné d'où sortait le loustic. Les lunettes de ski, le talkie-walkie à l'oreille, la démarche genre chaloupe qui prend de l'eau, l'air de tenir le monde sous le regard et le colt au bout du bras ballant, appartiennent à une institution de ce pays, une seule, la plus importante : la police.

Ainsi chaperonnée, Chérifa s'abonna aux bas-fonds d'Alger, lesquels, selon le Mourad, comptent parmi les plus dégueulasses du système solaire. Rythme d'enfer. Elle apprit à boire, fumer, se bagarrer, prendre la pose, et elle a changé de vocabulaire. Les filles l'écoutaient en se bouchant les oreilles, la sotte les lâchait comme des bombes. Elle sortait à des heures impossibles, rentrait à des heures incroyables et ne prenait pas la peine d'avertir. La cité n'en pouvait tant, les portes se fermèrent les unes après les autres. Le scandale terrorise les filles de famille plus vite que le terrorisme. Les gardiens grommelaient ouvertement, la rumeur courait. Alléchées par l'odeur, les voitures louches se multiplièrent autour de la cité. Les répressifs n'ont pas tardé à montrer le nez et il se disait que les étrangleurs manœuvraient dans les parages. Je suppose qu'il s'agit-là des sermonneurs et des défenseurs de la Vérité. Il est plus que temps d'unifier le vocabulaire, on ne peut pas continuer à dire les mêmes choses avec des mots différents. Seulement voilà, on bégaye, on louche, on scie du bois, dès lors qu'il s'agit d'islam. C'est la tour de Babel, cette affaire, on dit répressif, étrangleur, égorgeur, islamiste, fou, barbu, intégriste, terroriste, kamikaze, bombe vivante, fondamentaliste, djihadiste, wahhabite, salafiste, djaz'ariste, taliban, tango, zarqaouiste, afghan, issu des banlieues, membre de la Qaida, que n'ai-je entendu, comme si ces gens n'avaient rien à voir avec l'islam. Pourquoi, c'est la même personne, elle change d'habit et de chapelle, c'est tout! Les experts devraient au moins s'entendre sur le vocabulaire! Nous pourrions en parler franchement et dire notre inquiétude mais soyons justes, si l'islam est responsable de quelque chose c'est de produire des musulmans, on ne sait pas ce qu'ils vont devenir, et surtout de ne pas assurer le service après-vente. Si on fait des enfants, on les tient, quoi!

Chérifa s'imposa à Schéhérazade, un ballon de sept mois inspire le respect. Elle ne se calma pas. Quelques jours plus tard, elle s'affichait avec un journaliste à la gomme. Il portait son Bic sur l'oreille et son canard sous l'aisselle. Schéhérazade qui a la bouche pleine des formules de son terroir l'enterra de deux coups de cuiller à pot : « Un petit maigrichon, il n'a pas besoin d'attraper un mouton pour jouer aux osselets. » Entre le journaliste et le policier, la passation se fit mal, il y eut bavure et le scribouillard se retrouva à l'hôpital, décousu de la tête aux pieds. Le lendemain, son journal titrait à la Une : *Notre grand reporter K.M. sauvagement*

torturé par la police pour avoir enquêté sur les agissements de l'inspecteur H.B., impliqué dans un vaste
trafic d'armes au profit des maquis islamistes. Schéhérazade avait un dossier de presse à jour.
Quelle histoire !

La réponse de l'Organisation tomba le lendemain. Elle empruntait le canal du journal gouver-
nemental, *Le Combattant du Djihad*, par lequel la
Vérité coule sur le pays. Sous le titre *Il y a Presse et
presse*, on lit : *Il s'avère que le sieur K.M., une honte
pour une profession qui a beaucoup donné à la démocratie, est impliqué dans un vaste trafic de kif en relation avec un certain pays frère dont la haine qu'il
voue à notre patrie n'a d'égale que la rage avec
laquelle il brime l'héroïque peuple sahraoui en lutte
légitime pour son indépendance, soutenu en cela par
la communauté internationale dans son ensemble, et
d'autre part certains milieux d'Alger, connus de nos
concitoyens pour leur amour maladif de l'argent sale
et aveuglés par leur refus de la politique extra-
ordinairement avancée initiée par le président de la
République. Débusqué par le courageux officier
H.B., l'individu tenta de le corrompre en lui jetant
dans les bras une prostituée fichée par les services de
police, une certaine C.D., ce que l'intrépide officier,
pétri de hautes qualités morales, refusa net. Ému par
la gravité des faits et soucieux avant tout de l'ordre
public, le procureur de la République a lancé séance
tenante un mandat d'amener à l'encontre du sieur
K.M. et ordonné une perquisition dans les locaux du
journal. Affaire à suivre.*

Que vient faire le Maroc, là-dedans? Et en quoi la politique du président nous avance-t-elle? Ils aiment les complications, ma parole!

La cité connut un affrontement sans merci entre la presse et la police, puis tout rentra dans l'ordre, le journaliste disparut on ne sait comment, son journal fut fermé, les locaux vendus aux enchères et son directeur écopa de deux années de bagne. Dans la foulée, d'autres journalistes furent interpellés et torturés préventivement. L'inspecteur n'a pas été oublié : il reçut une promotion.

Chérifa qui avait levé le vent de l'opprobre sur la cité fut mise en demeure de débarrasser les lieux. Les filles n'en pouvaient davantage, les examens menaçaient, les parents montraient des signes d'affolement et multipliaient les visites. L'air n'était plus à la rigolade.

Chérifa erra un peu par la ville avant de se faire emballer par un aviateur dans la cafétéria mitoyenne des bureaux d'Air Algérie. Schéhérazade l'a aperçu dans une superbe bagnole lorsque la fugueuse est passée à la cité récupérer son fourre-tout. L'homme portait beau une petite quarantaine bedonnante et semblait être un joyeux drille. Schéhérazade a cru entendre la vilaine dévergondée le nommer « Rachid ».

Les adieux furent des plus simples, l'oiselle ne sait dire ni bonjour, ni bonsoir.

Depuis, plus de nouvelles. A-t-elle pris le train ? Est-elle retournée à Oran ? Est-elle ailleurs ? Où ?

Fin du scénario. Je pouvais m'abandonner aux larmes.

Qui l'eût cru, moi Lamia, docteur en pédiatrie et femme de tête, détachée des contingences et vaccinée des mièvreries, me voilà remuant la vie débraillée d'une petite paysanne transformée en fille des rues ! Je ressentais un drôle de sentiment. *La culpabilité ?* Il y a de ça, je l'ai serrée, elle s'est libérée d'un coup. La mettre en demeure de s'instruire était une autre erreur, elle se voyait ridiculisée, coupée du monde. *La colère, le dépit qui vient de l'échec, de… ?* Pas seulement, la rage, l'envie de… *La jalousie, quoi, la jalousie maternelle !* Oui, c'est dit. Chérifa se donne au premier venu et à moi qui l'aime, qui lui offrait ma vie, ma maison, elle refuse jusqu'à la simple présence. Et pas une visite, pas un coup de téléphone, pas un signe. C'est bête, c'est nul de se laisser embringuer dans des relations aussi connes !

Quel est ce mot que je lui ai jeté à la figure, alors qu'elle attendait un sourire, un regard, pour se blottir dans mes bras ?

Et puis zut, je lui avais déjà tout donné !

Louiza et Sofiane m'ont laissé des plaies profondes, Chérifa m'arrache le cœur. C'est trop, c'est injuste. Je vais en finir, là, tout de suite, et regarder ailleurs. Je ne vais pas me laisser hanter jusqu'à la fin de mes jours.

« Dites-moi, gentille Schéhérazade, elle vous manque tant que ça, cette folle, que vous la cherchiez jusqu'à Rampe Valée ? Ça ne fait pas un peu conte de fées ?

— On l'aime bien... on... euh...

— Oui, dis.

— Euh... ben...

— Bon. »

Nous sommes logées à la même enseigne, comme moi elles remplissent le vide de leur vie. À part les cahiers et les manuels, elles n'ont rien pour éprouver leur humanité. Elles coulaient des jours creux dans la cité, amorphes, le prélude de ce que sera leur vie de femme, une ombre chinoise, une ombre tout court, travailleuse, bien conditionnée, encadrée, soumise au code, attentive au calendrier et au rituel, et Chérifa, l'ingénue, plus insouciante que jamais, est venue leur donner à penser. On ne découvre pas impunément ses rêves intimes. Et nous les femmes, on en a de trop.

Schéhérazade s'est levée précipitamment, le gardien de nuit allait tantôt prendre son service et constater son absence à l'appel. Passé dix-huit heures, le prix de son silence est exorbitant.

Elle a promis de revenir me voir.

L'aéroport d'Alger n'a pas son pareil. Tout ce que l'aviation marchande a accumulé de dangereux bricolages au sol depuis Icare y trouve sa place. Je ne vois pas comment il tient debout avec ce bric-à-brac et ces plaies béantes. Trop d'attelles et combien d'emplâtres, ça ne rassure pas. C'est heureux que les avions sachent encore voler. C'est avec la trouille au ventre que je me suis introduite dans cet univers torturé où une humanité considérable court, crie, pleure, gesticule, se bouscule, dans une atmosphère de catastrophe nationale. Après une pluie de carambolages et beaucoup de sueur, je me suis retrouvée face à une palissade en parpaings dressée près des latrines publiques, un coin purulent où règne une température de plusieurs centaines de degrés. Au-dessus du muret, pendouille un carton suspendu à une ficelle accrochée au plafond portant en rouge un mot bienvenu, information, écrit en douze langues ou répété douze fois. Je progressais à pas de géant. Derrière le comptoir, un régiment de gougnafiers s'adonnait à un jeu apparenté à la bataille navale. Le but est de détruire le maximum d'avions avec le minimum de bombes sur le plus court laps de temps. Je me suis hardiment adressée à eux mais ils pratiquaient un parler que je ne situais pas, c'est rugueux, heurté, chargé de postillons noirs, accompagné de gestes menaçants. Assises en tailleur sur des rondins, des filles en pagne et bonnet écossent des haricots, tournent la meule ou tricotent des moufles. Ce n'est pas la joie, quelque chose les tracasse ou alors elles font montre de dépit amoureux. Souvent, je préfère voir les choses et les gens avec un prisme déformant, je les comprends mieux, ils se révèlent différents de ce qu'ils donnaient à voir. Le chef de la tribu, reconnaissable à la coiffe, au sceptre et une belle collection de pendeloques accrochées au cou, aux oreilles, au nombril, m'a foudroyée du regard puis m'a souri d'un air lubrique quand j'eus fini d'expliquer que je ne venais pas déranger leurs merveilleuses cérémonies mais voir mon cousin Rachid le pilote et ce pour une affaire de famille de la plus haute importance. J'eus droit à une salve de ricanements obscènes et à un feu roulant de propositions enlevées. Le Rachid a sa réputation dans la fratrie, on envie, on veut sa part de cousines. J'ai fermé les yeux très fort en pensant à leur mort par strangulation dans les bras de King Kong et lorsque j'ai émergé de ma thérapie, j'avais en face de moi un homme en ses habits sacerdotaux, une sorte de prêtre évangélisateur à la voix douceâtre et ferme. Il sortait d'une hutte située derrière la palissade. Sous son regard pénétré, je me suis sentie enfantine et naïve :

« Qu'est-ce que tu veux, femme ? »

J'étais tirée d'affaire, l'individu parlait latin. Je me suis encore expliquée, en petit arabe cassé pour flatter son éloquence et obtenir mes renseignements à bon marché. Le prêtre me fouilla longuement dans le blanc des yeux jusqu'au fond de la culotte, hocha la tête, haussa les épaules, s'affaira sur son pupitre, nota deux trois hiéroglyphes à l'aide d'un silex doré, actionna un carillon, marmotta deux trois incantations dans un cornet, et le temps de rôtir un lézard à petit feu est arrivé un chevalier d'opérette tout chamarré, reconnaissable entre tous : la quarantaine bedonnante, l'air d'un gai luron et qui s'appelait Rachid. Quand il me vit, impeccable dans ma chasuble immaculée, il dégaina son sourire pour nobles dames, un rictus sobre, cultivé, blasé aux commissures. Schéhérazade avait raison, le bellâtre était un minable.

J'avais à m'en faire un ami sur-le-champ pour parvenir à mes fins : retrouver Chérifa saine et sauve.

Aussitôt, il entreprit de me draguer, obéissant en cela à sa petite nature mesquine. La mienne est d'être sans pitié avec les pauvres types qui me courent mais là, j'avais à le ménager.

« Je suis engagée avec une sorte de Barbe-Bleue qui projette de m'égorger mais si vous revenez à la charge dans vingt ou trente ans et si je suis d'attaque, c'est ok, je me donne à vous gratuitement. »

C'est un flambeur, il a dit banco.

Par un escalier extérieur métallique brimbalant, nous avons rejoint la buvette de la terrasse comme deux voyageurs ayant chacun un plan. Vue panoramique sur l'arrière-pays, les banlieues mortes coiffées de leurs paraboles du dernier cri, les chantiers abandonnés, ferraille en l'air, les grues qui rouillent sur pied, l'autoroute qui charrie impétueusement sa quincaillerie bigarrée, et au loin, les feux de forêts dans les montagnes. C'est l'univers déchiqueté et venteux de Dinotopia avec ses ptérodactyles qui décollent en mugissant et ses tyrannosaures cracheurs de feu. La magie du FMI est passée par là, nous voilà renvoyés à ce bon vieux Moyen Âge plein de djinns redoutables et d'inénarrables mendiants. Sous les pieds, la base, les baraquements, les coucous alignés nez au vent, la piste avec ses flaques, ses fondrières, ses escabeaux, ses girouettes, le va-et-vient des marchandises et des soutiers. Je ne saurai dire quoi, il se tramait des choses bizarres au sol, on volait à ciel ouvert. Ah oui, les policiers, on les compte par douzaines !

« Je vous écoute », lui dis-je avant qu'il s'oublie.

Je le sais mais à mesure qu'il racontait ses prouesses, je mesurais combien la bêtise a d'intelligence pour se surpasser. Je n'ai jamais rien vu de pareil. Il a croisé Chérifa dans le snack d'Air Algérie au centre-ville. Son sang n'a fait qu'un tour, le genre Lolita en perdition l'a ému, le pauvre chou. Il a eu des scrupules mais il a fait ce qu'il croyait devoir faire. Il est pour tout expérimenter et il aime à exhiber ses trophées. Il se sentait fier sur ce coup : une minette enceinte et abandonnée, quoi de mieux ! Grand seigneur, il l'a baladée dans son coucou à travers le grand Sud, Tamanrasset, Djanet, Timimoun, Illizi, des destinations pour touristes du grand Nord, du sable sur du sable par milliards de tonnes, de la chaleur à liquéfier les pierres, des touffes de palmiers par-ci par-là pour signaler des colonies humaines cernées par l'immensité et des baratineurs en Toyota et sombrero qui font semblant d'avoir un programme de visites à respecter. La misérable aura réussi à déplacer des bus, des avions et des commandants alors que moi j'ai du mal à joindre les deux bouts. Elle exultait, riait de tout, s'émerveillait de tout, s'amusait de voir ce ciel incandescent flotter sur ce lit incandescent jusqu'à l'infini, entre lesquels de magnifiques errants, les insaisissables Hommes bleus, halent de braves et doux dromadaires dans le moutonnement des dunes. Mon Dieu, je l'imagine et j'en suis retournée, comme elle a pu croire que la vie dans le désert était une fête ! Puis, elle a commencé à avoir des douleurs, à vomir, à se débattre.

« Je devine la suite ! Vous l'avez balancée dans le vide ou vous l'avez abandonnée quelque part dans ce vaste pays où on se perd déjà dans sa propre maison.

— Je ne vous permets pas !... elle est partie d'elle-même... je...

— Elle n'a pas dix-sept ans, elle ne sait rien, elle croit aux fées, se nourrit de fariboles, mais elle a bien vu que vous étiez le plus grand crétin de tous les temps. Pourquoi elle a mis plusieurs jours pour vous l'envoyer dire, cela me sidère !

— Je... je...

— Allez au diable ! »

Engager un procès n'est pas envisageable, la petite est fichée comme prostituée et sûrement lui a-t-on mis sur le dos la vendetta de la cité universitaire. Femme, elle n'a aucun droit, prostituée, elle doit des comptes, fille-mère, elle mérite la mort. Sacré fichu bled ! Et puis quel juge m'écoutera, je suis une femme, une célibataire, une râleuse, je ne porte pas le voile, je n'ai pas de burqa, je marche comme un I, je réponds du tac au tac, et Chérifa ne m'est rien au regard de leurs lois infernales ! Et je n'ai personne pour signer pour moi !

Je suis rentrée sur les genoux. Le vide, qui pourtant est mon univers, a explosé dans ma tête, je ne voyais plus, je n'entendais plus, je ne respirais plus. J'ai cessé d'exister. Ce que j'ai aimé, ce à quoi j'ai rêvé de toutes mes forces, ce qui m'a manqué au point de me transformer en nonne mécanique, avait par miracle pris corps en ce bout de fille instable, boudeuse et inculte. La vie est entrée en moi comme un ouragan dans une grotte. Je lui ai tout donné, elle m'a tout refusé, et le souffle de vie que sa présence m'a insufflée s'échappe de moi comme d'un pneu crevé. Je m'en voulais, je lui en voulais, mais aussi je voyais une sorte de réalisation dans ce déséquilibre fondamental, je me sentais grandie et en même temps ramenée à rien, un vague compromis entre le bonheur enfin entrevu et l'infinie et perpétuelle tristesse de notre vie.

Où es-tu, Chérifa ? Jusqu'où peut aller ta vie si rien ne la retient ? Où que tu sois, si tu captes mes pensées, sache que Rampe Valée, la maison des fantômes et le cœur de Lamia te seront éternellement ouverts.

Il est temps de rentrer et de se préparer à attendre, l'éternité, c'est long.

> *Un oiseau, c'est beau*
> *Hélas, il a des ailes.*
> *Comme elles lui servent pour se poser*
> *Elles lui servent pour s'envoler.*
> *C'est tout le drame avec les oiseaux.*

J'étais inspirée quand j'écrivais cela.

ACTE III

Vivre ou périr

Ce qui a commencé doit finir
Nous le savons de toute éternité.
Dire est déjà se taire
Et naître est déjà mourir.
Peu nous chaut si Dieu veut cela
Et si Diable s'en amuse.
Notre raison d'être
Notre éternelle folie
Est de croire mordicus
À l'impossible.
Ce qui est fini est appelé
À recommencer
Et ainsi
Vivre est possible.

Dans ma léthargie, je vois en gris, un gris sale, miteux. Le monde est à mille lieues ou tout à côté, je ne sais pas, je traverse les jours sans le voir. Je me souviens qu'il a existé et que quelque chose, un accident, un sortilège, un processus dégénératif, m'en a exclue. Je me laisse aller, on ne se retient à rien dans un monde qui s'effrite. Je rue entre deux chutes, je délire entre deux malaises, je me ressaisis mais ça ne dure pas et la douleur est plus forte après l'accalmie. Je regarde la télé comme on feuillette un livre dans le noir, j'écoute la radio mais elle ne fait que bourdonner dans mes oreilles et quand je m'enferme dans le silence, d'immenses fracas me prennent la tête, d'abominables tourmentes me broient le cœur. À Parnet, je malmène les gosses comme s'ils étaient miens et du coup les mamans me les arrachent des mains. Elles se méfient, il se raconte tant d'histoires d'enfants volés, mis aux fers et aux enchères, loués aux mendigotes, exportés dans les zones de combat. On en retrouve certains, vivants, d'autres morts, mais le gros de la troupe on ne le revoit pas. Et du coup encore, s'impose à moi cette vision dantesque, un ciel sans étoiles, une planète sans enfants et à ma petite échelle, au fin fond de Rampe Valée, une maison sans ma Lolita.

Comment ai-je pu vivre sans ma Louiza, ma sœur de lait, alors que l'absence de Chérifa me tue ? Les mêmes causes ne produisent pas les mêmes effets chez moi, c'est chaque fois plus grave. Ou je vieillis mal ou j'en ai assez de voir ma vie se vider à gros bouillons, papa, maman, Yacine, Sofiane, Chérifa, et tout le reste qui fout le camp, les gens, les petits plaisirs, les rêveries au clair de lune, et les chatons qui ronronnaient en sifflotant sur le divan se sont transformés en gros chats de gouttière qui nous empêchent de dormir. Mon Dieu, combien la vie nous fait de mal !

Je m'en veux, je me découvre émotive, excessive dans mes images, prompte aux amalgames, trop cyclothymique pour garder le cap, j'ai versé dans la catatonie. Je me dis que la raison est le remède aux emportements mais disant cela, il me vient aussitôt à l'esprit que guérir c'est préparer le terrain à de nouvelles maladies. Aurais-je, à Dieu ne plaise, atteint ce stade où le plaisir est dans la douleur, la liberté dans la gêne, la clarté dans le chaos, le repos dans la tourmente ? C'est affreux, tout ça.

J'ai repris les recherches, je ne suis pas du genre à rester longtemps assise. Schéhérazade se faisant rare, je suis allée la surprendre à Ben-Aknoun. Peut-être a-t-elle entendu quelque chose. *235* m'a accompagnée au pied levé, je veux dire avec son bus prêt à cracher le feu. J'ai pensé que ce serait bon pour lui de connaître le pensionnat, il aurait là, sous la main, de quoi alimenter sa maman en demoiselles de compagnie et, de la sorte, il n'est pas impossible qu'il trouve dans le tas une, deux, trois ou pourquoi pas, quatre chaussures à son pied, il est musulman, sa religion aime la prodigalité à sens unique. Minuscule le clapier de Schéhérazade mais mignon tout plein, il ferait un joli placard dans ma grande baraque. Elle était dans ses mules, la tête sous le bonnet, les yeux rougis, les paupières dévorées par les tics. Je craignais de l'avoir fatiguée avec mes questions, mais non, elle potassait vraiment, sérieusement, grillant bougie sur bougie, les examens approchaient et la rumeur de quotas arrangés en haut lieu courait la ville dans un infernal brouhaha. Dur pour les nerfs. Je l'ai tranquillisée, il se dit n'importe quoi depuis la réforme des marabouts qui a porté au triomphe le crétinisme, l'intégrisme noir et leur petit cousin, le racisme à mille pattes. J'ai connu ça, je n'en dormais pas, je flippais. Le ministère ne veut plus de médecins, plus d'infirmières, encore moins de laborantines, et plus du tout... quoi d'autre... des gens qui sachent lire, c'est ça ! Il y en aurait de trop, on ne sait où les caser, et finalement on découvre qu'il en manque cruellement et on relance la production. On y va plein pot, on coupe dans le programme, on ferme l'œil sur les petites notes, on ouvre des hôpitaux là où on aperçoit quatre murs disponibles, partant du principe qu'enrôler treize nullards à la douzaine est un bon remède au chômage endémique. Telle la marche, le développement est une suite coordonnée de déséquilibres, ai-je entendu dans une causerie télévisée intéressante comme la mort. Ça se tient dès lors qu'on sait marcher, sinon il vaut mieux rester assis, ce que les causants réussissaient à merveille. Le vrai problème est que le *numerus clausus* est établi sur le volume de la population et non, comme il se doit, sur le volume des malades, l'un s'amenuise dangereusement, l'autre croît exponentiellement. À cette échelle, on calcule autrement qu'en additionnant des zéros, c'est l'évidence mais le ministère ne veut pas le reconnaître, il s'en tient à ses vieux discours du temps où les morts ne parlaient pas.

Pour me distraire de mes peines et libérer Schéhérazade de son trac, nous avons bu du thé en chantonnant de vieilles scies d'une mélancolie mortelle vu notre état. Les filles du bloc 12 qui somnolaient sur leurs déboires ou bûchaient en rêvassant ont aussitôt rappliqué et le·petit bourdon a tourné au sabbat, ça voltigeait d'un bout à l'autre du couloir et ça ne cachait rien de ce qui aguiche ce vieux cochon de Satan. Les filles en bande, c'est vite libidineux. Elles ont déterré foulards et tambourins, lancé la musique, et voilà la troupe en délire, clins d'œil, roulades du ventre et j'en passe. C'est beau quand la vie sauvage retrouve ses vices. Nous n'aurions pas entendu Dieu lui-même tonner contre les infidèles. Très entouré, *235* a pu vanter à la criée les qualités de sa bonne mère. Il exultait, rien ne lui paraissait impossible. Toutes se sont proposées de venir lui tenir compagnie sitôt les examens expédiés. Quand on est parfaite pour la maman, combien plus l'est-on pour le fils. *235* n'avait qu'à s'en remettre à l'agilité des filles pour le capturer mort ou vif.

Les feux de l'amour étaient allumés, je pouvais m'éclipser et reprendre ma triste quête. Parfois, il est bon de rire pour s'empêcher de pleurer mais le plus souvent, rien ne vaut une bonne crise de larmes. J'en étais là, partagée.

J'ai fait le tour des maternités, une bonne vingtaine à Alger et dans ses banlieues, et j'ai semé des graines, je veux dire que j'ai mobilisé les confrères, ceux qui se souviennent du serment, des copains de fac, les amis des amis et les copains de ceux-ci.

« Vous la reconnaîtrez entre mille, les regards se tournent vers elle dès qu'elle apparaît quelque part. Une Lolita avec un ballon de huit mois et des poussières, ça saute aux yeux si on les garde ouverts », ai-je dit à mes recrues en insistant sur la nécessité de bien faire son travail quand on a la chance d'en avoir un.

Donnant donnant, à chacune et à chacun j'ai promis un petit quelque chose, les pauvres n'ont que leurs ongles pour travailler et seulement leurs yeux pour pleurer. Ils m'ont dressé une liste à faire saliver un quincaillier. L'un d'eux a réclamé un groupe électrogène. À Parnet, nous sommes bien lotis, le chef a le bras long, il est cousin du ministre et neveu du pacha, mais quand même c'est gros ! Comment sortir mes commissions sans me faire choper, la question est là, nos gardiens roupillent toute la sainte journée mais qui s'y fie s'y pique.

J'ai repris l'attente. J'avais les nerfs en pelote, je ruminais, j'interprétais, j'extrapolais, je tournicotais sans m'éloigner du téléphone. J'ai pensé acheter un portable mais ça coûte les yeux de la tête, je n'ai pas d'argent et pas le cœur de courir les boutiques, les marchands me fatiguent, j'en ai ras le bol de leur baratin. J'avais confiance dans mon système d'alerte. Chérifa n'est pas le genre à accoucher dans la rue, elle va se présenter quelque part et réclamer un lit, une couverture et des ustensiles de bouche, ce que même le roi d'Espagne ne peut obtenir s'il lui vient l'idée fameuse de se soigner dans nos hôpitaux. La vie l'a malmenée mais elle a réussi à se faire un caractère d'enfant gâtée épouvantable, elle fera plier le plus rigide des gardiens d'hôpital.

Minute par minute, j'ai compté les quelques semaines qui restaient, puis les derniers jours, et enfin, les ultimes heures d'avant la fin. Si mes calculs sont exacts, ce 22 mai, sous le signe des Gémeaux, les neuf mois de grossesse sont bouclés, Chérifa est délivrée. Hein... quoi... répète ça, ma vieille! Dé... délivrée!... Quoi... mon Dieu, si vite, si tôt! Où... qui... quel... co... comment... une fille... un garçon...?... Elle... elle est ma... maman... Je... je suis... euh... J'en bafouillais. La surprise, la joie, la tristesse, l'inquiétude, la colère, le découragement, je ressentais tout à la fois, je bouillonnais.

L'accouchement, je connais pourtant. Il fut un temps où la maternité de Parnet exerçait sur moi une irrésistible fascination. J'avais mes problèmes. J'y allais, j'y revenais, je faisais semblant d'aimer traînailler comme chacun. En vrai, je ne me lassais pas du bonheur de voir ces petits monstres amphibies se dépêtrer de leur mère comme de beaux diables rouges de colère et se jeter goulûment sur le sein. Sitôt né, déjà affamé. Je m'émerveillais de tant de beauté dans cette mocheté fripée, sanguinolente, vagissante, aveugle, qui déjà sentait le lait tourné et la diarrhée jaune. Je voyais aussi, la mort dans l'âme, beaucoup d'anges arriver sans vie, la patte molle, le corps bleu, que les mamans caressent du regard en pensant qu'Allah sait ce qu'il fait. Moi j'appelle ça un meurtre mais les morts de l'hôpital ne sont pas comptabilisés ainsi et d'Allah nous sommes entraînés à tout accepter. J'ai vu de vraies bonnes sages-femmes opérer en gloussant de contentement et des sorcières venimeuses agir comme si elles avaient été mandatées par de riches propriétaires désireux de gagner en santé, jeunesse et grade, j'ai vu des praticiens pétris de douceur et tant d'autres qui sont des sacs à merde repoussants. Et les problèmes du sous-développement et les imbécillités de la religion et les micmacs des *camarillas* qui se donnent la main pour organiser et multiplier les négligences.

Un jour, la coupe fut pleine, je ne me souviens pas si j'ai été chassée de la maternité ou si j'étais fatiguée de faire des remontrances à des sourds imbus.

Chérifa est dans cette galère, l'idée m'insupporte.

J'ai téléphoné et encore et encore et encore. J'avais la rage au cœur... et tellement d'espoir encore.

« Désolé, elle n'est pas chez nous. »

« R.A.S. »

« Tu es sûre de tes neuf mois ? »

« Appelle Béni-Messous, c'est l'usine, elle y est sûrement. »

« Elle n'est pas chez nous, j'espère qu'elle n'est pas

à Belfort, souviens-toi de ce qui est arrivé, il y a six mois. »

« J'ai vu passer une Lolita mais c'est une folle, elle a l'âge de la grand-mère de mon vieux mari... »

« Appelle la police, ce serait bien qu'elle vienne enquêter chez nous. »

« Vois avec l'association des bébés disparus, tu sais ce qu'on raconte... »

« Excuse, j'ai oublié ce que tu m'as demandé, j'ai des problèmes, mon mari m'a... allô, allôôô ! » Celle-là, je lui ai raccroché au nez, je n'allais pas me farcir ses histoires de famille, j'avais assez des miennes !

« Peut-être a-t-elle accouché dans un taxi... l'embouteillage est la première maternité dans ce pays. »

« Mets une annonce dans le journal. »

« J'étais absente ces jours-ci. Rappelle-moi demain. »

...

J'en ai entendu des vertes et des pas mûres. Tous des endormis qui désertent à la première occasion. J'en tuerais bien quelques-uns de mes mains. Je vais vérifier par moi-même. Où est-il cet imbécile de Mourad, jamais là quand on a besoin de lui ! On peut cuver son vin et venir au boulot, ce n'est pas incompatible, bon sang ! J'ai sonné 235. Il a accouru avec son blindé. Il finira par se faire renvoyer s'il continue à me suivre. La tournée fut longue, difficile et décevante.

On peut les refuser et se rouler par terre, les

faits sont les faits : Chérifa avait bel et bien disparu.

Oui, je pouvais le dire comme ça : tout s'est accompli. C'est là que les bras m'en sont définitivement tombés.

Les jours filaient à la queue leu leu, invisibles, sournoisement. Lundi n'était pas passé que vendredi s'achevait dans la honte et le dégoût. Le tumulte de la ville m'arrivait d'une autre planète, je ne sais pas si je l'entendais ou si le vent s'était levé sur sa route. J'avais la tête ailleurs, j'étais branchée sur l'indicible vibration du temps, ce goutte-à-goutte qui résonne d'un bout à l'autre de l'univers et jusqu'au plus profond de nos pensées. Une chose s'est accomplie, loin de moi, hors de ma volonté, au-dessus de mes moyens. Le destin — je m'en tamponne mais c'est de lui qu'il s'agit — a été plus fort que mon amour, plus rusé, plus âpre, plus rapide. J'ai péché par naïveté, j'ai cru qu'aimer allait de soi, qu'il suffisait d'ouvrir son cœur, ses bras et sa maison pour conclure l'affaire. J'ai consenti tous les efforts, Dieu est témoin, mais pas celui qui seul compte, l'effort de gratuité, celui de ne rien demander en échange de sa vie. Il est trop tard, je n'ai pas à me le dire, j'ai cessé de pleurer, je ne geins plus, je n'appréhende rien, je ne souffre pas.

Les jours n'ont plus rien de redoutable dès lors qu'on cesse de les compter.

Absente fait le vide autour d'elle

276

Que dire de plus ? Rien. À Rampe Valée, il ne se passe rien. À Alger, il ne se passe rien. Et en Algérie, il ne se passe rien. Comme dans un cimetière, un jour d'automne d'une année morte dans un village abandonné d'une lointaine campagne d'un pays perdu d'un monde mal fichu. J'y réfléchis puis je me dis qu'au fond ça ne change rien à l'affaire qu'il se passe des choses ou qu'il ne se passe rien. Dans le désert, c'est égal et sans doute est-il plus vain de faire que de ne rien faire. Que la vie est fade, et même le malheur et même la mort, si le sens est absent. Je veux dire que sans l'amour et ses terribles épreuves, vivre est une perte de temps. Certes, chacun cherche le meilleur pour lui-même, il peut donc s'illusionner et même se féliciter. Moi, j'ai cessé de croire et je ne comprends pas que je continue d'exister. De temps en temps, entre deux ménages, quelques ébrouements, je me laisse aller mais je contrôle, j'ai tendance à glisser sur le délire. Je me vois comblée de tout ce que je puis offrir d'amour et de vérité. Je m'imagine dans un monde meilleur, non pour me la couler douce mais pour secouer le cocotier et faire tomber quelques mauvaises graines. J'aurais entrepris des milliers de choses parce qu'elles seraient possibles et parce que je me sentirais la force de les accomplir. J'aurais porté plainte contre l'abominable ministre, auteur de crimes abominables : viol sur mineure, abandon de bébé, abus de confiance, et cela va de soi, détournement de deniers publics. J'aurais esté l'Association et ses dames patronnesses, Parnet et son pacha, l'État et ses imams, la Police et ses juges, l'Armée et son président, le Combattant du djihad et ses suppôts, et tous les Saïd, qu'ils soient du nord ou du sud, hadj ou sidi. J'aurais remué ciel et terre pour que ce monde soit meilleur encore. Et sans réclamer d'autre salaire que celui de voir des gens aller et venir en paix. J'en aurais profité, mon Dieu, pour courir les restaurants, les bals, les cinémas et m'amouracher cinquante fois par jour! Mais là, dans un pays où il ne se passe rien, sinon le sable qui coule sous nos pieds et le vent qui souffle au-dessus des têtes, que puis-je?

Charbonnier étant maître chez lui, j'ai entrepris de tout changer dans la maison. Je l'ai dit, je ne suis pas du genre à rester les bras croisés et je déteste qu'on s'apitoie avant d'être mort et enterré. J'y ai mis une ardeur, mes fantômes n'en revenaient pas! Une folie s'est emparée de moi, j'ai tiré sur la corde, cassé ma tirelire, raclé les fonds de tiroirs et j'ai foncé en ville dévaliser les boutiques. Toujours aussi misérables et plus hors la loi que jamais, mais va, j'ai payé avec la monnaie avec laquelle on me paye, j'ai moins l'impression d'être volée que de les rouler dans leur propre farine. J'ai mis au labeur quelques artisans censés avoir les doigts en or et l'appétit modeste, genre Tonton Hocine, et 235 le coursier pirate pour liquider la manutention, puis, bien calfeutrée, j'ai cousu, tricoté, brodé, repassé et encore et encore. Je restais sur le pied de guerre tard la nuit. À l'instar de Fantine, je me préparais à rendre l'âme, écrasée de peine, rongée par la tuberculose. J'y ai songé avec attendrissement, les mamans sont incroyables dès lors qu'il s'agit de mourir pour leurs enfants. Chérifa aura-t-elle la même chance que Cosette?

Et un jour, sentant l'œuvre achevée, j'ai levé le pied. Je dirais la main. Il était temps que je découvre le résultat de mon magistère. Hum... pas mal... pas mal du tout! J'avais réalisé la plus féerique crèche qui soit au monde. Si Chérifa et notre gentil bébé voyaient l'affaire, pour sûr qu'ils rentreraient dare-dare à la maison.

> *Il n'y a pas de raison*
> *Et moins de morale.*
> *Il n'y a pas de joie*
> *Et moins de bonheur.*
> *Il n'y a pas de vérité*
> *Et moins de clarté.*
> *Il n'y a pas d'espoir*
> *Et moins de beurre en broche.*
> *Il n'y a rien*
> *Seulement ce qu'il y a dans notre tête*
> *Un caillot de folie.*
> *C'est de là qu'il faut partir*
> *Et le chemin est rude.*
> *La-la-li-la-laa!*
> *La-la-li-la-laaaaa!*

ACTE IV

La vie est un conte de fées
À force de souffrir, on l'oublie.
On ne grandit pas que dans la peine
La joie est un engrais plus puissant.
Il suffit que Dieu le veuille
Et que le printemps soit là.

Et Dieu l'a voulu.

Et le printemps était là, bien avancé.

Mais il fallait finir de boire le calice jusqu'à la lie.

Au septième jour de la date d'accouchement calculée par moi, le message est arrivé par le téléphone. Nous étions le 29 mai, en début de matinée, je m'apprêtais à me rendre à l'hôpital. J'y vais encore en toubib et aussi, de plus en plus, comme quelqu'un que mine une maladie profonde. À la sonnerie, mais sans doute ai-je été secrètement avertie, en songe ou par un autre moyen, j'ai compris que la conclusion de mon calvaire était au bout du fil. Dans l'émoi, je ne contrôle pas mes gestes, bêtement je me suis lissé les cheveux, frotté les mains sur les cuisses et encore plus bêtement j'ai regardé autour de moi, cherchant aide ou prétexte, avant de décrocher d'un geste nerveux comme si je m'en voulais de ce cérémonial de bête traquée.

Toute ma vie, je me souviendrai de cette conversation, de chaque mot, de son intonation, de ce que celle-ci avait de prolongement dans ma tête, dans mon corps, dans mes fibres. Quelques phrases, hachées, banales, des mots simples, des silences abrupts, gênés, pour laisser entendre des choses extraordinaires. Probablement aussi que l'intensité des derniers mois a aiguisé mes sens au point que partout je vois le drame, la farce et la folie prêts à exploser.

« Allô !

— Mademoiselle Lamia ?

— Euh... peut-être... oui.

— Bonjour, je m'appelle Anne...

— Quoi... qui... Hanna ?

— Non, Anne, mais c'est pareil. Je vous appelle au sujet de... »

non ! Non, mon Dieu, pas ça !... Je devine... elle... elle va m'annoncer... je... je vais mourir... Je vais hurler jusqu'à la fin de mes jours.

« Pitié, madame, pas ça... pitié, s'il vous plaît.

— Je suis désolée... vraiment désolée. Il faut qu'on se voie.

— Pourquoi ?... C'est inutile.

— C'était la volonté de Chérifa...

— Quoi ?... Mon Dieu !

— Je ne peux rien dire au téléphone. Venez, je vous en prie.

— Où ?

— À Blida, au couvent des sœurs de Notre-

284

Dame des Pauvres. C'est à la sortie, sur la route de Chréa. Demandez, les gens connaissent. Je vous attends. »

J'avais tout envisagé, l'impossible et l'invraisemblable, ce qui a cours quotidien dans un pays en guerre contre lui-même, le destin au coin de la rue, et ce qui se produit une fois dans le millénaire, une seule, un miracle pour tout dire, mais pas ça, l'intervention de l'Église. Je croyais ce pays sous le seul empire de la mosquée.

J'ai sauté dans un taxi, une vieille casserole d'un jaune new-yorkais menée par un vieux cocher rondouillard et hirsute comme un éléphant de mer qui traînait sans raison dans le coin. Chez nous, à Rampe Valée, on ne bouge pas ou alors on descend avec ses pieds et ses jambes attraper les bus en priant le ciel que la RATUGA soit dans un bon jour. Serait-ce ce mektoub qui me l'aurait envoyé ? Je refuse de le croire. Tant mieux qu'ils soient tous deux usés et fatigués, l'homme et sa machine, ils doivent connaître jusqu'au dernier chemin vicinal dans un rayon de mille kilomètres. Blida est à cinquante bornes, ils peuvent donc la rallier les yeux fermés et par de vrais raccourcis. Je sanglotais dans mon mouchoir, je me tordais les doigts, je frissonnais. Le cocher se montra compatissant, il parla pour lui, un moulin solitaire qui divague dans le vent. Avec de petites réponses, j'apportais de l'eau à sa roue. Ça m'a distraite, je n'aurais pas supporté de voir défiler tous ces kilomètres encombrés de carrioles folles et de bourrins éméchés, l'anxiété battait la charge dans ma tête, j'avais le cœur à bout de forces.

« Ton mari t'a battue ?

— Mff... mff... oui.

— Et où vas-tu ainsi... chez tes parents ?

— Mff... mff... oui.

— Tu lui as désobéi ?

— Mff... mff... je crois.

— Tu parais pourtant sage. C'est le diable qui t'a aveuglée, hein ?

— Mff... mff... oui.

— Et cet homme qui se prétend musulman, il te laisse voyager seule, sans voile ?

— Mff... mff... oui.

— De mon temps, c'était une honte !

— Mff... mff... oui.

— ... »

J'étais tentée de le moucher, son temps on en a hérité au centuple, mais vu son âge et l'état de sa carriole, son cœur risquait de rompre ou son moulin de se tordre les bielles. On me retiendra leur mort, le martyre d'un musulman entier, la fin d'une vraie ferraille sanctifiée par tant de pèlerins et combien d'imams qui y ont posé le fondement. Et puis, je ne l'écoutais pas, je refusais, je n'allais pas ajouter à mon chagrin les élucubrations d'un vieux singe sur le comment du pourquoi la femelle de l'homme aime à fricoter avec le diable.

Sur la deuxième partie du trajet, il a abordé la question des supplices à leur appliquer en fonction des fautes commises par elles, leurs sœurs, leurs filles ou leurs confidentes. C'est une gradation individuelle et collective servie par une rhétorique absolutiste. Coupables ou non, elles sont à crucifier, ça se résume à ça. Il a parlé de la répudiation mais comme d'une solution boiteuse, acceptable seulement s'il n'est point possible de faire autrement. *Quoi, ai-je bien entendu ?* J'étais partie pour lui demander des explications, quelles seraient ces difficultés qui empêcheraient un homme de nous jeter à la rue et même de nous briser le cou, et de quand daterait ce contretemps, mais il n'a pas attendu, il avait embrayé sur la flagellation, la lapidation, pour ensuite enfourcher ce qui était son divorce favori : la mise aux fers au fond d'un puits durant sept jours et sept nuits, après quoi le puits est comblé dans un climat de ferveur intense. Il s'est longuement étalé sur ce rite réellement punitif, aujourd'hui oublié probablement pour la raison que beaucoup de puits sont à sec. Il a poursuivi sur la crémation, l'égorgement, l'écartèlement, l'ébouillantement de tout ou partie du corps, le plomb fondu versé dans les oreilles ou les trous de nez, que sais-je, il a ratissé large, le monde musulman est aussi vaste que riche en plats de résistance. Que tout cela est vieillot et manque d'imagination moderne ! Mon Dieu, ils pourraient se les parquer dans des usines, les gazer, les électrocuter par douzaines de milliers, les dissoudre dans l'acide, quoi d'autre, en faire des bougies, du cirage. Mieux, les fondre pour en tirer un alliage révolutionnaire, les utiliser comme engrais dans l'agriculture, à tout le moins en faire un agrégat pour le revêtement des routes, combien celles-ci gagneraient-elles en élasticité ! En vrai, je ne l'écoutais pas, je ne voyais rien, nous arrivions et mon cœur cognait à la mort. Je l'ai congédié en le priant de revenir dans une petite heure. Je lui ai avancé un billet et suggéré d'aller se déstresser dans un café maure, ce lieu miraculeux où jamais de mémoire d'homme femme n'a posé pied. Il roulait de gros yeux, il ne voyait pas ce qu'une créature qui a transgressé la Loi coranique vient faire dans un refuge chrétien.

Le couvent de Notre-Dame des Pauvres est une solide bâtisse habillée de vigne sauvage, plantée à l'écart du monde, à mi-chemin entre Blida et Chréa, en bordure d'une sente qui fleurait sa petite Méditerranée à plein nez. Tout rit dans ce séjour mais s'y fier n'est pas indiqué, c'est un petit climat qui règne par ici, sur ces hauteurs ouvertes sur le large, fantaisiste tout plein, l'herbe jaunit avant de verdir et le bleu du ciel saute du blanc au rouge sans crier gare. Il n'est pas un baromètre vaillant qui comprenne ses névroses, il change de manteaux nuageux Spasme comme de chemises. Les orages ne font que passer, indifférents aux prières des jerricanes, ils se chamaillent un peu au-dessus des têtes puis vont sur la mer se livrer au cycle fastueux des eaux libres. Comme les rues turpides d'Alger sont loin et que le ciel est étrange ! Le taxi a engagé sa première en marche, ça grimpe dur entre deux rangées de ronces bruissant de toutes leurs dents. Il cahotait bravement en semant boulons et rondelles et à chaque virage un cran de sa crémaillère se faisait la malle. En mon for intérieur, j'égrenais des ho-hisse chargés de piété. Les cigales ne manquent pas, on n'entend qu'elles. En quelques minutes de ce bain, on est dans l'impression qu'à part elles sur terre et Dieu dans les cieux, rien n'existe. Soleil de plomb garanti toute l'année, avec quand même une vraie semaine de neige, au tournant de la saison, dont les amateurs de glisse, jadis, avant le tremblement, parlaient comme si elle durait douze beaux mois. De nouveau, j'ai pensé à Camus, un fils du pays, qui a traîné dans le coin parmi les oliviers et les grillons avant de s'exiler au pôle Nord, tout là-haut, et à tout l'absurde qui nous poursuit de la naissance à la mort. J'ai pensé à Rachid Mimouni, un autre rejeton du pays, dont on dit qu'il a pas mal erré dans la région avant de se faire harraga et d'aller mourir là-bas, à Tanger la merveilleuse, la ville de toutes les destinations. Ça fait mal de tant s'appauvrir, de la terre natale nous attendons l'abondance et la joie, pas ça, l'exil et la mort. *Qui tombe dans l'obscurité tombe dans la violence* est un dicton qui dit bien la descente aux enfers mais par ici, en ces lieux, pris dans cette lumière et ce concert d'amour des homoptères, comment être méchant ou malheureux sans avoir honte ? Encore l'absurde, encore la folie.

Costaud le portail, en bois plein bardé de ferrures antiques. Au-delà, le silence règne, bien protégé. On imagine des mystères tenaces et des vies en proie à tant d'inquiétudes et combien de questions difficiles, minées par le doute ou exaltées par lui et certainement privées de bonheur, cet élixir que nous, pauvres créatures rampantes et désarmées, nous nous évertuons à voler de-ci de-là pour échapper à l'anéantissement, ou au contraire exemptées de ce foutu malheur qui nous tient accrochés à la vie comme à une bouée, en dépit de tout. Je ne sais ce qu'il faut en penser, moi-même je vis l'extrême solitude dans un fortin branlant englobé dans une vaste prison qui tombe en ruine et nous emporte dans sa déchéance.

Au fronton, la raison sociale de la maison taillée en ronde bosse dans le linteau, une pierre rosâtre d'un seul tenant : *Couvent des Sœurs de Notre-Dame des Pauvres.* Un petit air d'abandon donnait à penser que les effectifs du cloître se comptaient sur les doigts d'une moitié de main. Où sont les mendiants, Dieu de misère? Et les sœurs? Et les marguilliers, et les donateurs se frottant les mains de voir leur argent si bien placé? Et les processions, et la fête des saints, et l'odeur du pain chaud rompu dans la fraternité, où est-ce? Tout périclite, nos biens comme ceux de nos amis, et nos vœux de bonheur vont de conserve à vau-l'eau.

L'huis ne rendait aucun son et je n'avais que mes poings pour me faire entendre. Que faire?

Une vieille femme, assise sur le mamelon du talus, un couffin au pied, un fagot sur la tête, tentait péniblement de retrouver son souffle avant de reprendre sa marche vers l'inconnu. Ses rides craquelées s'animèrent subitement. Elle m'a regardée comme si j'étais une aberration de la nature et m'a parlé ainsi : « D'où tu sors, toi? Le portail est réservé à la religion, les soins, c'est de l'autre côté, tu verras, une porte blanche marquée d'une croix verte! »

Elle l'a dit comme on proclame une vérité d'évidence, les soins du corps ne sont pas ceux de l'âme. A-t-elle raison, a-t-elle tort? Je l'ai remerciée d'un clignement, je ne pouvais mieux, j'avais la gorge nouée et le reste de mon corps ne répondait pas. Il me restait à entendre sœur Anne me dire le mot de la fin pour me taire à jamais. Je le sais, je le sentais, quand je sortirai du couvent ma vie sera finie.

Tout a été très vite alors que mes nerfs grésillaient sous l'effet d'un suspense d'une insupportable lenteur. J'ai été introduite par une jeune femme très approximative, une paysanne du cru convertie à la médecine. Sa blouse est bien une blouse mais elle la porte comme un déguisement pour la fête du village. Je me souviens de ma première blouse, j'étais si fière, je la portais comme une robe de mariée, le soleil jouait sur ses reflets et l'air glissait délicieusement sur ses rondeurs, et plus tard j'en ai fait des chiffons pour le ménage. Ses gestes excessivement minutieux dénotaient une gouverne toute fraîche. Elle doit prendre deux heures pour enfoncer son aiguille, une mort lente pour les patientes, mais avec le temps lui viendra l'art de se faire belle et de larder plus vite que son ombre. Elle parlait comme elle se mouvait, cherchant ses mots, vérifiant longuement leur solidité et les lâchant avec regret. J'ai pensé à une tortue qui a peur de tomber dans le vide. Elle doit croire que le monde moderne est tout de prudence et de précision, or c'est tout le contraire, on improvise à toute vitesse et on ne s'embarrasse pas de vieilles considérations. Elle savait qui j'étais, on lui a dit ma qualité de toubib, elle m'a souri respectueusement et souhaité le salam. Être attendu, que demande le pèlerin ? C'est agréable. À Parnet, les visiteurs ne sont pas les bienvenus, les gardiens se les rabrouent jusqu'à ce qu'ils s'en retournent piteusement. Elle s'est essuyé les

mains l'une contre l'autre puis traînant ses kab-
kab, je veux dire ses tongs à semelles de bois,
elle m'a guidée auprès de la mère supérieure,
qu'elle appelait Lalla, maîtresse, à travers un
dédale sous voûte qui ne finissait pas de s'étirer
et de s'enrouler. Ça m'a paru juste, le saint d'un
sanctuaire mérite quelque effort pour l'atteindre.
Je me pensais des choses pareilles, très oiseuses,
pour m'occuper l'esprit, j'appréhendais la suite.
Une porte s'ouvrit devant nous et... oui, pas de
doute, c'est elle, sœur Anne. Nous y étions, mon
cœur tressaillait. Elle m'attendait. Menue, pas
plus haute que sa cornette, toute lumineuse,
habillée de gris rêche. Elle n'avait pas d'âge ainsi
que les nonnes savent le donner à voir, passé le
cap des quarante carêmes. Elle m'a souri affec-
tueusement et, prise d'un élan païen, elle m'a
enlacée très fort et embrassée. C'était agréable,
elle sentait la lavande, le savon de Marseille,
l'encens et la bonne terre humide du potager.

« Venez ma fille, entrez... Je vous imaginais
bien ainsi. Approchez, Lamia, asseyez-vous...
voici un verre d'eau fraîche... buvez. »

Elle parlait comme dans la Bible, mangez,
ceci est ma chair, buvez, ceci est mon sang.

Il se dégageait d'elle une impression extraordinaire de force et de douceur qui m'a instan-
tanément apaisée. C'est l'idéal que je voudrais
atteindre dans mes relations avec les gens mais
je le sais, je suis plus une fausse virago qui essaie
de faire face à la dureté des frères en religion

qu'une vraie sainte qui en impose aux lions par la seule lumière de son regard. Pour moi, la force des choses a joué dans le sens du moins, je suis contaminée, je suis aigrie, intolérante, méchante, querelleuse, intempestive et j'en passe. Je me déteste. J'ai échappé au reste, la peste, le choléra, c'est heureux, mais pour combien de temps encore ! Pourtant, je suis une romantique, j'écris des poèmes, je crois aux choses simples et par-dessus tout j'aime que la vérité précède les sentiments. J'étais sous le charme, prête à tout recevoir d'elle, la grâce comme le coup de grâce. Elle a repris d'une voix lointaine, presque inaudible.

« Chérifa est arrivée chez nous, il y a trois semaines. Elle était dans un état pitoyable. Elle errait par les rues d'Alger lorsqu'une âme charitable proche de nous l'a remarquée. Elle nous l'a amenée, pensant que c'était la meilleure chose à faire. Oui en conscience je le crois, bien que notre statut et nos moyens ne nous permettent pas de répondre à ce genre de demande. On nous tolère sans plus, vous savez. Nous offrons quelques menus services aux gens d'ici, ils sont si pauvres qu'ils n'osent pas se rendre en ville. J'ai beaucoup hésité, c'est une responsabilité, mais vu les circonstances j'ai pris sur moi de la garder. Je ne sais pas si à l'hôpital on l'aurait admise, elle est... elle était mineure, célibataire, enceinte et... drôlement déguisée, hi hi... hi hi hi ! Blida est une ville très conservatrice, les islamistes la tiennent en main. J'ai eu peur pour elle, ils sont si... si...

— S'ils n'étaient que méchants, haineux, sataniques et sales, ça passerait, mais ils sont aussi plus bornés qu'une pierre, ai-je résumé pour lui venir en aide.

— Vous ne devriez pas parler ainsi, ils sont dangereux. S'ils vous entendaient...

— Pas de crainte, ils sont également sourds à toute humanité.

— J'ai fait appel à un médecin de nos amis, le docteur Salem, il n'exerce plus depuis longtemps mais il est encore alerte. Il l'a prise en main et rapidement elle a pris des couleurs. J'ai moi-même quelques bonnes recettes. Cela nous a autorisés à envisager de procéder à l'accouchement dans nos murs... Elle était si mignonne avec son nombril qui lui arrivait au menton et son petit air crâne !

— Elle avait son fourre-tout ?

— Quoi ?

— Son linge, son attirail, le trousseau du bébé.

— Son cabas ? Oui, elle le traînait par la sangle, on aurait dit un gros chien qui refuse de marcher, hi hi... hi hi hi ! »

Un rien la fait pouffer, la mère supérieure. Mais elle redevient grave et s'absente aussitôt dans ses pensées. Elle resta ainsi, silencieuse et vague, regardant ici, là, le plafond, ses petites mains blanches et fines posées sur les genoux serrés l'un contre l'autre, le crucifix accroché au mur ou un livre en particulier dans la bibliothèque. La religion, ça devrait être uniquement ça : contempler le monde en silence et se tenir aux aguets de ses convulsions et de ses murmures. Pas besoin de troupes et de canons. Des mots, des soupirs, des regards, ça suffit. Ses yeux exsudaient une sorte d'anxiété émerveillée qui lui vient évidemment d'une longue pratique de la prière. Et de la pénitence aussi, j'imagine, ces sœurs se trouvent chaque matin un petit péché à se gommer, bien que vivant loin des hommes et tout près du Seigneur. Aurait-elle l'expérience des visions extatiques que je n'en serais pas étonnée. Il est des lieux, comme celui-ci, austère, subtil, où le rêve et la réalité ne font qu'un lorsque la prière est dite. Ma vieille baraque est ainsi, il n'y manque ni folklore, ni mystères, ni tant d'échos de vaines prières, je ne sais qui de l'image ou de l'ombre m'impressionne en premier et pourquoi je passe mon temps à parler avec des défunts, je veux dire leur esprit. J'ai pensé à maman qui avait cette même façon de fouiller autour d'elle lorsqu'elle entreprenait de nous raconter une de nos vieilles histoires de famille. On eût dit qu'elle la cherchait dans un passé encombré et qu'elle la trouvait par hasard. Oui, à un moment du rituel, ses yeux s'éclairaient tout à coup, ce qui la désarçonnait un tantinet. Voilà, elle voit mieux, le bout de l'histoire est là, dans cet amas d'images quelconques, elle pouvait la tirer et nous en révéler enfin la trame et le merveilleux dessein. À coups de « Euh!... oui, c'est ça... là, je me souviens... attendez que je me rappelle la date », elle la tapotait, la débarrassait de ses toiles d'araignées puis, toute chose, elle s'occupait de la rassembler avec douceur comme si elle craignait de la casser en la sortant trop vite de sa mémoire ou que nos secrets de famille mis brutalement au contact de l'air pollué d'aujourd'hui ne flétrissent avant d'être sus. Nous nous tenions à l'affût, prêts à nous rapprocher afin de bien profiter de l'apparition. J'ai encore ses mots dans l'oreille, je les écoutais un à un, les caressais, les rangeais au creux de ma mémoire, plus pour la tranquilliser que pour les entendre vraiment. Elle nous les avait tant de fois racontées, ces belles histoires, que nous n'y pensions plus. Celle de Tata Houria m'obsède, elle est fascinante et terrible. C'est une cousine de maman, je m'interroge souvent à son sujet, quelle est la part de l'amour et celle de la folie pure dans son odyssée. Parce que pour faire ce qu'elle a fait, durant tout ce temps, il faut vraiment avoir quelque chose dans la tête. Dans le douar, en ces temps incompréhensibles et sans dénouement, rien ne préparait au dépassement, on vivait et on mourait selon la norme adamique. D'abord, elle a refusé de faire son deuil et de se laisser remarier. Ensuite, elle est morte hors du douar, ce qu'aucune femme n'avait fait avant elle, et si loin que personne ne sait où, en Inde, au Guatemala, en Amérique, en Pologne, ailleurs. Maman n'a pas retenu le nom du pays, la pauvre n'avait aucune notion de géographie, elle connaissait son douar et Rampe Valée, point. Et un peu la Casbah où elle se rendait une fois par mois chez sa vieille amie Zineb, elles prenaient le thé, passaient en revue les malheurs du monde depuis Adam et Ève, parlaient un peu de magie pour se mettre en train puis tout anxieuses couraient visiter les marabouts et les mausolées. Hors ces limites, c'était le noir. L'odyssée de Houria a commencé en même temps que la Deuxième Guerre mondiale et s'est achevée dans l'oubli et le folklore, trente années plus tard. Elle venait à peine de convoler que son jeune époux fut mobilisé et envoyé à la guerre. Elle a attendu son retour comme les femmes savent attendre, en priant et en pleurant en cachette. Puis un jour, la nouvelle est tombée, merveilleuse et inattendue, on fêtait la fin de la guerre, d'un bout à l'autre de la planète. Les survivants sont rentrés un à un, amaigris, hagards, infirmes, mais pas son homme. « Porté disparu, présumé décédé », disait le papier de l'administration que le douar a lu en cercle autour de l'instituteur. « Il faut attendre et voir », fut la conclusion unanime, et chacun est retourné à ses soucis, l'après-guerre avait amené un surcroît de famine et libéré de grandes colères.

Elle a attendu quelques années dans sa masure et le train-train des jours, puis elle est venue à Alger où elle a encore attendu quelques années, puis elle est partie en France où elle a encore attendu quelques années, dans une ville et une autre. Ne voyant rien, elle est partie en Allemagne. S'il y avait un endroit où disparaître était fréquent et banalisé durant l'Apocalypse, c'était celui-là. Alors, tantôt dans une ville, tantôt dans une autre, elle a encore attendu quelques années, avec d'autres gens venus d'ailleurs, puis elle a élargi le cercle et ainsi, de proche en proche, elle a attendu partout dans le monde. Un jour, une lettre maladroite est arrivée au douar nous apprendre son décès. L'instituteur, un nouveau, un jeune frais émoulu de la nouvelle école, n'a pas su la lire, il a demandé à droite, à gauche, et un jour, il est arrivé en courant, les bras en l'air, au milieu de la placette, pour annoncer le résultat de ses recherches : la lettre était rédigée en petit français du bout du monde, datée du 22 juin 1966 et signée simplement du prénom de Rosita. Cette bonne âme disait avoir fermé les yeux de Houria, après l'avoir recueillie et soignée. Elle l'avait trouvée sur le bord de la route où elle attendait de mourir. Mais le douar n'était plus ce qu'il avait été, les enfants sont partis pour ne plus revenir et les vieux ne se souviennent de rien. L'histoire s'est perdue sauf pour maman qui nous la racontait chaque fois qu'il pleuvait sur la ville ou qu'il faisait triste dans sa tête. Pauvre et admirable Houria, elle est morte sans avoir jamais désespéré de retrouver son amour de jeunesse. Comme maman, je veux croire que dans l'autre monde son époux l'a attendue aussi amoureusement depuis l'instant où il a perdu son chemin et la vie. Oui vraiment, cette histoire m'obsède.

La mère supérieure me parla longuement, à sa manière, avec peu de mots et de longs silences. Chérifa s'est installée au couvent comme elle l'avait fait chez moi et ainsi qu'elle l'a fait chez les filles de la cité. Je dirais une invasion, suivie d'une destruction systématique des repères accumulés par l'habitant au prix des plus grands sacrifices. Elle avait huit de tension, neuf mois de grossesse, la peau sur les os, mais en quelques jours elle a transformé un cloître moribond en hall de gare à l'heure de pointe. Son linge battait le vent dans les meurtrières et son parfum radioactif avait chassé les odeurs d'encens et de suie qui se croyaient tenaces à bon droit. Les religieuses avaient du mal à la suivre, elles ne pouvaient en aucun cas l'attraper. Toutes sont vieilles et n'ont aucun talent pour la compétition. Elle s'est arrêtée toute seule, au milieu d'une course, saisie d'une crise inexplicable, encore inexpliquée. Et aussitôt arrivèrent les eaux. Elle fut prise d'une forte fièvre, elle pâlissait à vue d'œil. Tout a été très vite, les spasmes, les yeux qui brillent d'une ultime lueur, les lèvres qui tentent un dernier mot. « Nous étions désorientées, nous sommes démunies, nous avons prié comme jamais nous ne le fîmes. Ça l'a apaisée, l'oppression s'était calmée ou elle la supportait mieux. » Sa voix était chargée de remords. Je connais ça, à Parnet, on se bagarre avec l'urgence et faute de moyens, on arrive brutalement à la panique, on en appelle à Dieu, à ce qui vient sur la langue, et soudain, tombent le silence et le froid qui nous renvoient chacun dans son coin, livide, groggy, poisseux, coupable une fois de plus.

« Elle est morte calmement... elle souriait, la bouche ouverte, murmura-t-elle, attendrie.

— Oui, elle s'endort comme ça, la bouche ouverte, les yeux mi-clos, les bras en croix... les jambes aussi.

— Oui, c'était bien sa façon !

— Elle avait des façons à elle pour tout. Elle a choisi de mourir dans un couvent, le jour de son accouchement, c'est dire.

— C'est mal de penser cela.

— Je vous demande pardon... j'ai aussi mes façons d'être bête et méchante.

— Elle parlait constamment de vous, Lamia, Lamia, Lamia, c'était sa ritournelle. Avant de rendre l'âme, elle a murmuré : *Où est maman Lamia ? Dites-lui de venir, s'il vous plaît !*

— Ma... maman ? »

Il est des mots comme ça, ils disent tout le bonheur du monde. Il m'a si longtemps manqué, ce mot. Je fondais de l'intérieur alors qu'un courant électrique courait sur ma peau et me hérissait de la tête aux pieds. Je ne pouvais plus retenir mes larmes et sœur Anne encore moins.

« Oui, maman.

— J'étais en effet sa maman et je ne le savais pas ou elle-même ne le savait pas encore. Nous nous sommes loupées quelque part...

— Dieu le voulait ainsi, ma fille.

— Le voulait-il vraiment ?

— Je le crois.

— J'aimerais que les choses viennent un peu de nous, nous saurions au moins pourquoi nous nous rendons malheureux. Enfin, si je suis là c'est bien que Dieu l'a voulu.

— Sans doute, sans doute. »

Le silence s'imposa comme une vraie réponse à ces questions délicates. Je n'avais pas le cœur à trancher. Sœur Anne a vu, elle a repris sur un ton léger.

« Elle vous racontait sans arrêt en vous imitant : Ah çà, par exemple ! Voyez-vous ça ! Tu m'en diras tant ! Elle en rajoutait... c'est qu'elle était moqueuse !

— Oui, surtout insupportable.

— Auprès de Dieu, elle va s'assagir, comptez-y.

— Mmm... sûrement... peut-être.

— Après l'accouchement, elle a repris connaissance, le temps de voir son bébé, de rire de sa frimousse, et de lui expliquer les projets les plus

302

urgents qu'elle nourrissait pour lui. C'était d'un drôle! Elle... »

Là, vraiment, j'ai entendu quelque chose, une immense, une incroyable nouvelle. J'en bégayais.

« Qu... quoi... hein... re... redites ça!

— Elle paraissait sortie d'affaire mais deux jours plus tard...

— Non, avant... redites ça!

— Mais... qu'avez-vous?

— Le bébé... il est vivant?

— Oui, certes...

— Que ne le disiez-vous plus tôt!

— Je... pardon... je voulais... ma position est délicate, on ne donne pas un enfant sans prendre quelques assurances... vous comprenez mes scrupules, ma chère Lamia?

— Mon Dieu... mon Dieu...!

— Elle disait : "mon bébé va la rendre folle!"... Je le crois à présent.

— Mon Dieu... mon Dieu, notre bébé est vivant... mon bébé est vivant!

— Je ne vous demande pas si vous voulez de lui.

— Mon Dieu... mon Dieu...!

— C'est un poupon adorable, le portrait craché de sa maman. Elle l'a appelé Louiza...

— Une fille?... Louiza? Mon Dieu... mon Dieu!

— Nous nous sommes attachées à elle, je me demande comment nous allons vivre sans elle.

— Merci... merci de tout cœur.

— Dieu me pardonne, je ne la voyais pas à l'Assistance publique, l'État n'a pas les moyens, il a tant à faire, ce malheureux pays ne finit pas de sombrer dans... dans...

— S'il n'y avait que la misère, la corruption et la violence, ça irait, mais le crétinisme au pouvoir, dites-moi, qu'est-ce qu'on peut faire contre ça?

— Elle sera bien avec vous, je suis sûre. Je vous prie de nous l'amener de temps à autre, ça nous fera tant plaisir.

— Je vous dois la vie... je ne l'oublierai pas.

— Je vous adjure de faire attention quand vous parlez. Vous êtes si directe, c'est dangereux.

— Je sais être hypocrite avec les imbéciles, rassurez-vous!

— Je vous laisse juge de ce qu'il convient de faire avec les parents de Chérifa. Le devoir exige de les informer et de leur remettre l'enfant. Chérifa ne le souhaitait pas, elle nous suppliait : Ne le faites pas, s'il vous plaît, pour eux mon bébé est un bâtard, ils l'étoufferont et ils le jetteront dans la poubelle!

— Ce sont des gens frustes, la tradition et la pression du milieu les conduiront à ça en toute bonne conscience.

— On ne sait pas... on ne peut pas juger. »

Ah, non, pas ça! Tout mais pas ça! J'étais tentée de lui répondre que c'est parce que nous avons refusé de juger quand il était temps que nous sommes si mal aujourd'hui. Nous avons pris pour argent comptant des mensonges grossiers et pour de belles promesses de vraies folies et nous avons cessé de chercher notre chemin. L'islam versait dans le fascisme et le pouvoir dans la terreur et nous nous interdisions encore de juger. J'aurais voulu lui dire que regarder le feu à travers le carneau de l'âtre est une chose et être pieds et poings liés dans la fournaise en est une autre. J'étais tentée de lui dire qu'on ne juge pas comme des juges ou des policiers mais comme des êtres humains qui ne comprennent pas et qui voient pourtant bien ce qui fait mal, ce qui tue, ce qui avilit. Juger est comme respirer, on ne doit jamais se départir de ce pouvoir, nous le tenons de Dieu, il est toute notre humanité, il ne faut ni le sous-traiter ni l'accorder à je ne sais quel vent, levé on ne sait comment par on ne sait qui. Au diable la tolérance quand elle rime avec lâcheté !

J'ai répondu par une formule passe-partout, je ne sais quoi : « Vous avez raison », « Peut-être bien qu'oui, peut-être bien qu'non » ou quelque chose de mieux senti, plus dans mon genre : « Pour savoir, nous savons, ils le jetteront dans la poubelle parce que ça se passe comme ça. Certains jours, la décharge d'Alger est une vraie pouponnière, ça grouille, on les jette vivants maintenant, on ne prend même plus la peine de les étouffer. On dira tradition, meurtre, folie, gouvernance, c'est pareil. » Mais à bien réfléchir, je crois m'être tue, j'ai simplement soupiré, nous étions sur deux plans, elle en référait aux transcendances premières et moi, prise dans le tumulte des jours, je rapporte tout à la misérable bêtise des hommes.

ÉPILOGUE

Parfois, Dieu nous écoute.
Parfois, la vie nous sourit
Parfois, la lumière brille devant nous
Enfin.
C'est au fond du gouffre que cela advient.
C'est là que nous sommes
Le plus près du bonheur
Peut-être.

Les mots dits, il faut se taire, prier dans son cœur et, une fois le calme revenu, reprendre la route. Rien n'est jamais fini.

Chérifa repose dans le vieux cimetière attenant au couvent. Le lieu semble parti pour devenir un vestige archéologique, à ceux qui nous succéderont, il dira la fin d'un règne cruel et sans gloire. On n'y enterre plus depuis longtemps, la région s'est vidée de ses habitants, les islamistes ont miné leurs maquis et les militaires ont détruit leurs villages, ils leur menaient la vie dure, alors ils sont allés mourir ailleurs, près des villes, les uns sur les autres, dans une misère plus grande. Un jour, ils reviendront, ou leurs petits-enfants, comme reviennent les migrateurs, infailliblement, mais ils seront des étrangers chez eux, la vie n'attend personne et la terre est ingrate.

Une pièce de marbre porte son prénom et les deux dates qui ont borné son temps sur terre.

Au guichet de la mairie, il a été déclaré que la
défunte n'avait pas de famille, pas de domicile et
qu'elle n'avait aucun papier sur elle. Il a été
ajouté que la jeune égarée est venue au couvent
demander asile pour quelques jours, ce qui lui
fut accordé. Et puis le Ciel ayant ses raisons et
ses chemins, elle est morte dans son sommeil.
Sœur Anne a passé sous silence la grossesse et le
reste. Dans certaines circonstances, mentir n'est
pas trahir, on protège la vie. Le secret ne sortira
jamais du couvent.

Rien n'émeut nos bureaucrates. Ils se mettent
volontiers à mort pour trois maigres côtelettes à
partager. Anodins et sous-payés qu'ils sont, ils
viennent au crime comme la lessive va à l'égout.
Celui qui reçut sœur Anne était un coriace, il
n'écoutait tout simplement pas, il mastiquait sa
chique en se fouillant les trous de nez, et cela les
yeux fermés. « J'ai parlé à un mur qui semblait
ne rien vouloir entendre de la journée », a dit
sœur Anne en souriant. Une fille perdue est une
fille perdue, il y en a tant, il en disparaît chaque
jour, on enregistre sur le brouillard de l'état civil
et on range le tampon. En foi de quoi, il a été
délivré un permis d'inhumer précisant que la
susmentionnée, une inconnue, est décédée de

mort naturelle en le couvent des Sœurs de Notre-Dame des Pauvres, sis dans la commune de Chréa. Il restera d'elle un papier en instance quelque part dans un bureau appelé lui-même à disparaître. Une demande d'information fera le tour des commissariats du pays et un jour elle se perdra dans le vent.

Loin des villes et loin des menaces, le cimetière s'était fait une petite atmosphère paisible, à l'abri dans son cercle de pierres erratiques. Dès qu'on y met le pied, on ne voit pas le temps passer. De beaux arbres solidement ancrés dans la rocaille veillent sur lui avec une sérénité de bonze. Tout cela est rassurant. En été et plus en automne et davantage au printemps, les oiseaux viendront faire du tapage dans le feuillage mais c'est un beau spectacle que cette vie qui remue du vent dans la pagaille et la bonne humeur. Il en a été ainsi pour moi quand mes jours étaient un long chemin de croix dans le désert. Un oiseau s'est posé sur mon épaule, « Cui-cui, cui-cui », me disait-il à l'oreille en faisant la cabriole. Je ne comprenais pas, ma vie n'était que silences, rituels débilitants et radotages des plus médiocres. J'ai appris depuis, le langage des oiseaux, c'est si beau. Des chats des champs viendront se frotter aux arbres et miauler à la lune. Pour l'heure, ils font semblant de faire la sieste sur le rempart de pierres. Eux aussi ont déserté les chaumières et oublié leurs maîtres à jamais. Du sang gouttera des basses branches et des cimes s'élèveront des piaillements frénétiques à faire déguerpir un épouvantail de son poste et cela au moment où la paix sera le plus profondément installée. Les chats sont ainsi, on ne peut leur en vouloir, ils ont l'embuscade chevillée au corps. Chérifa aura tout l'hiver pour dormir comme un ange, dans ces coins de rivages de notre bonne mer, la Méditerranée, il ne pleut jamais que pour mouiller l'herbe et il ne vente que pour décoiffer les hiboux. Et le ciel est si profond que tout se perd dans le vague, et les nuits bien trop courtes pour laisser aux nostalgiques le temps de penser au pire. Le froid est incisif mais ce n'est pas le pôle Nord, il ne tuerait pas un clochard égaré. Pour les morts qui en ont vu de belles de leur vivant, c'est une sérénade au coin du feu. Et puis c'est assez de roupiller trois mois d'affilée quand on a l'esprit volage et l'éternité devant soi.

Avec mon feutre, j'ai ajouté sur la pierre tombale une ligne que le soleil effacera avant la tombée de la nuit :

Sa maman qui l'aime

Et le mot que je lui avais jeté à la figure m'est revenu en mémoire : harraga. « Tu es une harraga, voilà ce que tu es et comme telle tu finiras ! »

Dieu que je suis méchante quand je ne m'entends pas crier !

Je te demande pardon, ma chérie. J'ai dit cela et j'ai crié et j'ai postillonné, non parce que tu n'entendais pas mais parce que je ne savais : tu cherchais la vie et par ici nous ne savons parler que de la mort.

Sœur Anne a capté mes pensées. Je me suis tournée d'un geste, nos regards se cherchaient par-delà le rideau de larmes. Elle avait un pauvre visage tourmenté dans lequel j'ai vu une force, le mien était celui de la déroute, de l'impuissance, du regret qui ignore le répit. Ses yeux ont cligné avec une infinie tendresse et sur ses lèvres serrées, j'ai lu cette invite : *Prie, nous n'avons que cela pour vaincre la peur et trouver notre chemin.*

> *Où est-il, le chemin*
> *Qui de l'inconnu*
> *Fera ma terre natale*
> *Mon amour, ma vie*
> *Et ma mort ?*

Je me trouvais bien mélodramatique, et un peu sotte, quand au fond de mon petit gouffre j'écrivais cela et voilà que la réalité se montrait infiniment plus poignante. J'en avais le hoquet.

Je suis tombée à genoux, j'ai embrassé la pierre et j'ai prié.

Dieu qui es aux cieux, ma fille Chérifa est arrivée

chez toi. Elle a seize ans, pas grand-chose sur les os, et la vie l'a meurtrie. Je n'ai pas su la protéger. Je n'ai disposé que de quelques petits mois pour la trouver dans ce monde si mal fagoté et découvrir qu'elle était ma fille. S'il te plaît, prends-en soin, aime-la comme je l'ai aimée, mais tiens-la à l'œil, elle est capable de fuguer même de ton paradis et d'y mettre une pagaille noire. Une Lolita parmi toutes ces belles âmes en robe de soie blanche, ça ne fait pas sérieux mais laisse-lui le temps, elle se plaît dans l'excentricité. Intercède en ma faveur, dis-lui que je ne cherchais pas à la blesser en lui disant qu'elle était une harraga. Ce pays est gouverné par des gens sans âme, ils ont fait de nous des êtres à leur image, petits, méchants et avides ou des révoltés qui se recroquevillent dans la honte et l'insignifiance. Nos enfants souffrent, ils rêvent de bien, d'amour et de jeux, ils les entraînent dans le mal, la haine et l'oisiveté. Ils n'ont que ce moyen pour vivre, se faire harraga, brûler la route, comme jadis on brûlait ses vaisseaux pour n'avoir pas à revenir. Mon idiot de frère Sofiane est dans cette galère, aide-le à trouver sa voie. Regarde aussi ma bonne et douce Louiza, ma Carotte chérie, elle vit l'enfer sur terre, ce n'est pas juste. Je te remercie de m'avoir donné une fille et une petite-fille alors que je n'attendais rien de la vie. Crois-moi, je ne vais pas démériter. Dis bien mon amour à mes parents, à mon frère Yacine et veille sur nous. Amen.

J'ai respiré très fort, l'énergie de la vie déferlait en moi. J'étais comme un navire qui sort de

Nous chercherons où poussent les fleurs
Où vont les oiseaux.
Ainsi sont les harragas.

Louiza, mon cœur
Nous trouverons et la route et le temps
Et nous apprendrons à vivre
Et nous apprendrons à rire
Ainsi rêvent les harragas.

Louiza, ma vie
Quand le soleil se lèvera
Sur ton premier printemps
Nous serons loin
Ainsi vont les harragas

Mon enfant
Mon amour
Mon cœur, ma vie
Comme ta mère, ma fille,
Nous serons des harragas.

FIN

Écrit à Rampe Valée, en 2002,
dans la maison du bon Dieu
(tel est son nom aujourd'hui).

DU MÊME AUTEUR

Aux Éditions Gallimard

LE SERMENT DES BARBARES, 1999. Prix du Premier Roman 1999. Prix Tropiques, Agence française de développement, 1999 (Folio n° 3507)

L'ENFANT FOU DE L'ARBRE CREUX, 2000. Prix Michel Dard 2001 (Folio n° 3641)

DIS-MOI LE PARADIS, 2003

HARRAGA, 2005 (Folio n° 4498)

POSTE RESTANTE : ALGER. Lettre de colère et d'espoir à mes compatriotes, 2006 (Folio n° 4702)

PETIT ÉLOGE DE LA MÉMOIRE. Quatre mille et une années de nostalgie, 2007 (Folio 2 € n° 4486)

LE VILLAGE DE L'ALLEMAND ou Le journal des frères Schiller, 2008 (Folio n° 4950). Grand Prix RTL-*Lire*, Grand Prix SGDL du roman et Grand prix de la Francophonie.

RUE DARWIN, 2011 (Folio n° 5555). Prix du Roman Arabe, 2012.

Impression CPI Bussière
à Saint-Amand (Cher), le 3 septembre 2013.
Dépôt légal : septembre 2013.
1er dépôt légal dans la collection : janvier 2007.
Numéro d'imprimeur : 2004956.
ISBN 978-2-07-034329-4./Imprimé en France.

261688